고양이와 소녀

천성래 소설집

청어

고양이와 소녀

천성래 지음

발행처 · 도서출판 청어
발행인 · 이영철
영 업 · 이동호
홍 보 · 최윤영
기 획 · 천성래 ㅣ 김홍순
편 집 · 김영신 ㅣ 방세화
디자인 · 김바라 ㅣ 서경아
제작부장 · 공병한
인 쇄 · 두리터

등 록 · 1999년 5월 3일(제22-1541호)

개정판 1쇄 인쇄 · 2013년 10월 10일
개정판 1쇄 발행 · 2013년 10월 20일

주소 · 서울 서초구 서초3동 1595-10 봉양빌딩 2층
대표전화 · 586-0477
팩시밀리 · 586-0478

홈페이지 · www.chungeobook.com
E-mail · ppi20@hanmail.net
ISBN · 978-89-97706-86-0 (03810)

고양이와 소녀

글쓰기 30년 만에 가장 설레는 순간입니다. 작가는 소설집을 통해서 자신의 문학을 가다듬는 법이라고 생각합니다. 저는 왜 이 시대를 살아오면서 이렇게 헐레벌떡 살아왔는지 모르겠습니다. 분명한 길을 걸어온 세월, 내 영혼은 그 세월의 무게에 눌려 여전히 꽃을 피워보지 못하는 것은 아닌지 이따금씩 두렵기도 하였지요. 내가 보고 듣고 느낀 우리 삶의 모습, 그 궤적을 비껴갈 수 없는 우리들의 숙명이 역사의 길 위에 여전히 펼쳐지고 있습니다. 이렇게라도 굽은 허리를 펴고 걸어온 길을 되돌아봅니다. 결코 슬프거나 후회 같은 삶이 아니라는 것을 깨닫게 되었습니다.

누구는 돈을 벌었다고 하고, 어떤 누군가는 높은 지위를 얻었다고 합니다. 또다른 누구는 명예를 얻어 존경을 받는다고 합니다. 새로운 누군가는 권력의 이편에 합류해서 상당한 권세와 힘을 얻었다고도 합니다. 원고지 한 칸을 채우며 날마다 땀을 흘리며 엉덩이 진물 나게 바보처럼 살아온 나는 그러나 아무런 훈장 없음이 서글퍼지는 밤입니다. 돈도 명예도 권세도 얻지 못한 바보, 개인의 행복조차 누리지 못한 바보, 여기 그런 사람이 처음으로 누군가에게 무엇이 되어보려고 큰맘을 먹었답니다. 그리고 세상이 참으로 많이 좋아졌음을 실감합니다. 아무런 두려움 없이 이런 글을 세상에 띄워 보낼 수 있는 세상이 되었다는 것, 정말 우리는 행복한 시대에 살고 있나 봅니다.

정말 지금 우리가 사는 시대는 행복할까요? 우리는 정말 이 시대를 잘 살아가고 있는 걸까요? 누가 이런 물음에 대답을 해줄 수 있을까요. 그저 한번 생각해 보자는 뜻으로 이 작품들을 받아주셨으면 좋겠습니다. 엄청난 의미도 없습니다. 그저 아, 우리가 살아가는 시대의 굽이굽이 이런 일들이 있었으며, 우리는 이런 역사의 굴레에서 결코 벗어날 수 없는 민초들이었음을 한 번만이라도 음미해 주셨으면 하는 바람뿐입니다.

우리가 살아가는 이 세상이 정말 한 번쯤 살만한 세상이라 느끼셨다면 잠시 손을 뻗어 이 책의 의미를 되새겨 주었으면 좋겠습니다. 혹여 이 글을 통해 우리들의 삶이 살짝 빛날 수 있다면 더 없는 축복이겠죠. 혹은 모르는 일입니다. 이 책을 통해 누군가의 삶이 지금보다 조금은 밝고 빛나고 좀 더 바른 길이 열리게 될 줄도 말입니다. 저는 믿습니다. 언젠가 문학을 처음 시작할 때 다짐했던 것처럼, 단 한 사람의 독자를 위해서라도 저는 바른 글을 쓸 것이며, 이 글을 통해 저와 함께 하는 모든 분들의 삶에 축복이 있을 것이라고 말입니다. 아름답고 행복한 시간 되십시오. 감사합니다.

선선한 가을바람 부는 새벽
소설가 천성래 쓰다

고양이와 소녀

차례

뿍갱이

뿍갱이*

우리는 방과 후 풀숲을 향해 걷기 시작했다. 학교 뒤쪽 샛강 부근에 우리가 자연 관찰 장소로 찾는 풀숲이 있었다. 샛강을 끼고 풀숲과 나무숲이 한데 어우러져 있는데 여름의 자연 관찰 시간을 거의 그곳에서 보냈다. 우리는 조심스레 학교 뒤란을 넘어 걸음을 재촉했다. 나는 이쯤에서 우리라는 표현에 대해 얼마간의 설명을 늘어놓아야겠다.

사실, 우리라는 표현은 맞지 않다. 우리의 범위에서 지금은 나를 제외해야 하는 경우이기 때문이다. 선생님이 관찰조를 같은 마을 단위로 지정하지만 않았어도 이런 경우는 없었을 것이다. 뒤란을 넘자마자 아이들은 나를 뒤로 따돌리고 훌쩍 앞서 나갔다. 내가 걸음을 빨리 한다면 그들을 따라잡을 수도 있을 것이다. 그러나 나는 굳이 그러고 싶은 마음이 없었다. 내가 결코 아이들과 어울릴 수 없는 입장이라는 사실을 너무

*빨갱이를 어떤 지역에서는 이렇게 부르기도 함

12

도 잘 알고 있었다. 그럼에도 불구하고 우리라는 표현을 주저치 않고 쓰고 있는 까닭은 그들이 결국 내게로 돌아왔기 때문이다.

햇살은 비스듬히 떨어지고 있었다. 땅만 보고 걷다가 고개를 쳐들어보니 녀석들은 벌써 저만치 앞서 걷고 있었다. 배하기가 나를 힐끗 쳐다보자 다른 녀석들도 나를 한번 흘긋거렸다. 나는 재빨리 고개를 숙여버렸다.

고추잠자리 떼가 내 머리 위에서 나붓히 날고 있었다. 나는 고추잠자리 떼가 만들어내는 비행기 모양 같은 그림자를 자박자박 밟으면서 걸었다. 문득 큰형이 원망스럽다는 생각이 들기 시작했다.

큰형이 빨갱이 죄로 붙잡혀 간지가 벌써 두 해를 넘어서고 있었다. 그러나 나는 아직도 큰형이 빨갱이라는 사실이 믿어지지 않는다. 어머니도 그랬고, 아버지도 그랬다. 큰형은 절대 빨갱이가 아니야. 그런데도 마을 사람들은 왜 우리 식구만 보면 수군덕대는지 모르겠다.

배하기가 뛰자 녀석들도 일제히 뛰기 시작했다. 나를 따돌리려는 속셈이 분명했다. 나는 녀석들이 아득하게 멀어지는 것을 보고서 다시 고개를 수그린 채 천천히 걸어나갔다. 내가 마치 큰형의 죄를 뒤집어쓰고 있다는 생각이 들었다. 녀석들도 저희들끼리는 나를 빨갱이라고 부르며 속닥거리곤 하였다.

우리 반 아이들 중 나의 적수는 언제나 나와 같은 마을의 배하기였다. 키도 나만큼 훌쩍 컸고 싸움 솜씨도 거의 엇비슷했다. 지금까지 배하기와 서넛 차례 맞장을 붙었지만 우열을 결코 가리지 못했다. 그러나 우리는 서로 약점을 하나씩 지니고 있었다.

공부만큼은 내가 배하기를 훨씬 앞질렀고, 배하기는 우리의 가난을 비웃기라도 하듯 엄청난 부자였다. 그러니까 내 약점은 가난이었고, 배하기의 약점은 공부였던 것이다.

우리 마을에서 배하기네 세력은 막강했다. 마을 사람들 중 배하기네 한테 돈을 빌려 쓰지 않은 사람은 없을 터였다. 그리고 무엇보다 드넓은 과수원이 있고 농기구도 없는 것이 없었다. 마을 사람들 중 배하기네 과수원에서 품을 팔아 살림에 크게 도움을 보태는 집이 여럿이었다.

농사철이 되면 배하기네 농기구를 빌려 써야 하는 경우도 많았는데 배하기네가 트랙터며 콤바인 등을 빌려주지 않게 되면 농사에 커다란 차질을 빚는다고 어른들은 말했다. 마을 아이들이 배하기한테 잘 보이려고 엉너리치는 게 어쩌면 당연한 것일지도 모른다.

나는 깊게 숨을 들이마셨다가 천천히 내쉬면서 걸었다. 고개를 들어보니 잠자리의 투명한 날개 너머로 햇살이 눈부시게 빛나고 있었다. 나는 옆구리에 끼고 있던 잠자리채를 집어 들어 휘익 공중에 한번 원을 그렸다. 고추잠자리 떼가 일시에 저쪽으로 달아났다가 다시 머리 위에서 빙빙 맴돌았다.

갈참나무숲 땅풍뎅이 한 마리라도 잡아야겠다는 생각으로 나는 걸음을 조금 빨리하기 시작했다. 그나저나 큰형은 언제쯤 풀려나게 되는 걸까? 2년이 넘도록 풀려나오지 못하다니 그럼, 정말 큰형이 빨갱이란 말인가? 큰형이 풀려나지 못하는 한 아이들은 나를 누구도 가까이하지 않을 것이다. 그리고 나는 결코 반장이 되려는 나의 꿈을 이루지 못할 것이다.

큰형이 붙잡혀 간 뒤의 반장 선거에서 나는 배하기한테 보기 좋게 미역국을 먹었다. 차라리 반장 후보로 내가 추천을 받지 않았더라면 그런 수모는 없었으리라. 녀석들은 나를 골탕 먹이려고 부러 반장 후보로 날 내세웠는지 모를 일이다.

내가 샛강에 이르렀을 때에 녀석들은 벌써 분주했다. 샛강 강둑에 무릎들을 맞대고 앉아 노트를 펼쳐놓고 기록하고 있었다. 나는 갈참나무숲 쪽으로 가기 위해 녀석들이 앉아 있는 아래쪽으로 걸어갔다.

"뿍갱이."

누군가 들릴락 말락 소곤거렸다. 나는 잠시 걸음을 멎고 녀석들을 노려보았다. 녀석들 머리위로 잠자리 떼가 어지러이 춤을 췄다. 강바람이 한차례 불어왔다. 잠자리 떼가 몸의 균형을 잃으며 저만치 날려갔다.

"이 뿍갱이 새꺄, 쳐다보지 마!"

병일이 녀석이 나를 향해 지껄였다. 싸움질로도 내 적수는 되지 못하는 녀석이었다.

배하기의 힘을 믿고 내게 야지를 걸어오고 있었다. 나는 주먹을 불끈 말아 쥐었다. 그러나 솔직히 나는 자신이 없었다. 배하기가 마치 군림하는 왕처럼 도도하게 나를 내려다보고 있었다. 그리고 배하기 주위로 내게 일시에 덤벼들기라도 할 듯 예닐곱 명의 녀석들이 버팅기고 있었던 것이다. 나는 말아 쥔 주먹을 슬그머니 풀고서 갈참나무숲을 향해 걷기 시작했다.

갈참나무숲에 이르러 나는 움찔 놀라고 말았다. 우리가 장수하늘소며 땅풍뎅일 잡곤 했던 갈참나무(나무 표피에 액체가 스며나와 끈적거리는데 곤충들이 이 수액을 빨아 먹는다)의 표피에 진흙이 처발라져 있었다.

녀석들이 부러 나를 골탕 먹이려고 해작질하였음이 분명했다. 안쪽으로 좀 더 걸어 곤충들이 수액을 빨기 위해 떼져 엉겨 붙곤 하던 다른 갈참나무를 살펴보았다. 그러나 예상대로 나무 표피는 진흙투성이였다.

장수하늘소는커녕 흔한 땅풍뎅이 한 마리 잡지 못하고 나는 나무숲을 빠져나왔다. 장수하늘소가 천연기념물로 지정되었다는 사실을 선생님께 듣지만 않았어도 나는 물방개며 장구애비 같은 곤충을 관찰의 대상으로 삼았을 것이다. 이런 곤충은 마을 주변의 언덕이나 방죽 같은 데서도 쉬이 잡을 수 있을 것이기 때문이었다.

"뿍갱아, 하늘소 한 마리 줄까?"

내가 어깨를 낮게 떨어뜨리고 나무숲에서 나오는 것을 보고 창석이가 야유조로 말했다. 창석이 역시 나와는 결코 싸움상대가 되지 못한 녀석이었다. 창석이도 배하기의 힘을 믿고 수작을 걸고 있는 것이었다.

나는 아까처럼 다시 불끈 주먹을 말아 쥐었으나 녀석들의 태도가 너무 완강해 보였으므로 그만 스르르 풀고서 녀석들 앞을 지나쳤다. 녀석들이 흔연스럽게 웃으며 내가 들을 수 있도록 관찰한 내용을 방울 굴리듯 빠르게 읽어 내렸다.

"장수하늘소 몸길이 11, 갈색 날개, 발가락 여섯, 땅풍뎅이, 갈색촉각, 겉날개, 세로줄무늬……."

나는 녀석들의 방울 소리를 듣지 않으려고 한쪽 손으로 귀를 틀어막으며 잠자리채로 공중에 휘익 휘익 바람을 일으켰다. 고추잠자리 떼가 꼬리를 불뚝거리며 저쪽으로 달아나는 게 보였다.

나는 녀석들이 거의 희미하게 보이는 데까지 강둑을 따라 걸었다. 가방을 풀숲에 내려놓고 오래오래 강의 저편을 바라보았다. H읍내가 한눈에 들어왔다. 샛강에 놓인 다리만 넘으면 바로 읍내였다. 읍내의 초입에 강을 따라 간선로를 달리는 차량들이 보였다.

어둑한 저녁에 여기서 읍내를 보면 읍내는 언제나 불꽃으로 어룽거렸다. 차량들이 강의 수면에 잇 빛 유황을 흩뿌리며 꼬리를 이어 달리고는 하였다. 우리들은 그때마다 가슴이 벅차 일제히 탄성을 내질렀다. 그러나 이제 나는 혼자였다. 모든 게 큰형 때문이었다.

큰형이 풀려나지 않는 한 나의 이런 외톨이 생활은 계속될 것이었다. 그리고 내가 반장이 되는 일이란 있을 수도 없으리라. 나는 노트를 꺼냈다. 녀석들과 함께 협조하여 자연 관찰을 하지 않은 것은 결코 내 잘못이 아니었다. 녀석들이 나를 따돌리는 데야 나로서는 어쩔 도리가 없었다.

선생님은 나의 이같이 궁한 처지를 알기는 하는 걸까? 장수하늘소를 관찰의 대상으로 삼았으면 좋으련만, 이제 그 꿈은 사라져 버렸다. 잠자리채가 있으니 고추잠자리를 잡아 관찰해 볼까? 그러나 고추잠자리는 이상하게 시시하게 느껴진다.

나는 풀숲을 따라 다시 걷기 시작했다. 배하기 녀석들이 장수하늘소며 땅풍뎅이를 관찰하고 있는 마당에 고추잠자리 따위의 싱거운 곤충을 관찰할 수는 없는 노릇이다. 그것은 내 스스로 생각해도 스스러운 일이 아닐 수가 없다. 그럴 바엔 차라리 녀석들과는 다른 식물을 관찰하는 게 나을 성 싶다. 그리고 나는 자신이 있었다.

비록 장수하늘소 같이 그럴듯한 곤충은 아니지만, 씀바귀, 개불알꽃, 개망초 같은 식물들을 세밀히 관찰하는 것도 괜찮을 것 같았다. 나는 녀석들보다 많은 점수를 받아야 한다. 그것이 큰형을 위해 내가 할 수 있는 전부인 것이다. 나는 함초롬히 우거진 풀숲을 톺아 나가기 시작했다.

오랑캐꽃이 제일 먼저 눈에 띄었다. 나는 반쯤 쭈그리고 앉아 오랑캐꽃을 살피며 노트에 적어나갔다. '오랑캐꽃' 하고 써 넣으려다 깜짝 놀라 잠깐 숨을 가다듬었다. 큰형에게 죄스러운 느낌이 들었다. 나는 오랑캐꽃 대신 '제비꽃' 하고 적었다. 오랑캐꽃이란 어감이 좋지 않아 제비꽃으로 꽃 이름을 바꿔 부르기로 하였다고 선생님이 말씀해주셨다.

나는 학교로 향하는 언덕길에서 오랑캐꽃을 보면 뒤넘스럽게도 빨갱이가 연상되고는 하였는데, 그럴 때마다 나는 의식적으로 시선을 비껴버렸다. 그리고 어머니, 아버지의 말씀을 떠올렸었다. 큰형은 빨갱이가 아니야!

· 제비꽃─줄기 없음. 자줏빛 다섯 잎 꽃이 꽃줄기 끝에 핌. 잎 몸의 끝이 무디고 세모진 버들잎 모양. 잎이 뿌리에서 곧장 땅 위로 나와 있으며, 키는 11센티미터 정도

제비꽃에 관해 적고 난 뒤 곧장 눈에 띄는 대로 개불알꽃과 씀바귀, 참새풀 따위를 관찰했다. 풀숲에는 자연 관찰에 도움이 되는 많은 풀들이 적당히 자라 더위를 머금은 찐득한 바람에 나풀거리고 있었다.

나는 씀바귀의 줄기에서 나오는 흰 즙이 쓴맛을 띠고 있다는 것은 이미 알고 있는 바였지만, 씀바귀의 잎이 어긋나기라는 사실은 이제 비로소 알게 되었다. 나는 줄기 끝에 개 불알 모양의 주머니 같은 홍자색 꽃이 피어 있는 개불알꽃을 관찰하

면서 피식 웃고 말았다. 개 불알을 생각해선지 괜히 웃음이 삐져나왔던 것이다.

나는 풀숲에서 관찰을 마치고 강둑을 걸어 서둘러 내려왔다. 납작한 돌멩이들이 햇살을 받아 따갑게 달아올라 있었다. 나는 밑이 편편하고 가벼운 돌멩이 하나를 집어 강의 수면 위에 물수제비를 떴다. 그리고 강의 옅은 곳에 하얀 발을 담갔다. 발끝이 시리도록 시원했다. 바람이 더위를 몰고 불어왔지만 더위의 기운이 강의 수면으로 빨려드는 느낌이었다. 나는 잠자리채를 물속으로 집어넣으면서 부드러운 너럭바위 위에 앉았다.

작은 고기들이 잠자리채 쪽으로 모여들기 시작했다. 그러나 나는 고기를 잡아 올리지는 않았다. 잠자리채로 고기를 잡아 올릴 수 있을지 의문이기도 하였지만, 설령 고기를 잡을 수 있는 뜰채라 하여도 고기를 잡을 생각은 없었다. 뜰채 속에 걸려든 순간부터 고기는 자유를 억압받을 것이기 때문이었다.

그런 생각을 하자 다시 큰형이 생각났다. 나는 큰형을 생각하며 오래오래 발을 담근 채 그대로 앉아 있었다. 햇살이 떨어져 내리는지 강물이 은빛으로 일렁이는 것이 보였다.

나는 큰형의 생각에서 멈췄다. 뒤쪽에서 녀석들 소리가 들렸던 것이다. 나는 무의식적으로 강물에서 발을 꺼내며 뒤를 돌아보았다. 배하기 녀석들이 나를 흘긋거리며 강둑을 지나고 있었다. 나는 얼른 녀석들로부터 시선을 거두어 들였다. 녀석들이 꺽, 꺽 웃는 소리가 들렸다.

"뿍갱아, 우리 읍내 나갈 거다. 같이 갈래?"

분명히 동수 목소리였다. 나와는 가까운 친척뻘 되는 녀석이었다. 나는 동수 녀석까지 배하기 편이 되어버린 사실을 생각하면 매우 슬퍼졌다. 그러나 동수를 원망하지는 않았다.

내가 '아주머니'라고 부르는 동수 어머니도 우리를 기껍게 보지 않는다는 사실을 나는 잘 알고 있기 때문이다. 내가 진짜 원망하고 있는 사람들은 따로 있었다. 큰형을 붙잡아다 가둬버린 사람들, 나는 그 사람들을 한번 본 적도 없지만 미루어 짐작은 할 수 있을 것 같았다.

그들은 결코 우리 같은 얼굴을 하지는 않았을 것이었다. 나는 동수의 목소리에 조금 얼굴을 찌푸리면서 다시 그쪽으로 고개를 돌렸다. 배하기가 녀석들을 데리고 읍내에 나가려는 것이 분명했다. 배하기는 샛강에 나오면 녀석들을 데리고 읍내에 나가는 일이 잦았다.

읍내에 나가 오락도 시켜주고 만두나 빵도 실컷 먹여주었다. 배하기가 녀석들에게 잘 보이려는 것은 순전히 반장이 되기 위해서였다. 나보다 공부는 뒤져도 녀석들의 지지는 그를 반장으로 만드는데 커다란 몫을 하고 남았던 것이다.

배하기는 반 아이들의 환심을 사려고 온갖 수단과 방법을 가리지 않았다. 마을 아이들이 큰형이 빨갱이라고 소문만 퍼뜨리지 않았더라도 반장 선거에서 배하기를 누를 수가 있었을 것이다. 그러나 소문은 내게 매우 치명적이었다.

내가 녀석들 쪽으로 시선을 돌리자 녀석들이 다시 끼룩끼룩 웃었다. 나는 읍내에 같이 나가자고 제안한 동수의 말이 빤히 나를 약 올리려고 하는 줄을 알고 있었다. 녀석들은 이미 배하기의 테안에 놓여 있었고, 나는 녀석들의 테 밖에 놓인 지 오래였던 것이다.

"우리 큰형 뿍갱이 아냐."

나는 동수의 야슬거림에는 도저히 참을 수가 없어 주먹을 굳게 말아 쥐고 한마디 뱉어 버렸다. 그러자 녀석들이 옮기던 발걸음을 멎고 있었다. 정확히 배하기가 걸음을 멈추자 녀석들도 멈췄던 것이다. 녀석들은 완전히 배하기의 시녀처럼 행동하고 있었다.

"뿍갱이야 임마. 너네 큰형이 미군 물러가라고 데모를 주동했다더라. 미군이 물러가면 김일성이 밀고 내려오는데 그게 뿍갱이가 아니고 뭐냐 새끼야."

동수가 받아쳤다. 동수의 말이 백번 옳다는 듯 녀석들도 모두 고개를 끄덕였다. 배하기는 매우 흡족한 표정으로 나를 내려다보았다. 녀석들보다 반 뼘 쯤 더 있는 배하기의 머리 위로 여름 햇살이 송곳처럼 떨어지고 있었다. 나는 날카로운 햇살을 맞받아 올리며 녀석들을 노려보았다. 그러나 나는 곧장 녀석들로부터 시선을 거둬들였다.

나를 노려보는 녀석들의 표정이 순간 무섭게 느껴졌음은 물론 큰형이 미군 물러가라며 데모를 주동했다는 녀석들의 말에는 더 이상 버틸 재간이 없었던 것이다. 내가 시선을 비껴버리자 녀석들은 동요를 부르며 강둑을 걸어 다리 쪽으로 멀어져갔다.

나는 큰형이 결코 빨갱이가 아니라는 것을 믿어 의심치 않지만, 은근히 자신도 모르게 의아하기도 했다. 낮에 공장에 나가 일하며 야간 대학에 나가는 형이 무엇 때문에 미군 물러가라는 데모를 하였는지 자못 궁금했다. 내가 생각해 봐도 미군이 물러가면 김일성이 당장 밀고 내려올 것은 뻔한 이치가 아닌가.

큰형이 정말 빨갱일까, 그럼. 내 기억에도 큰형이 미군을 운운했던 적이 있는 것 같았다. 큰형이 친구들과 어두운 얼굴을 하고 나타나서 작은 방에 머무르며 독재니 미군이니 문창호지 위에 음산한 그림자를 만들면서 밤새도록 내겐 섬서한 말들을 수군거리고는 했었다.

무슨 책들을 가방 가득 담아 와서 내가 문을 열고 안을 기웃거리는 것도 느끼지 못한 채 독서에 열중했던 기억도 있었다. 그럼, 이런 것들이 큰형이 빨갱이였다는 증거란 말인가? 나는 순간 아득해져서 눈을 감고 한동안 앉아 있었다. 아냐, 큰형은 빨갱이가 아냐. 나는 속으로 중얼거렸다. 그러나 이제 자신이 없었다.

큰형이 두 해가 넘도록 풀려나지 못하는 데에야 어떻게 빨갱이라는 사실을 부인할 수가 있겠는가 말이다. 녀석들도 뻑

하면 내게 말했다. 너네 큰형이 뿍갱이가 아니면 왜 여적 안 풀려 나오냐? 나는 그럴 때마다 녀석들이 알아듣지 못하게 변명을 늘어놓았었다. 우리 큰형 잡아가둔 놈들이 뿍갱이야. 뿍갱이가 잡아 갔으니까 우리 큰형이 아직 안 풀려 나오는 거야, 자식들아! 나는 해가 저쪽 뒷산 중턱에 안존히 앉아있는 굴뚝절의 나무숲 사이로 뉘엿뉘엿 기우는 것을 보고서야 자리에서 일어났다.

나는 더욱 불어난 고추잠자리 떼를 향해 심심파적으로 잠자리채를 휙휙 휘두르며 강둑으로 올라왔다. 그리고 읍내를 한번 굽어보았다. 읍내 머리 위로 예배당의 첨탑들이 우뚝우뚝 솟아나와 있었다. 예배당에서 종소리가 들려오면 좋겠다고 생각했다.

저녁 무렵 예배당에서 들려오는 종소리가 내겐 매우 신비스럽게 느껴졌다. 그 종소리를 들으면 이상하게도 마음이 차분히 가라앉았을 뿐만 아니라 큰형이 언젠가 꼭 돌아오리라는 믿음이 생겼던 것이다.

그러나 읍내를 굽어보고 있는 내 자신이 무색하게도 종소리는 울려오지 않았다. 나는 천천히 마을을 향해 걷기 시작했다. 읍내로 나간 배하기 녀석들은 아직 다리 쪽에 모습을 드러내지 않고 있었다. 내가 샛강을 벗어나 십여 분 쯤 걸었을 때에 종소리가 들려왔다. 예배당에서 들려오는 종소리가 아니었다. 뒷산 중턱 굴뚝절에서 땅거미에 섞여 내려오는 소리였다.

아무려나 종소리를 듣게 되니 문득 새로운 희망이 일었다. 큰형은 뿍갱이가 아냐. 나는 잠자리채를 연신 허공에 휘두르면서 걸음을 재촉하기 시작했다.

저녁 종소리에 대한 내 믿음은 결코 헛되지 않은 것이었다. 큰형이 풀려났다는 소문이 마을에 퍼졌다. 나는 처음 이 소문을 접하고 매우 황당하지 않을 수 없었다. 아무리 희망을 가졌더라도 이렇게 불쑥 사실로 닥쳐오리라곤 생각지도 못한 일이 아닌가.

어머니, 아버지께서도 믿기지 않으신 모양이었다. 마을 어귀에 나가 망바우재 재뻬기만 늦도록 바라보고 계셨다. 그러나 큰형은 마을에 모습을 드러내지 않고 있었다. 큰형이 풀려났다는 소문이 나돌자 녀석들의 나에 대한 태도가 달라지기 시작했다.

큰형이 구체적으로 모습을 드러내지 않은 탓에 아직 관망을 하는 녀석들도 있긴 하였지만 예전의 고압적인 태도에 비해 매우 눅어진 상태였다. 병일이, 동수, 창석이 녀석은 가방을 들어준다는 둥, 2학기 반장 선거에서 나를 찍어주겠다는 둥 직접적으로 요변을 피웠다.

녀석들은 큰형이 빨갱이가 아니라면 싸움 잘하고 공부도 최고인 내가 반장에 선출되리라는 사실을 믿어 의심치 않은 모양이었다. 나는 이제야말로 체면이 서는 듯했다.

배하기한테 당한 지난 수모를 생각하면 괜히 분노가 치솟았다. 나는 배하기가 보라는 듯 녀석들을 처억 거느리고 가방을 맡기며 앞서 걷곤 하였다. 그러나 배하기는 아직 큰형의 출현을 관망하고 있는 몇몇 녀석들과 뒤처져 따라오곤 하였다.

나도 큰형이 모습을 드러내지 않아서 아직 마음이 놓인 상태는 아니었다. 이러다가 소문이 거짓이 될지도 모른다는 생각을 결코 저버리지 아니하고 녀석들을 조금 부드러운 듯이 다루었다. 큰형은 소문처럼 정말 풀려난 걸까?

그런데 참으로 신기한 일이 일어나고야 말았다. 며칠 전부터 이상하게 마을과 학교가 뒤숭숭한 느낌이었다. 마을사람들과 학교 선생님들의 표정들도 조금 굳어있는 듯이 보였다. 우리는 어른들 세계에 뭔가 심상찮은 일이 일어나고 있는지도 모른다고 뭇입들을 나부대었다. 그런데, 그런데 신기하게도 큰형이 몇몇 청년과 함께 학교에 모습을 드러낸 것이었다.

나는 처음에 눈을 의심했었다. 예전에 비해 매우 핼쑥한 모습을 하고 있었는데 꼭 그 때문만은 아니었다. 너무도 생급스런 일이기 때문이었다. 나는 큰형이 뭔가 급박한 문제를 갖고 왔구나, 하고 조심스레 생각해 보았으나 그게 대체 뭔지는 좀체 떠오르지를 않았다.

큰형이 학교에 모습을 드러내버리자 녀석들은 이제 완전히 생각들을 고쳐먹은 모양이었다. 배하기 편에서 관망하고 있었던 녀석들이 일시에 환심을 사려고 내게 몰려들었다. 나는 배하기로부터 당한 수모를 씻고 녀석들을 다스리게 되었다는 그런 기쁨도 컸지만, 큰형이 결코 빨갱이가 아니었다는 사실이 무엇보다 기뻤다.

큰형이 정말 빨갱이라면 나는 그 어떤 것도 꿈꿔서는 안 된다고 여겼기 때문이다. 큰형은 며칠 동안 학교에 머물렀다. 인근의 여러 마을에서 어른들이 학교로 모여들었다. 큰형 일행과 선생님들, 그리고 마을 어른들은 조심스레 무슨 중대한 회의를 하고 있는 게 분명했다.

어른들이 모여 있는 강당을 유리창 너머로 자꾸 들여다보았다. 큰형이 강단에 서서 나직나직 말하고 있는 모습이 보였다.

우리가 보기에 모든 것이 큰형을 중심으로 이루어지고 있는 것 같았다. 그런데 모를 일은 큰형과 몇몇 청년들, 그리고 선생님들의 머리에 두른 하얀 띠였다. 그 띠에 '독재타도'라는 글귀가 빨간 매직으로 선명하게 쓰여 있는 게 아닌가. 그게 어딘지 모르게 빨갱이 같이 불경스런 느낌을 주었다. 아나나 다를까, 우리 중 누군가 목소리를 낮춰 소곤거리듯 말하는 거였다.

"뿔갱이 세상이 오나 봐."

그러자 녀석들의 표정이 일제히 굳어졌다. 내가 보기에도 빨갱이 세상이 오고 있다는 느낌이 들었던 것이다. 큰형이 건장한 청년들과 함께 난데없이 학교에 모습을 드러낸 것 하며 선생님들의 긴장된 태도하며 마을 어른들의 휘둥그레 놀란 표정들이 이런 느낌을 확고하게 만들고 있었다.

나는 순간 다시 아득해지고 말았다. 그렇다면 큰형이 빨갱이였음에 틀림없는 일이었다. 어쩐지 요사이 텔레비전 뉴스에서도 데모하는 장면이 많이 눈에 띄었던 것 같았다. 그리고 어딘지 모르게 세상이 어수선한 느낌을 받았던 것이다.

빨갱이 세상이 이렇게 쉬이 열릴 수 있다는 말인가? 나는 녀석들 보기가 민망스러웠다. 생각대로 큰형이 빨갱이라면 이제 반장이고 뭐고 내겐 한낱 환상에 지나지 않을 것이었다. 녀석들이 나를 떠날 것은 뻔한 이치가 아니고 뭔가. 나는 잠시나마 배하기 앞에서 우쭐댔던 자신이 혐오스러웠다. 녀석들은 이제 다시 배하기 편이 될 것이었다.

그렇다면 내가 배하기한테 받아야 할 수모란…… 그런데 참으로 의아할 노릇이다. 내 예상과는 판이하게 녀석들이 더욱 환심을 사려고 내게 접근해 왔다. 이번에는 배하기 녀석까지 내게 다가와서 그가 제일 소중히 여기면서 자랑을 일삼았던 만화경을 들이미는 것이었다.

나는 잠시 머리가 혼란스러워 생각에 잠겼다가 만화경을 받아들었다. 녀석들이 대체 내게 이런 관심을 보여 오는 까닭이 뭐란 말인가? 그러나 나는 얼른 그 까닭이 생각나지 않았다.

'남수야, 우리 고모 어젯밤에 왔는데 그림책 사왔더라. 오늘 우리 집에 놀러 와라. 내가 그림책 보여줄게' 라고 배하기가 나긋한 말투로 내게 말했다. 배하기의 고모는 광주에서 대학에 다니고 있는데 우리 담임선생님보다 더 풍금을 잘 쳤다. 배하기네는 집에 풍금까지 들여놓고 살았다.

28

배하기네 집에서 풍금소리가 나면 녀석의 고모가 밤차로 내려와서 풍금을 치는 거라고 생각해도 좋았다. 나는 배하기네 식구 중 녀석의 고모가 제일 마음에 들었다. 녀석의 고모는 나를 특별히 귀여워해 주었고, 간혹 길거리에서 마주치면 천 원권 지폐도 주었다. 나는 녀석의 고모가 무엇 때문에 내게 잘 대해주는지 알지 못했다.

방과 후에 우리는 다시 샛강으로 향했다. 오늘도 선생님은 같은 마을 단위로 조를 나눠 자연 관찰을 하도록 과제를 내주었던 것이다. 선생님은 서두르듯 종례를 마치면서 나를 유심히 한번 바라보았다.

큰형 일행이 학교에 머무르며 뭔가 우리로선 의미 모를 일을 하게 되면서 선생님은 나를 이윽히 바라보는 것을 결코 잊지 않았다. 그러나 이건 어디까지 나 혼자 생각에 지나지 않는다.

선생님이 유독 나를 바라볼 이유가 대체 뭐란 말인가. 선생님은 무슨 등사(謄寫)를 하시다가 종례하러 오셨는지 손등에 검정 먹물을 묻힌 채 들어왔다가 서둘러 자연 관찰을 과제로 일러준 다음 바쁜 걸음으로 교실을 빠져나가고 있었다.

우리는 샛강 언덕에서 읍내를 굽어보았다. 내 맘이 온통 빨갱이 생각으로 들어차 있어선지 읍내가 이날따라 을씨년스럽게 보였다. 강을 끼고 달리는 차량들도 까닭 없이 서두르는 느낌이었고, 예배당 첨탑들도 붙박여 옴쭉 못한 채 억눌린 모습이었다. 녀석들도 나와 같은 느낌을 받고 있는지 입들을 꾹 다물고 우두커니 읍내만 바라보고 있는 게 아닌가.

나는 온갖 혼효한 생각을 떨쳐버리려고 몸을 일으켜 세워 병일이 녀석이 들고 있는 잠자리채를 낚아채 공중에 헛바람만 일으키며 언덕을 누비고 다녔다. 녀석들이 하인들처럼 내 뒤를 따랐다.

나는 제풀에 지쳐 자리에 주저앉고 말았다. 큰형의 출현이 이토록 내게 혼란을 가져올 줄은 미처 생각 못한 일이었다. 내가 파란 풀 잔디에 지쳐 앉아있는 것을 보고 배하기가 말했다.

"남수야, 여기 있어. 우리가 저기 내려가서 곤충채집 해 올게."

"그래, 남수야. 우리가 다 할게."

녀석들도 하나같이 이런 말을 늘어놓으면서 강둑을 타고 아래로 내려가고 있었다. 나는 내게 머리통을 보이면서 우루루 내려가는 녀석들을 대체 이해할 수 없었다. 녀석들은 오히려 큰형이 빨갱이라는 추측에도 불구하고 내게 아첨을 떨고 있지 않은가. 믿을 수 없는 일이다.

녀석들은 강의 가녘으로 가서 곤충채집에 한창 열을 올리면서 이따금 약속이나 한 듯이 이쪽으로 시선을 보내왔다. 그때마다 나는 영문도 모르면서 번차례로 녀석들에게 의미심장한 눈길을 던지는 것을 잊지 않았다. 그리고 녀석들이 눈치 채지 못하게 호흡을 가다듬었다. 내가 마치 꿈속에서 헤매고 있다는 생각이 들었다. 그러나 결코 꿈은 아니었다.

읍내 중앙통을 가로지르는 기차가 '뛰이' 경적을 울리며 달리고 있는 햇살 따가운 오후 4시의 현실이었다. 큰형이 정말 빨갱이라면? 녀석들은 이런 추측을 하면서도 설마, 설마 하는 마음으로 내게 간사한 행동을 보여 오는 줄도 모를 일이다. 나는 다시 긴장하기 시작했다.

녀석들은 거의 시간 반 남짓 강의 가 쪽을 첨벙거린 후에 내게로 돌아왔다. 나는 그동안 고압적으로 얼어붙은 듯한 읍내만 바라보았다. 녀석들은 잡은 곤충들을 자랑스레 내 앞에 들이밀었다. 그리고 노트를 꺼내 제들끼리 떠들면서 관찰 사항을 기록하기 시작했다.

· 장구애비-기다란 직사각형 꼴, 몸길이 3cm, 짙은 갈색, 배 끝의 한 쌍 호흡기
· 물방개-뒷다리에 털이 많음, 헤엄칠 때 뒷다리 사용

나는 녀석들이 앵무새처럼 조잘거리며 번잡 떠는 것을 무연히 바라보다가 자리에서 일어나 강둑을 어정거렸다. 큰형 생각을 하면 할수록 공연히 불길한 예감이 스쳤다. 반장이 되는 문제에 대해서도 아예 희망을 갖지 않아버리는 편이 나을 성싶었다. 그런데 저 녀석들은 대체 뭐란 말인가.

배하기를 선두로 녀석들이 내 쪽으로 걸어왔다. 나는 공연히 녀석들과 마주치기 싫어 강의 수면에 시선을 붙박고 있었다. 짙푸른 강의 수면에 빨간 햇덩이가 둥둥 떠서 빗살무늬를

만들어내고 있는 것 같았다. 오래 바라보고 있노라니 얼얼하게 눈이 부셔왔다. 나는 이윽고 시선을 끌어당겨 녀석들을 한번 휘이 살펴보았다.

"남수야, 과제 마쳤어. 우리 이제 읍내 나가자. 내가 오락도 시켜주고 만두도 사줄게."

나와 시선이 마주치자마자 배하기가 야지랑스레 말했다. 녀석들은 내 대답을 듣지도 않고 좋아 날뛰었다.

나는 김이 모락모락 피어나는 만두를 떠올리자 문득 구쁜 마음이 혀끝에 감돌았으나 차마 그러자고 대답하지 못했다. 앞 일이 어떻게 급변할는지 한 치도 모르기 때문이었다.

내가 대답하지 않고 묵묵히 앉아 있자 배하기는 내가 달가워하지 않고 있음을 넌지시 읽고는 더 이상 읍내에 나가자는 제안을 하지 않았다. 녀석들도 일체의 실망스런 표정을 거두고 애써 밝은 모습으로 내 얼굴만 바라다보고 있었다.

"정말 뽁갱이 세상이 올까?"

녀석들의 마음을 떠보기 위해 이번에는 내가 짐짓 먼저 말을 꺼냈다. 나는 솔직히 난데없는 빨갱이 세상 운운하는 것이 지극히 부자연스럽다고 생각했다. '빨갱이'라는 개념이 정확히 어떤 것인지도 몰랐으려니와 6·25전쟁은 까마득한 옛날 일이라 여겨졌기 때문이다.

빨갱이라는 어휘는 어딘지 모르게 그 옛날 전쟁 통에나 어울리는 것이었다. 그런데도 사람들이 큰형을 빨갱이로 보고 있는 것은 이치에 맞지 않다고 생각했다.

나는 빨갱이라는 의미를 나름대로 공산주의와 맞물려 생각하고 있는 정도였다. 더욱이 김일성도 하루빨리 우리 땅에서 미군이 물러나기만을 코 빠지게 기다리고 있다고 하지 않은가?

"그럴지도 몰라. 어른들이 이상하잖아."

"그럼, 네들 우리 큰형이 뿍갱이라고 생각하니?"

참으로 불경스러운 말을 입에 담아 물었다. 녀석들은 한동안 대답하지 않고 눈만 멀뚱거리고 있었다. 내가 녀석들의 얼굴을 휘이 한번 살피고 났을 때에 동수 녀석이 불쑥 입을 열었다.

"아냐, 뿍갱이 아냐. 뿍갱이가 아니니까 풀려나온 거잖아."

"만약, 우리 큰형이 뿍갱이라면?"

내가 녀석들의 표정을 살피면서 조심스레 물었다. 녀석들은 순간 매우 근심어린 얼굴들을 하고 있었다. 주위가 순간 고즈넉했다.

강 새들이 끼룩끼룩 울면서 강을 질러 오르는 소리가 들려왔다. 강 새 소리가 꼬리를 밟혀 저 위쪽 수면으로 가라앉기 시작할 무렵 배하기가 불쑥 입을 열었다.

"그래도 남수 네가 좋아."

"그래, 그래."

배하기의 말이 끝나기 무섭게 녀석들이 일제히 같은 소리를 지껄였다. 나는 이제 조금 마음이 놓였으나 의문은 여전히 남아 있었다. 얼마 전까지 나만 보면 등을 돌려버리기 일쑤였던 녀석들의 당돌함이 대체 믿기지 않는 거였다. 그러나 나는 제법 위엄스레 녀석들을 둘러보며 넌지시 말하지 않을 수 없는 노릇이었다.

"내가 반장되면 네들 잘 봐줄게."

"그래그래, 난 무조건 너를 찍을 거야."

녀석들이 여기저기서 햇병아리들처럼 같은 말을 조잘거렸다. 나는 내심 '이제 됐어' 하고 혼잣말을 하면서 녀석들에게 일일이 손가락을 걸어 약속을 해주었다.

나는 배하기의 손가락을 걸면서 야릇한 비소를 쳤다. 녀석의 자존심이 큰형의 출현 앞에서 유리창 깨지듯 와장창 허물어지는 것을 보니 고소하지 않을 수 없었던 것이다.

우리는 강둑에서 사금파리와 풀잎사귀로 풀피리를 만들어 불거나 엊그제 배운 동요를 부르면서 어디선가 국기하기식 애국가가 확성기를 통해 흘러나올 때까지 놀았다. 그런데 애국가가 막 끝나는 바로 그 순간이었다. 우리는 분개하며 일어서는 듯한 어떤 소리를 들었다.

소리는 읍내는 물론 이쪽에서도 들렸지만 읍내에서 들려오는 소리가 더욱 크고 웅장했다. 그것은 마치 오랜 잠에서 일제히 깨어나는 소리처럼 느껴졌다.

우리는 뭔가 심상찮은 일이 벌어지고야 말았구나, 하는 조마조마한 마음으로 가슴들을 지그시 누르면서 소리에 귀를 기울였다. 가만히 들어보니 자동차의 경적음과 종소리였다.

달리는 모든 자동차에서 일제히 클랙션을 누르는 경적음, 종소리는 읍내 예배당들과 강의 이쪽 굴뚝절에서 들려오고 있었다. 이게 대체 뭐란 말인가? 우리는 숨을 죽이고 읍내 쪽을 주시하고 있었다.

나는 문득 가슴이 타들었다. 빨갱이 세상이 정말 열리는지도 모른다고 생각했기 때문이다. 저것은 분명 어른들의 짓임에 틀림없다고 생각했다. 큰형과 선생님들, 마을 어른들이 강당에서 우수어린 얼굴들로 조심스레 의견을 교환하곤 했던 점들로 미루어 분명한 일이었다. 그렇다면 어른들은 일제히 타종을 하고 경적을 울리자는 약속을 비밀리에 했다는 말인가?

대체 그 까닭이 뭐란 말인가? 빨갱이 세상과 이런 소리는 어떤 연관성을 지니고 있는 것일까? 이러다가 큰형이 다시 빨갱이로 붙들려 가는 것은 아닐까? 그럼, 나는 어떻게 되어 버리는 걸까? 나는 다시 머리가 혼란스러워지기 시작했다.

우리는 몹시 침울한 표정들로 샛강을 떠나왔다. 종소리와 경적소리는 여전히 멎지 않고 있었다. 마치 민방공훈련 때의 싸일렌 소리처럼 사람으로 하여금 긴장을 불러 일으켰다. 우리는 걸음을 조금 서두르는 듯이 걸었다. 아무도 말을 꺼내지 않고 묵묵히 앞만 보고 걸었다. 여섯 시의 저녁 햇살이 이마에 따갑게 꽂히고 있었다.

소리가 멎었다. 우리도 우뚝 걸음을 멈췄다. 그리고 뒤돌아

샛강 쪽을 바라보았다. 고즈넉했다. 고추잠자리 떼가 한 무더기 우리들 머리 위를 나분히 스치고 벼논 쪽으로 멀어져 갔다. 강 쪽에서는 아무 일도 없었다는 듯이 평화스런 모습 그대로 더운 열기만 굼실거리고 있었다. 그러나 나는 아직도 귓전에 소리들이 울리는 이명(耳鳴)을 느꼈다. 우리는 다시 걷기 시작했다.

"남수는 좋겠다."

재개 걸으면서 누군가 말했다. 나는 그 말의 의미를 얼른 알아차리지 못해 되물었다.

"뭐가?"

"너네 큰형이 뽁갱이 대장일 줄도 모르잖아?"

나는 녀석의 말에 더 이상 대꾸하지 못했다. 큰형이 이제 빨갱이라는 사실을 거의 부인하지 못할 것만 같았다. 그리고 '큰형이 빨갱이 대장이어서 내게 어떤 이득이 있을까'를 이해하기 어려웠기 때문이었다.

우리는 학교를 지났다. 학교는 썰렁하며 음산한 느낌이었다. 교무실 쪽에도 선생님들의 모습은 보이지 않았다. 큰형 일행과 선생님들, 마을 어른들은 모두 어디로 가버린 걸까? 정말 빨갱이 세상이 열리기라도 했다는 말인가? 우리 5학년 아이들로선 참으로 알 수 없는 게 세상일인 것만 같았다.

우리는 마을로 선뜻 들어갈 용기가 서지 않았다. 망바우재에서 아득히 멀리에 있는 듯한 마을을 눈을 갠소롬히 뜨고 바라볼 뿐이었다. 우리가 마을로 걸음을 옮기기 시작한 것은 저녁 아홉 시가 조금 못 되어서였다. 우리는 저녁이 깊어가면서 불기 시작한 바람에 귀리 잎 스치는 섬뜩한 소리를 들으며 논틀밭틀 들길을 조심스레 걷기 시작했던 것이다.

우리는 마을 앞에서 아득하지 않을 수 없었다. 마을이 전에 없이 조용한데다가 어떻게 된 일인지 집집마다 불이 꺼져 있었다. 이건 정말 예사로운 일이 아니었다. 어둠에 휩싸인 마을이 우리에겐 매우 을씨년스럽게 보였다. 이제 어떻게 할지 난감했으나 우리는 각자 집으로 돌아가지 않으면 안 되었다.

우리는 마을 앞에서 헤어졌다. 배하기는 헤어지면서 난데없이 내 손을 꼭 잡아 쥐었다. 나는 머리카락이 빳빳이 일어서는 듯한 조바심으로 골목 끝에 낮게 웅크리고 있는 집으로 향했다. 집 앞에서 잠시 마음을 가다듬고 나무대문을 삐꺽 열고 조심조심 안으로 걸어 들어갔다.

집안에 불빛이라곤 보이지 않는다. 대체 무슨 일이 일어난 걸까? 돼지우리 앞에서 나는 잠시 걸음을 멈췄다. 마루쯤에서 나지막이 소곤거리는 소리가 들려왔던 것이다. 내가 걸음을 멈추는 순간 그쪽에서도 인기척을 느꼈는지 말을 멎더니 이쪽을 향해 겨우 담을 넘을 듯한 소리가 들려왔다.

"남수냐?"

어머니 목소리였다. 목소리 어딘가에는 조바심이 섞여 있었다. 나는 걸음을 떼면서 '네' 하고 대답했다. 그리고 운동화를 벗어 마루 밑으로 깊숙이 집어넣고 마루 위로 올라갔다.

"이놈아, 어딜 그리 늦도록 싸다니누? 어서 밥 먹고 잠 자거라."

"엄마, 왜 불 껐어? 텔레비전 안 봐?"

나는 어머니의 꾸짖는 듯 한 말에 대꾸하지 않고서 곧장 되물었다. 대체 마을이 이렇듯 음산한 까닭을 알 수 없었다.

"너는 참견할 거 없다."

아버지께서 대퉁스레 말했다. 나는 더 이상 캐묻지 않고 방으로 들어왔다. 어른들 사이에 분명 예사롭지 못한 일이 일어났다고 생각했다. 어머니께서 방으로 들어와 촛불을 켰다. 그리고 방문을 닫았다.

"어서 밥 먹고 자거라."

"엄마, 무슨 일이야? 큰형은 어디 갔어?"

나는 아버지가 듣지 못하도록 혼자 중얼거리듯 물었다. 촛불이 금세 타올라 방 안이 둥그렇게 밝아왔다. 어머니는 내 물음에 대답하지 않고 밥상을 내게 디밀어주시고는 다시 밖으로 나가버렸다. 나는 소외된 느낌으로 수저를 집어 들었다. 그러나 밥이 좀체 먹히지 않았다. 괜히 배가 더부룩이 불러오는 느낌이었다.

'밥 다 먹으면 촛불 끄고 자거라'는 어머니 말씀에 나는 찍소리 하지 못하고 불을 훅 불어 끄고 아무렇게나 드러누웠다. 그러나 결코 잠이 오지 않았다. 나는 이 생각 저 생각으로 몸을 뒤척이면서 나도 모르게 부르르 몸을 떨었다.

부모님의 태도로 보아도 세상이 심상찮게 돌아가고 있음은 의심의 여지가 없었다. 나는 어느 순간엔가 어머니의 한숨 소리를 들으며 깜빡 잠이 들고 말았는데 새벽에 닭 우는 소리에 깨어나면서 문득 내가 잠이 들었던 사실을 떠올렸다.

다음날, 우리는 등굣길에 여기저기서 이상한 벽보를 보았다. 그러고서 우리는 어제의 정황을 알게 되었다. 벽보의 내용이 대체 무슨 내용인지 알 바는 없지만, 6월 10일, 저녁 여섯 시에 일제히 애국가를 제창하고 모든 차량은 경적을 울리도록 한다. 교회와 사찰에선 타종을 하며 저녁 아홉 시에는 일제히 불을 끄고 텔레비전 뉴스를 시청하지 않도록 한다는 행동 강령이 벽보에 쓰여 있던 것이다.

그런데 놀랄 일은 다음에 일어났다. 경찰들이 우적우적 학교로 들어와서 우리 담임과 다른 선생님 한 분을 잡아갔다. 우리는 영문을 몰라 낮게 고개를 떨구고, 교문 쪽으로 사라지는 그들을 물끄러미 바라보았다.

선생님이 붙잡혀 가고 나서 우리는 바로 종례에 들어갔다. 교감선생님이 침통한 표정으로 들어와서 한동안 침묵 속에 우리들 얼굴만 하나하나 꼼꼼히 살피셨다. 그리고 낮고 길게 숨을 뱉어 내시면서 "내일은 정상 수업이다"라는 말로 종례를 마쳤다.

나는 종례가 끝나자마자 녀석들을 따돌리고 재게 집으로 향했다. 내가 녀석들을 따돌린 까닭은 큰형이 다시 경찰에 빨갱이 죄로 붙잡혀 가게 될지도 모르기 때문이었다. 이제 녀석들을 거느릴 자신이 없었다. 녀석들이 내게 어떻게 나올지도 의문이었다.

선생님은 다음날 오후에 모습을 나타내셨다. 그날 오전에 우리는 연속 두 시간을 자습하고 두 시간은 교감선생님이 맡았다. 교감선생님은 담임에 관해선 한마디 언급도 하지 않고 국어책을 한 페이지씩 돌려가며 읽도록 하고서는 유리창 너머로 교문 쪽만 횡뎅그레 바라보셨다.

담임선생님이 돌아오시자 우리는 거의 환호성을 울렸다. 선생님이 결코 빨갱이가 아니라는 사실을 미루어 짐작할 수 있었기 때문이다. 그러나 나는 마음이 결코 편치 못했다. 큰형의 행방이 염려되었던 것이다.

녀석들이 아직 내게 노골적인 태도를 취해오지 않았으나 나는 배하기의 얼굴에 번지는 야릇한 미소를 보았다. 큰형이 빨갱이로 잡혀가면 누구보다 좋아할 사람이 배하기라고 생각했다. 큰형이 빨갱이라도 이제 내가 좋다는 배하기의 말을 나는 결코 믿을 수가 없었다. 녀석들이 어떻게 변덕을 부릴지도 아직 의문이었던 것이다.

나는 제발 큰형이 붙잡혀가지 않기만을 바랄 뿐이었다. 선생님은 담담하게 우리 앞에 모습을 드러내시면서 예전과 조금도 다름없이 수업을 시작했다. 나는 선생님이 적어도 큰형에 관해 무슨 말인가 해주길 은근히 바랐다. 선생님은 큰형과 같이 행동했을 것이기 때문이다. 선생님이 붙잡혀 갔다가 돌아왔다는 것이 내겐 상당한 의미를 주었다.

선생님이 빨갱이가 아니라면 큰형도 결코 빨갱이가 아닐 것이었다. 그러나 선생님은 교감선생님처럼 한마디 말씀도 하지 않고 수업만 진행해 나갔다. 큰형이 다시 붙잡혀 갔다는 소문이 나돌았다. 소문이 아니더라도 나는 이 사실을 어머니로부터 알게 되었다.

큰형이 경찰에 붙잡혀 갔다고 혼잣소리를 뱉으며 울음눈물을 쏟았던 것이다. 아버지께서도 담배만 뿍뿍 소리 내어 빠시면서 간간이 마른기침만 토해내셨다. 나는 이제 정말 녀석들볼 낯이 없었다. 큰형이 다시 붙들려 가자 마을 사람들은 모이면 빨갱이 운운하며 다시 흥을 보기 시작했다.

녀석들도 하나씩 내게서 멀어져 배하기에게 접근했다. 선생님이 경찰에 붙들려 가셨다가 풀려났던 것을 상기하며 아직나와 배하기를 두고 마음을 굳히지 않은 녀석들도 큰형이 일주일, 이 주일이 가도록 풀려났다는 소문이 없자 모두 배하기쪽으로 기울어 버렸다.

배하기는 저번 날 내게 주었던 만화경을 제일 먼저 되돌려 달라고 하였다. 나는 마치 빨갱이가 되어버린 듯이 얼굴을 붉히며 되돌려주지 않으면 안 되었다.

"뿍갱이!"

녀석들이 나를 놀렸다. 예전에 비해 훨씬 정도가 심했다. 나는 다시 큰형이 원망스러웠다. 어머니, 아버지는 여전히 큰형이 빨갱이가 아니라고 말씀하셨지만 이제 나는 스스로도 믿지 않았다. 두 번씩 경찰에 붙들려간 마당에 어떻게 내가 믿을 수 있겠는가?

여름 방학이 시작됐지만 큰형은 풀려나지 않았다. 녀석들은 예전처럼 배하기를 따랐다. 방학이 시작되자 녀석들은 본격적으로 나를 따돌리고 저희들끼리 자연 관찰을 하고 멱을 감고 술래잡기 등을 하며 놀기 시작했다.

나는 녀석들의 뒤쪽에서 패배자의 모습으로 어깨를 심드렁히 떨군 채 어슬렁거리거나 혼자서 회관 앞 나무 그늘에 앉아 큰형을 생각하며 물끄러미 녹음 짙은 당산나무만 올려다보고는 하였다.

그러나 여름방학은 내게 어떤 희망을 주었다. 배하기 고모가 광주에서 내려왔는데 내려오자마자 마을 회관에 풍금을 옮기고, 칠판을 걸어놓고 아이들을 하나씩 그러모으기 시작했다. 배하기를 따르는 녀석들은 물론이고 육학년 형들과 읍내로 중학에 다니는 형들까지 회관 강당을 가득 메웠다.

나는 강당 안으로 들어갈 수 없었다. 배하기가 나를 노골적으로 못 들어오게 앞에서 저지했기 때문이다. 나는 참담한 심정으로 먼발치에서 멍하니 그쪽으로 시선을 막고 있었다.

이따금씩 풍금 반주에 맞춰 노랫소리가 들려왔다. 그리고 배하기 고모가 큰 목소리로 아이들에게 강의하는 소리가 들렸다.

나는 시간이 흐를수록 그쪽으로 한 발짝씩 가까이 접근했다. 배하기 고모가 천 원권 지폐도 주며 나를 귀여워해 주었는데 나를 보게 되면 분명히 안으로 들어오게 하리라고 생각했다.

내가 회관 안으로 고개를 삐죽 들이밀었을 때였다. 풍금소리가 멎자 나도 모르게 우뚝 숨을 멈추었다. 그러곤 뻣뻣하게 서서 앞만 바라보았다. 그런데 바로 그때 배하기 고모가 내 이름을 부르는 것이었다.

"남수야."

나는 한참 만에 숨을 내뿜었다. 배하기 고모는 어느새 내 앞에 걸어와 있었다. 아이들의 시선이 일제히 내게로 쏠렸다. 나는 배하기 고모를 물끄러미 올려다보았다.

"들어와서 앉아라. 너도 공부해야지."

배하기 고모가 내 팔을 잡아끌며 말했다. 나는 운동화를 벗는 둥 마는 둥 하고 강당 앞쪽으로 가서 앉았다. 아니, 나는 거의 배하기 고모의 팔에 이끌려서 가다시피 하였던 것이다. 배하기 녀석도 이제 나를 더 이상 못 들어오게 위세 부리지 않았다. 녀석의 고모가 직접 나를 끌어다 앞에 앉히는 데에야 녀석도 도리 없었을 것이다.

그리하여 나는 그날 이후 낮과 저녁으로 강당에 나가 풍금 반주에 맞춰 동요도 부르고 공부도 배웠다. 배하기 고모는 우리 역사를 가르쳤다. 칠판 가득 큼직하게 글씨를 써가며 고운 목소리로 크게 말했다.

배하기 고모는 우리에게 당당히 살아야 하며 정의롭게 살아야 하며 이상을 크게 가져야 한다고 강조하셨다. 그러면서 우리도 익히 배워서 알고 있는 인물들에 관해서 이야기 해주셨다.

유관순 누나, 안중근 의사 등과 이한열 열사 그러나 우리는 이한열 열사라는 말이 배하기 고모 입에서 흘러나왔을 때에 고개를 갸웃하지 않을 수가 없었다. 우리의 기억에 없는 이름이었기 때문이다. 그러나 배하기 고모는 침착한 어조로 우리에게 설명해 주셨다.

우리는 설명을 듣고서야 이한열 열사가 얼마 전에 불의에 항거하다 최루탄에 맞아 장열하게 전사한 인물이라는 사실을 알게 되었다. 그런데 참으로 놀라운 순간이었다. 배하기 고모의 입에서 난데없이 큰형의 이름이 불쑥 튀어나왔는데 큰형도 위에 열거한 사람들 못잖게 훌륭한 사람이라고 말하는 것이 아닌가.

나는 물론 배하기를 따르는 녀석들도 잠시 이해할 수 없다는 듯 멍한 표정들을 짓고 있었다. 누군가 큰형이 빨갱이가 아니냐고 물었을 때에 배하기 고모는 갸름한 얼굴에 엷은 미소를 띠면서 큰형이 빨갱이가 아니라 불의에 항거한 의사(義士)라고 말씀해 주셨다. 그리고 큰형이 어떤 일을 하다가 경찰에 붙잡혀 가게 되었는지도 설명해 주셨다.

우리들 중의 누군가 그럼, 큰형이 왜 미군 물러가라는 일에 앞장섰는지 묻자, 배하기 고모는 여전히 알듯 말듯이 미소를 지으면서 뭔가 쉽게 얘기하려고 애쓰는 모양이었으나 우리가 끝내 알아듣지 못하는 표정들을 짓자 장차 어른이 되면 알게 될 거라고 하셨다. 그러면서 너희들 집에 손님이 찾아와 머무르면서 주인 행세를 하면 어떻게 하겠느냐고 물었다.

우리들은 거의 한결같은 소리로 손님을 우리네 집에서 쫓아 버려야 한다고 대답했다. 배하기 고모는 넌지시 웃었다. 그리고 다시 이런 질문을 던졌는데 우리는 이번 물음에는 매우 공감을 갖게 되었다.

"여러분, 이 학기 반장 선거에서 선생님이 반장을 마음대로 지명하려고 하면 여러분은 어떻게 하겠어요?"

우리는 당연히 선생님께 항의해야 한다고 말했다. 우리 학교의 관례는 학생들이 반장에 결격 없는 유능한 학생을 추천해서 우리들 손으로 반장을 뽑기 때문이라고 배하기 고모가 되물은 까닭에 대답했다. 그러자 배하기 고모는 이번에는 아까보다 훨씬 흐뭇한 표정으로 윗니까지 하얗게 드러내놓고 웃는 것이었다.

"이것은 불의죠?"

배하기 고모가 물었다. 웃음은 이 속으로 완전히 사라지고 까닭 없이 진지한 표정이었다. 우리들은 네, 하고 똑똑히 대답했다.

"불의를 보면 어떻게 해야죠?"

배하기 고모가 다시 물었다. 배하기 고모의 눈빛이 회관 지붕 머리로 내리꽂히는 팔월의 햇살보다 벌겋게 이글거리는 것 같았다.

우리는 괜히 가슴에 뜨거운 기운들을 느끼면서 맞서 싸워야 한다고 입을 모아 재잘거렸다. 배하기 고모는 잠시 우리들에게 등을 돌리고 칠판만 바라보고 있었다. 나는 그때 배하기 고모가 낮게 흐느끼고 있다는 것을 알았다. 그녀의 어깨가 오르락내리락 숨을 쉬고 있었기 때문이다.

큰형이 열사라면 경찰들이 왜 두 번씩이나 큰형을 잡아갔느냐고 내가 물었다. 나는 배하기 고모가 큰형을 열사라며 자랑스레 앞세우고 나오자 공연히 어깨를 우쭐 세우면서 녀석들을 한번 휘이 살펴보면서 물었던 것이다. 내 물음에 녀석들도 귀를 쫑긋 세우며 배하기 고모를 뚫어져라 바라보았다.

배하기 고모는 어떻게 설명해야 할지 아득한 표정으로 머리를 손으로 감싸 쥐면서 한참을 곰곰 생각하더니 이렇게 말하는 거였다.

"여러분들은 아직 어려서 모르지만 정의로운 행동이 억압을 받는 시대에 우리가 살고 있기 때문입니다. 남수 큰형은 바로 이 정의를 위해 싸우다가 붙잡혀 갔던 거예요."

배하기 고모의 말에 중학에 다니는 형 하나가 그럼, 마을 어른들은 왜 남수네를 뿍갱이라며 흉을 보느냐고 물었다. 배하기를 따르는 녀석들이 굼벵이처럼 몸들을 웅크리며 배하기 고모를 노려보는 것 같았다.

배하기 고모는 망설이지 않고, 그것은 마을 사람들이 경찰의 눈치를 보기 때문이라고 단호히 말했다. 그러면서 실상은 마을 사람들이 남수네가 빨갱이가 아니라는 사실을 알고 있다는 말도 덧붙였다. 나는 순간 심장이 두근거리는 소리를 들었다. 이젠 큰형이 빨갱이가 아니라는 사실을 정말 믿을 수 있을 것만 같았다.

여름 방학 동안 배하기를 따르는 녀석들 중 상당수가 내게 다시 접근하기 시작했다. 그러나 아직도 나를 멀리하는 녀석들이 더러 있었다. 녀석들은 큰형이 풀려나지 않는 한 나를 적대시할지도 몰랐다. 그러나 여름 방학은 내게 용기를 주었다. 큰형이 결코 빨갱이가 아니라 열사와 같은 사람이라는 사실은 나로 하여금 큰형에 대한 자부심을 갖게 하였다.

나는 이제 녀석들에게 하나도 꿀릴게 없다고 생각했다. 녀석들이 나를 어떻게 생각하든 상관없는 일이었다. 나만 떳떳하면 그만이 아니고 뭐겠는가. 나는 저번 날에 선생님이 유심히 나를 쳐다보았던 게 다 까닭이 있었던 모양이라고 생각하며 이제 오히려 큰형이 자랑스럽게 느껴지기까지 하였다.

여름 방학이 끝나고 개학을 맞아 우리는 이 학기 반장 선거를 하게 되었다. 나는 은근히 기대를 하기도 하였으나 우리 마을 녀석들의 일부만 내편이었을 뿐으로 아직 큰형에 대한 진실을 다른 마을 녀석들은 모르므로, 내가 반장 후보로 누군가에 의해 추천되더라도 결국 수적인 열세로 낙선될 게 뻔하다고 생각했다.

그래서 나는 아침 등굣길에 가만히 내게 다가와서 오늘 반장 선거에 나를 추천하겠다던 창석이와 동수 녀석을 향해 버럭 소리를 쳤던 것이다. 두 번 다시 배하기에게 수모를 당해서는 안 되기 때문이었다.

　그런데 반장 선거 시간에 나는 매우 당황하지 않을 수가 없었다. 담임선생님께서 교단에 묵묵히 서서 우리를 한번 휘이 살피시고는 불쑥 말을 꺼냈던 것이다.

　"이 학기 반장은 선생님이 직접 지명하겠다."

　선생님의 말씀에 반 아이들 중 어느 누구도 이견(異見)을 제시하지 못했다. 녀석들은 선생님의 얼굴을 물끄러미 쳐다보면서 배하기와 내 쪽을 번갈아 주시하는 것도 잊지 않았다. 그들은 선생님께서 누구를 반장으로 지명하게 될지 매우 궁금한 순간이었다.

　나는 선생님에게 눈총을 주었다. 나를 선생님이 지명하게 될지도 모른다는 생각이 들기도 하였지만 반장을 이런 식으로 뽑아서는 안 된다는 게 솔직한 내 심정이었다. 그런데 선생님은 예상대로 나를 불쑥 지명한 게 아니고 뭔가. 나는 가슴이 뭉클하면서 오금이 저렸다.

　녀석들이 여기저기서 내게 날카로운 시선들을 날려 왔다. 대체 선생님께서 나를 지명한 저의가 궁금하지 않을 수가 없었다. 나는 잠시 마음을 가다듬은 다음 선생님의 잘못된 방식에 이견을 제시할 생각이었다. 그런데 나보다 먼저 손을 번쩍 치켜든 녀석이 눈에 띄었다. 나는 그쪽으로 시선을 쉬익 돌리면서 무엇보다 놀라고 말았다.

아침에까지 나를 추천하겠다며 아첨을 떨었던 창석이 녀석이 무슨 이유로 손을 번쩍 쳐든 것일까? 나는 숨을 죽이며 창석의 입에서 빠져나올 말을 기다리고 있었다.

"안됩니다. 반장은 우리 손으로 뽑아야 합니다."

나는 순간 입술을 꾹 깨물었다. 내가 반장이 되고 싶어서가 아니라 창석의 발빨게 행동하는 태도가 가증스러웠던 때문이다. 창석이 말을 꺼내자 여기저기서 창석이 의견에 동의하기 시작했다. 선생님께서 그럼, 선생님이 반장을 직접 지명하는 방식에 대해 찬성하는 사람은 손을 들어보라고 말씀하셨다. 그러나 손을 쳐든 학생은 한명도 보이지 않았다. 그러자 선생님께서 한참을 묵묵히 학생들을 내려다보시더니 빙그레 웃으시면서 말씀하셨다.

"잘했다. 선생님은 바로 너희들의 그런 태도를 보고 싶었던 거다. 여러분의 학급을 다스릴 반장은 바로 여러분의 손으로 뽑아야 하는 것이다. 그게 우리 민주주의의 원리다.

여러분들이 신성한 한 표를 행사하는 것은 바로 여러분들의 권리를 찾아 행사하는 것이다. 그러나 여러분들은 한 가지 중대한 사실을 모르고 있다. 선생님이 방금 특별히 조남수를 반장으로 지명했던 것은 너희들에게 새로운 사실을 알려주기 위해서다.

선생님은 조남수가 누구보다 모범적이고 뛰어난 학생이라는 것을 잘 안다. 그러나 여러분들은 여러 차례 조남수를 반장에서 탈락시켰음은 물론 경우에 따라서는 후보로조차 내세우지 않았던 사실을 잘 알고 있다. 자, 이제 여러분들의 의견을 듣도록 하겠다. 대체 무슨 이유에선가?"

선생님의 물음에 녀석들은 아무도 대답하지 못하고 시선을 책상 위로 고정시키고 있었다. 나는 얼굴이 얼얼하게 달아올라 연신 손으로 쓸어내리면서 입술을 꾹 깨물었다. 선생님께서도 나처럼 입술을 꾹꾹 깨물면서 어딘지 모르게 위엄스런 목소리로 말씀하셨다.

"좋다. 그럼, 선생님이 직접 말하겠다. 여러분들은 조남수를 뾰갱이라고 놀려왔다. 조남수는 그래서 번번이 반장 선거에서 탈락되었던 걸로 선생님은 알고 있다. 물론 뾰갱이가 반장이 되어서는 안 되겠지.

선생님이 여기서 분명히 밝혀두지만 조남수는 절대 뾰갱이가 아니다. 조남수 큰형이 경찰한테 붙들려간 것은 잘못된 일이다. 여러분들은 아직 잘 모르는 일이다만, 차차 커가면서 이해하게 될 날이 올 것이다."

선생님은 큰형이 어떤 사람인지를 말하면서 배하기 고모가 예를 들었던 방식으로 쉬이 설명하려 하였지만 우리들 중에 이해할 수 있는 아이는 거의 없는 것 같았다. 선생님은 설명을 마치면서 우리에게 반장 선출에 관한 모든 것을 일임했다. 배하기와 밤 골에 사는 녀석 하나와 내가 반장후보로 추천되었고, 비밀투표를 치렀는데 나는 결국 배하기에게 패배하고 말았다.

큰형이 아무리 빨갱이가 아니라고 선생님이 설명을 늘어놓았을지라도 녀석들에겐 아직도 큰형이 경찰에 붙들려갔다는 사실이 이해가 되지 않았던 모양이다. 그러나 나는 매우 상쾌했다. 내가 반장을 하고 하지 않고는 차라리 뒷전이었다. 큰형이 빨갱이가 아니라는 사실을 선생님까지 직접 나서서 밝히고 있지 않은가.

나는 어른들 세상이 참으로 우습다는 생각이 들었다. 빨갱이가 아니라도 잡아 가두는 어른들의 세상은 아무리 생각해도 이해가 되지 않았다. 그러나 나는 큰형이 경찰들에게 붙잡혀 갔던 사실을 현실로 받아들이지 않으면 안 되었다.

큰형은 겨울방학이 시작되어도 결코 풀려나지 않았기 때문이다. 나는 우리가 생각할 수 없는 또다른 세계가 우리 앞에 존재한다고 막연히 생각했다. 우리가 자라 나이를 먹고 어른이 되어도 그런 세계가 여전히 존재할지도 모른다는 생각에 이르자, 나는 갑자기 무서운 느낌에 몸을 웅숭그렸다.

이 학기 내내 나는 공부에 열중했다. 빨갱이가 아니면서 경찰한테 붙잡혀 간 큰형을 위해 더 이상 내가 할 수 있는 일이란 아무 것도 없었다. 나는 빨리 어른이 되어야겠다고 생각했다. 내가 큰형의 문제에 조금이라도 일조(一助)하려면 얼른 어른이 되는 길밖에 없다는 생각이 들었던 것이다.

나는 배하기 녀석들과도 사이좋게 놀았다. 녀석들도 나를 예전처럼 따돌리지는 않았다. 큰형이 잠깐 세상에 나왔을 때처럼 녀석들이 내게 접근해 오지는 않았지만, 나는 예전과는 다르게 하늘 아래서 자유로이 숨 쉬고 달리고 마음껏 뛰어 놀았다.

언젠가 나는 건강한 어른이 되어야 하기 때문이었다. 내가 건강한 어른으로 성장하는 날, 큰형을 위해 뭔가 도움을 줄 수 있을지도 몰랐다. 그러나 큰형은 뜻밖에도 빨리 풀려났다. 그해, 겨울방학이 끝나갈 무렵, 그러니까 성탄절을 하루 앞둔 날이었을 것이다.

큰형은 결코 패배하지 않은 당당한 모습으로 마을에 모습을 드러냈다. 이제 큰형을 빨갱이로 보는 사람은 그 어디에도 없었다. 반대로 사람들은 서서히 큰형을 잡아가둔 사람들을 빨갱이로 여기기 시작했다.

나는 나를 따르기 시작한 녀석들과 함께 큰형으로부터 지난날 큰형이 어떤 일을 했으며, 무엇 때문에 경찰들은 큰형을 잡아가두려고 하였는지 상세히 듣게 되었다.

배하기 고모와 선생님으로부터 들었던 내용들과 크게 다르지 않았지만 큰형은 매우 조리 있게 우리에게 설명해주었다. 우리는 주인이면서 아직도 진정한 주인이 아니라는 것과 나라를 다스리는 몇몇 어른들이 국민들의 합의에 의해 만들어진 국가근본법을 어기고 국민위에 서서 칼을 휘두른다는 것 등을 다른 예를 들어가며 일일이 설명해 주었던 것이다.

큰형은 이를테면 그러한 불의에 항거하다 붙잡혀 갔다는 거였다. 우리는 큰형으로부터 모든 사실을 전해 듣고 마치 약속이나 한 것처럼 입속으로 중얼거렸다.

"빨갱이 새끼들!"

이듬해, 새 학기가 시작되었다. 우리는 민주주의의 원리에 따라 우리가 주인이 되어 정당하게 반장 선거를 치렀다. 우리 반을 가장 잘 이끌어가기 위한 반장을 뽑았던 것이다.

여기저기서 나를 후보로 내세웠고, 배하기도 후보로 내세워졌다. 우리는 신성한 한 표를 정성껏 행사했다. 나는 이제야말로 배하기한테 져서는 안 된다고 생각했다. 솔직히 배하기가 그동안 얼마나 치사한 수법으로 반장에 당선되었던가?

나는 서기(書記)가 내 이름 밑에 또박또박 正 자를 새겨나가는 것을 보고 가슴이 벅차올랐다. 한 획 한 획 더해져서 正 자가 완성되어 나갈 때마다 내 귓전에 어룽거렸던 '빨갱이'라는 소리들이 자꾸만 멀리멀리 달아나는 것이었다.

나는 사뭇 긴장도 되었으므로 거의 칠판을 바라보지 못하고 책상 위에 시선을 박고 있었다. 그리고 나는 녀석들의 환호성이 터지자 고개를 쳐들었고, 내 이름 밑에 正 자가 사다리처럼 줄지어 있었음을 알았다.

나는 가장 민주적인 방식으로 반장에 당선된 것이었다. 나는 당선 소감을 들어보자는 담임선생님의 말씀에 앞으로 나가지 않을 수가 없었다. 나는 가슴이 팔딱거리며 떨려왔지만 제법 어른스런 목소리로 그 첫마디를 꺼냈다. 그런데 첫마디가 이렇게 튀어나오리라고는 나로서도 예상 못한 일이었다.

"나는 뿍갱이가 아닙니다!"

거룩한 선택

거룩한 선택

내가 가까스로 의식을 회복했을 때에 코끝에는 눅눅한 크레졸 냄새가 찐득거리고 있었다. 나는 얼마동안 의식을 잃어버렸으며 여기는 지금 어디란 말인가? 아직도 귓전을 맴도는 전우들의 함성소리……. 그러나 여기는 전선이 아니라 병원이었다.

"정신이 드셨군요."

머리에 흰 캡을 두른 간호장교 하나가 사무적인 표정을 띠면서 내게 말했다. 나는 아직도 뿌연 의식의 혼돈 속에 머무르고 있었다.

대대 ATT훈련의 사흘 차. 우리 202대대는 육백오십 고지의 3부 능선을 넘어 대항군에 맞서고 있었는데, 내 의식에 떠오르는 것은 '누군가 나를 뒤쪽에서 밀었으며, 결국 이렇게 저들의 손에 죽고 마는구나' 하는 생각과 함께 낭떠러지로 굴러 떨어지는 장면뿐이었다.

나는 정신을 가다듬으려고 애쓰면서 몸을 한번 뒤척여 보았다. 그러나 어찌된 노릇인지 몸을 제대로 움직일 수가 없었다.

"움직이지 마세요."

"대체 내가 어떻게 된 겁니까?"

"훈련 중에 사고를 입었습니다. 이제 곧 우리 병원을 떠나 수도병원으로 이송될 겁니다."

간호장교가 내 입속에 체온기를 쑤셔 넣고 오른쪽 팔의 상박부를 혈압계로 감아 공기를 집어넣으면서 말했다. 나는 여기가 어느 야전병원쯤 되는 모양이라고 생각하면서 뭔가 간호장교에게 물으려다가 체온기 때문에 입을 다물고 말았다. 간호장교가 체크를 마치고 나간 다음 대대 상사가 걸어와 가만히 내 어깨를 짚었다. 나는 감았던 눈을 다시 떴다.

"천 일병, 다행이다."

"선임하사님, 대체 어떻게 된 겁니까?"

"안전사고를 당한 거다. 기억나는가?"

"안전사고요? 아, 아닙니다. 저는 누군가에 의해 고의로 사로를 당한 겁니다. 누군가 뒤에서 분명히 저를 떼밀었습니다."

나는 그때의 순간을 다시 기억 속으로 끌어올리면서 말했다. 그러나 선임하사의 표정은 완전히 굳어지면서 나를 무시해버리고 있었다.

"아냐, 천 일병은 안전사고다. 잠시 후 사단본부대에서 나올 거다. 쓸데없는 소릴 지껄이면 우리 부대원들 모두가 괴롭다. 현명하게 조사에 임하길 바란다."

대대 상사는 단호히 입다짐을 받으며 밖으로 나가버리고 있었다. 잠시 후 사단본부에서 사고조사반이 나왔다. 나는 사고의 순간을 다시 떠올리며 상사의 입다짐에도 불구하고 사실대로 말해버렸다. 그러나 그들도 내 말을 단칼에 일축하고 나왔다. 모든 조사가 형식적이었다.

"이제부터 어떤 조사기관에서 나와 묻더라도 너는 안전사고다."

"고의로 사고를 당한 겁니다."

나는 어이없는 표정으로 그들에게 항변했지만 내가 그들에게 들을 수 있는 소리는 절망적인 것이었다.

"이 자식, 아직도 정신을 못 차렸군. 너 특수학적 변동자로 군대 불려온 놈이지? 이봐, 김 소위. 여기에 지장 받아."

소위가 내 팔을 덥석 끌어 인주를 손끝에 묻힌 다음 미리 작성해 온 듯한 서류에 손도장을 눌렀다. 그리고 그들은 나를 예리하게 한번 노려본 다음 밖으로 나가 버렸다.

나는 위생병들에 의해 들것에 실려져서 밖으로 나왔다. 그리고 헬리페드장으로 긴급히 옮겨졌다. 요란히 프로펠러 돌아가는 소리와 함께 바닥의 모든 찌끄러기를 위로 빨아올리는 회오리바람이 일었다.

나는 온몸이 얼어붙은 듯한 마비를 느끼면서 그들에게 몸을 내맡겼다. 위생병들의 입에서 하얀 입김이 풀풀 빠져나왔다. 얼어붙은 하늘에는 해가 뿌연 모습으로 낮게 떠서 회오리바람에 출렁거리는 모습이 연녹빛 견장을 단 위생병의 어깨 너머로 올려다보였다.

나는 헬리콥터에 실려지면서 '천 일병, 치료 잘 받고 무사히 복귀하기 바란다'는 대대 상사의 희미한 소리를 들었다. 헬리콥터는 더욱 요란히 굉음을 프로펠러 끝으로 토해 내면서 이륙하기 시작했다.

"으, 추워. 59야전병원만 들오면 동태가 된단 말이야. 이봐, 위생병! 체온과 혈압, 체크하고 몰핀으로 진정시키도록!"

"네, 군의관님."

내가 자신도 모르게 고함을 쳤던 것은 아마도 시작된 통증 때문만은 아니었을 것이다. 내게 있어서 이제 어디나 영어(囹圄)의 사슬에 묶여있다는 느낌이 들었던 것이다.

저들에 의해 강집되어 군대라는 울안에 묶이면서 나에 대한 억압과 구속이 본격적으로 시작되었다. 강집되기 전에도 사실 나는 속박의 굴레에서 벗어나지 못했을 것이다. 누군가에 의해 종일 미행당한 느낌에서 나는 한 번도 자유롭지를 못했다.

사찰기관에서는 나를 문제 학생으로 벌써부터 지목하고 있었고, 대학당국 조차도 지도휴학 조항을 만들어 나와 같은 순수와 열정에 불타는 학생들을 학원에서 추방시켜 강제로 입영시켰다. 심지어 입영결격 사유가 있는 경우조차도 강집을 당했던 것이다.

강집되어 전방으로 배치된 학생들은 특수학적 변동자로 분류되어, 매월 정기적으로 군수사기관의 감시 속에서 이른바 녹화사업을 거쳤다. 학생들은 조사과정을 통해 대학생활을 낱낱이 기록한 행정기록서를 작성했다.

자기 신념의 잘못을 시인하는 반성문을 쓰도록 강요당함은 물론 프락치가 되어 대학동료들에게 접근하도록 강요받은 적도 있었다. 그러나 나는 아직 한 번도 저들의 억압에 굴복하지 않았다. 내가 스스로 지켜온 신념을 버릴 때에 나는 이미 세상에 존재하지 않은 것이다.

군 수사요원들에게 불려가 정기적으로 죽음을 넘나드는 고문을 당하면서도 결코 신념을 버릴 수 없었던 까닭은 우리의 약속 때문이었다. 차라리 주검으로 세상에 돌아올지언정 우리의 신념을 빼앗기고 돌아오지는 말자고 우리는 쓴 술잔을 거후르며 다짐을 했었던 것이다.

내가 문득 고함을 치자 군의관이 위생병에게 소리치듯 말했다. 위생병이 내게 몰핀을 투여하는 모양이었다. 다리가 끊어질 듯한 통증은 가셨지만 이상하게 내 입에서는 까닭모를 고함이 여전히 터져 나왔다.

"아아."

"이 친구, 특별한 체질을 가졌군. 몰핀을 쐈는데도 소리를 지르니 말야. 이봐, 위생병. 뭐하고 있나?"

군의관의 건조한 말끝에 위생병은 내 입속 가득히 거즈를 밀어 넣었다. 이제 내 소리조차도 억압을 받기 시작했다.

나는 손과 발이 모두 고정되어 있었으므로 손을 쓸 수가 없었다. 나는 헬리콥터가 수도병원을 향해 상공을 나는 동안 속으로 증오만을 키워갔다. 누구에 대한 증오인 줄도 정확히 모를 증오가 입 안 가득 차올랐다. 나를 구속하고 있는 무엇, 자유를 억압하고 있는 그 무엇에 대한 증오였는지도 모른다.

헬리콥터가 수도병원의 뒤뜰에 도착했다. 미리 대기하고 있던 군의관과 간호장교, 위생병들이 나를 헬리콥터에서 내렸다. 나는 여전히 들것에 실린 몸으로 증오만을 파랗게 키우고 있었다.

"서 대위, 뭔가?"

"프랙처라네."

나를 응급실로 분주히 옮기면서 의학용어를 섞어 군의관이 말했다. 나는 그게 골절환자를 일컫는 제들끼리의 용어라는 사실을 나중에 알게 되었다. 나는 응급실로 옮겨져서 다시 혈압과 체온을 체크 받고 상처 부위의 CT 촬영을 마쳤다. 그리고 다시 제들끼리 지껄이기 시작했다.

"이 친구, 재수 더럽게 없군. 뼈가 이렇게 복잡하게 부러졌으니 말야. 드릴로 핀을 박은 다음 150파운드의 추를 매달고 상태를 지켜보자구."

그들은 내 입을 다시 거즈로 틀어막았다. 그리고 네 명의 억센 위생병들이 팔과 다리를 고정시켰다. 이어 드릴 돌아가는 소리가 '쉬' 하고 났고 나는 거의 까무러치고 말았다. 그들은 마취도 하지 않고 내 뼈를 드릴로 뚫어버렸던 것이다.

나는 병실로 옮겨졌다. 오른쪽 팔뚝의 핏줄을 타고 5%의 포도당이 주입되고 있었다. 그리고 내 왼쪽 발에는 무거운 추가 대롱거리듯 매달려 있었다. 성명, 군번, 근무 부대명, 입원 날짜 등이 대퇴부 복잡골절이라는 병명과 함께 베드 뒤쪽에 부착된 사항란에 기록되었다.

내가 입원한 정형외과 병동은 수도병원에서는 가장 넓고 환자도 많았다. 줄잡아 칠십여 명의 환자들이 베드 하나씩을 차지하고 치료를 받고 있었다. 수도병원의 경우 대개 중환자며 응급환자가 많았는데 상태가 호전되면 정기적으로 연고지 지구병원으로 후송되었다.

연고지 지구병원의 T·O가 후송희망자보다 적은 경우 제2지역, 제3지역 등의 희망지로 배정했다. 그러나 대개는 연고지가 가까운 지구병원으로 후송되고는 하였다.

환자들은 푸른 수의 같은 환자복을 입고, 창백한 얼굴을 하고 있었다. 그들은 하루빨리 치료를 마치고 자대복귀 하기를 기다리지만 더러 병영생활에 적응하지 못한 병사들은 하루라도 병원에 더 머물기 위해 엄살을 떨기도 한다.

스테이션을 맡게 되는 운 좋은 환자들은 병이 완쾌되었을지라도 일 년 이상을 버티는 수도 있는데 군의관, 간호장교, 위생병 등을 옆에서 조우하다보면 서로 정이 들게 되어 퇴실날짜가 자꾸만 느루 잡게되는 것이다.

내가 정형외과 병동에 입원한 다음날, 위에서 다시 형식적인 사고조사를 나왔고 그들은 내가 고의가 아닌 안전사고를 당한 것으로 결론을 내리고 병실을 빠져나갔다.

나는 내 진실이 저들에게 더 이상 먹혀들지 않는다는 사실을 알게 되면서 다시 퍼런 증오의 칼날만을 갈기 시작했다. 그러나 누구를 향한 증오인지 나도 자신을 알지 못했다. 증오의 대상이 구체적으로 다가오지 않았던 것이다.

나는 2주 뒤에 1차 수술을 받았다. 군의관의 말에 따르면 지구병원에 내려가서 2차 수술을 받아야 한다고 하였다. 복잡골절의 경우 한 번의 수술로는 불가능하다는 것이다. 더욱이 뼈가 부러지면서 외상을 입게 되어 신중하지 않으면 골수염을 앓게 될 수도 있다고 했다.

나는 수술을 마치고 안쪽으로 깊숙이 베드 배정을 받게 되었다. 마이가리 상병 계급장을 붙인 가벼운 환자 하나가 내 식사와 대·소변을 도와주었다. 이른바 마이가리 상병은 내 베드 당번이 되었던 것이다. 내가 수도병원에 머무르는 동안 가족과 친지, 대학 동료들이 정기적으로 면회를 왔다.

면회를 하러오면 베드 당번이 나를 휠체어에 태우고 면회실까지 나갔다. 부모님은 내가 어떻게 사고를 당한 것인지 물으려 하였으나 나는 그저 안전사고를 당한 것이라고 말해 주었다. 그러나 부모님은 내 말을 믿으려는 눈치가 아니었다. 다른 사람들도 마찬가지였다.

뜻을 함께했던 대학동료들은 강집 된 동지들이 얼마나 열악한 환경 속에서 구속받고 있다는 사실을 알고 있었으므로 그 정도가 훨씬 강했다. 입원 전우들 중 내 눈에 특히 띄었던 사람은 우 병장이었다.

그는 파상풍이 골수염으로까지 번져 이곳 수도병원에서 이 년 남짓 치료를 받고 있었는데 최근에는 상태가 호전되어 이제 지구병원으로 후송을 가게 될 차례였다. 그는 누구보다 생명에 대한 애착이 강한 것 같았다. 투약을 봐도 대개의 병사들은 약을 복용하는데 소홀한 반면에 우 병장은 소염제는 물론 소화제 하나라도 꼬박 꼬박 챙겨 먹었다.

내가 어쩌다 밤이 늦게 소변이 마려워 불침번이 갖다 준 플라스틱 용기에 소변을 보며 우 병장 쪽을 바라보면 그는 정성들여 제 상처를 어루만지면서 소독을 하고는 있었다. 위생병들이 화학약품으로 제조해 환자들에게 은밀히 제공한 술도 일절 입에 대지 않았다.

나는 침대에 누워 대개 책을 읽는 일로 하루하루를 소일했다. 내가 주문한 책을 대학동료들이 면회 오면서 내게 건네주었다. 나는 대개 군에 입대하기 이전에 보았던 이념서들을 탐독하거나 장차 어떻게 군대로부터의 억압을 극복해 낼 수 있을지에 대해서 생각하고는 하였다. 병실의 전우들과는 거의 대화가 없었다.

무엇보다 전우들은 나의 처지를 이해하지 못하리라고 생각했다. 그러면서 대상없는 증오를 키워나갔다. 우리의 젊음과 이상을 짓밟고 진실과 순수에의 열정 앞에 칼을 들이민 집단. 그러나 누구를 어떻게 증오해야 할지는 군대라는 특수집단 속에서 내게 막연하기만 했다.

그러던 어느 날, 내가 수술을 받고 나서 달포쯤 지났을 때였다. 나는 마이가리 상병 도움 없이 휠체어에 의지하여 스스로 활동할 수 있게 되었는데 우 병장에 대해 구체적으로 알게 된 것이었다. 나는 처음에 우 병장의 베드 뒤에 부착된 환자기록 사항을 무심히 들여다보았다. 그러다가 문득 숨을 멎고 긴장하지 않을 수 없었다.

그에 관한 기록 중에서 내 눈에 가장 먼저 들어왔던 것은 파상풍과 골수염이라는 병명보다 13공수라는 부대명이었다. 광주에 투입된 공수부대! 나는 잠시 호흡을 가다듬고 부들거리는 몸을 진정시켰다. 그리고 국방색 모포를 목 끝까지 바짝 끌어올린 채로 잠들어 있는 우 병장을 멍하니 내려다보았다.

잠든 그의 얼굴은 참으로 순진하고 맑아보였다. 그가 공수여단에 근무했다는 사실이 좀체 믿기지 않았던 것이다. 나는 소리가 나지 않게 휠체어 바퀴를 조심스레 굴려 자리로 돌아왔다. 그리고 이때부터 우 병장에 대해 주의 깊게 관심을 기울이기 시작했다.

그 후 우 병장에 대해 엄청난 사실을 알게 되었다. 그가 5·18 광주사태 때 진압군의 일원으로 광주에 투입되었고 민주항쟁을 비롯하여 불의에 항거하는 민중들을 진압하는 과정에서 사고를 당하게 되었다는 사실이다. 그런데 알 수 없는 것은 바로 내 자신이었다. 내가 파랗게 키워온 증오의 대상이 어느새 우 병장이 되어 있었던 것이다.

나는 그가 내 이상의 날개뿐만 아니라 순수로 치 닿는 내 선열들의 생명까지 앗아 갔다고 생각했다. 5·18 이후 떠나간 그 젊은 넋들. 나는 차라리 이렇게 살아있는 내가 그 선열들의 넋에 죄스러울 뿐이었다. 나는 이제 우 병장을 향해 증오의 칼날을 갈기 시작했다.

그가 차츰 내 증오의 대상으로 구체적인 자리를 잡기 시작하면서 나는 한 순간도 긴장을 풀지 않았다. 그것은 내가 강집 이전, 광주의 넋과 치유를 위해 독재와 불의에 항거하며 거리로 나섰을 때에 못잖은 것이었다. 그러나 우 병장은 아직 나의 이 같은 심경의 변화를 전혀 모르는 것처럼 보였다.

나는 차츰 그와 비각*이 되어갔다. 그를 이곳에서 만난 게 운명일지도 모른다는 생각이 들었다. 그와 마주치면 머리가 빳빳하게 일어섰고 투쟁하다 숨진 선열과 동지들이 떠올랐다. 내가 강집되어 지금 여기까지 오게 된 것도 모두 그 때문으로 여겨지기 시작했다.

내가 겪어왔던 모든 고충이 그로부터 비롯되었다는 비약적인 생각까지 들었다.

---

*물과 불처럼 서로 상극이 되어 용납되지 아니 하는 일

나는 서서히 증오를 내부에 숨기고 그에게 접근하기 시작했다. 나는 읽던 책을 침대 위에 접어두고 휠체어를 밀고 잠시 밖으로 나왔다. 하루 종일 머릿속에 우 병장을 가둬두자 머리가 조금 혼란스러웠다.

병실을 빠져나와 시멘트로 포장된 휠체어용 길을 따라 병원 앞 정원에 한동안 앉아 있었다. 가슴에 호스를 꽂거나 머리에 붕대를 칭칭 동여맨 환자들이 삼삼오오 한데 뭉쳐 해바라기를 하고 있었다. 그들의 얼굴은 겨울햇살처럼 창백했고 대개 여위어 보였다.

오늘 여기서 만난 환자들 중 내일 보지 못하게 되는 환자들도 있을 것이다. 내가 있는 정형외과 병동의 경우만 해도 하룻밤 사이에 스르르 눈을 감고 영영 떠나가는 환자가 많았던 것이다. 그들을 보게 되자 광주를 위해 투쟁하다 어디론가 훌쩍 자취를 감췄던 동지들 생각이 났다.

나는 차가운 저녁노을이 병실 창유리 너머로 올려다 보일 때까지 앞뜰에서 서성거리다가 병실로 돌아왔다. 휠체어를 고정시키고 침대 위에 부자연스런 동작으로 간신이 몸을 올려놓으려는 순간 우 병장과 마주쳤다. 그가 다른 날과는 유다른 표정으로 나를 바라보고 있었다. 나는 갑자기 섬뜩해짐을 느꼈다. 우 병장의 눈빛이 까닭 없이 날카로워 보였던 것이다.

저 놈이 나를 읽었나? 나는 속으로 중얼거리면서 보던 책을 다시 펼쳐들었다. 그러다가 나는 문득 고개를 갸웃하지 않을 수 없었다. 누군가 내 침대에 올라왔던 느낌 때문이었다. 침대 시트가 조금 헝클어져 있었다. 그리고 내가 절반으로 접어둔 책갈피가 펼쳐져 있었다.

나는 순간적으로 우 병장을 떠올렸다. 나와 마주쳤던 그의 눈빛이 아무래도 예사롭지 못했던 것이다. 그렇다면 그도 이제 나를 경계하며 증오를 키우고 있을 지도 모른다. 나는 정신을 바짝 차리지 않으면 안 되리라고 생각했다.

저놈들은 태연히 사람을 죽였던 놈들이니까. 나는 잠시 어금니를 맞물고 호흡을 가다듬었다. 우 병장을 생각하니 다시속이 차오르기 시작했다. 나는 숨을 고르면서 우 병장을 예리하게 한번 쳐다보았다. 그의 눈빛이 날카롭게 빛났다. 한없이맑고 밝게만 보였던 그의 얼굴이 순간 벌겋게 달아오르면서짐승으로 변하는 환영이 보였다.

너는 내 손에 죽는다! 나도 모르게 속으로 중얼거렸다. 식사차가 삐걱거리며 굴러왔고 앞 쪽에서 오늘 메뉴 뭐지? 하고혼잣소리를 하는 게 들렸다. 베드 당번들이 분주히 움직이며중환자들의 시중을 들기 시작했다.

마이가리 상병이 내 앞에 식사를 가져다주면서 '천 일병, 이제 넌 중환자가 아냐' 하고 비절거리는 소리로 말했다. 나는 겨우 나보다 이 주일 빠른 주제에 상병 계급장을 붙인 베드당번에게 조금 빈정거리는 투로 말해버렸다. '넌 꾀병환자야!'

나는 휠체어에 의지하지 않고 걷기 시작했다. 휠체어는 나보다 정도가 심한 다른 환자에게 건네졌다. 나는 휠체어 대신 목발을 짚고 발탄 강아지처럼 한 발짝씩 내딛는 연습을 했다. 왼쪽 다리의 엉치뼈 바로 밑까지 석고로 길게 깁스가 되어 있었으므로 걷노라면 피가 발끝으로 몰렸다. 나는 걷는 연습을 마치는 곧바로 침대로 올라와 발을 한참씩 쳐들고 있어야 했다.

내가 목발에 의지하여 비교적 거동이 자유로워지자 우 병장은 신경을 곤두세우는 것 같았다. 그는 내 마음을 분명히 읽은 모양이었다. 목발을 퉁퉁 짚으며 어쩌다가 그쪽으로 걸어가노라면 그는 짤막하게 몸을 움츠리면서 나를 이슥히 살폈다. 그는 그전에 비해 쉬이 잠을 이루지도 못했다.

내가 화장실을 가기 위해 그의 침대 쪽으로 부러 돌아서 갈라치면 고개를 살며시 쳐들어 나를 노려보고는 하였다.

후송 날짜가 코앞으로 다가왔다. 후송자 명단에는 우 병장과 나도 끼어 있었다. 후송 십여 일을 남겨놓고 우리는 지구병원 희망지를 적어냈다. 앞서 말했다시피 연고지 지구병원을 적어냈다. T·O가 부족한 데는 환자들로 하여금 제2 희망지를 적어내게 하였다.

광주 쪽은 T·O가 넉넉했지만 나는 곧장 광주를 써낼 수가 없었다. 우 병장이 어디를 희망하느냐에 따라서 내 희망지도 달라지기 때문이었다.

나는 우 병장의 태도를 눈여겨 살폈다. 그는 진해통합병원을 희망지로 적어내는 것 같았다. 따라서 나도 광주통합병원

대신에 진해통합병원으로 희망지를 적어냈던 것이다. 후송 하루 전날, 위생병이 후송자 명단과 함께 후송지를 큰 소리로 읽어주었다. 나는 바람대로 우 병장과 나란히 진해병원으로 배정되어 있었다.

위생병이 진해병원 후송자 명단 중 내 이름과 계급을 대는 순간 우 병장의 표정이 일순 일그러지는 것을 느낄 수가 있었다. 우리는 구급차에 실려 서울역까지 옮겨졌다. 그리고 미리 대기하고 있던 후송열차에 올랐다.

진해병원으로 후송되는 환자들은 마산병원에 배정된 환자들과 함께 자리가 마련되어 있었다. 공교롭게도 우 병장이 내 앞쪽에 앉아 있었다. 나는 거의 적의를 담은 눈빛으로 그의 뒷모습을 노려보았다. 누군가 내게 말을 붙여 왔다.

"천 일병, 진해가 고향인가?"

나는 대답하지 않았다. 누군가의 물음에 우 병장이 힐끗 뒤를 돌아보았는데 날카로운 빛을 쏘고 있었다. 나는 그의 시선을 맞받으면서 나도 모르게 혀를 물었다.

후송열차가 대전에 도착했을 때 불쑥 우 병장이 뒤를 돌아보면서 내게 물어왔다. 나는 아연하지 않을 수가 없었다. 그를 쫓는 내 자신을 들켜버린 낭패감과 함께 전혀 뜻밖의 물음이었기 때문이다.

"천 일병, 날 미행하는 거지?"

나는 그를 빤히 올려다보았다. 옆 석의 전우들이 나와 그를 번갈아 바라보았다. 대전에서 십여 명의 환자가 내리고 나서 열차는 다시 달리기 시작했다. 대답을 던지지 않자 그가 다시 뒤를 돌아보면서 말했다.

"광주가 고향이라는 거 이미 알고 있다. 그리고 네가 어떤 사상을 지니고 있는지도…… 넌, 히틀러를 존경하지?"

그의 말에 나는 폐부를 예리한 바늘로 찔린 느낌이었다. 나를 바라보는 그의 태도가 예사는 아니라고 생각했지만 이 정도로 알고 있을지는 몰랐다.

"그렇습니다. 아돌프 히틀러, 그의 투철한 사상을 존경하죠. 그런데 어떻게 우 병장님이 그걸 아셨습니까?"

나는 내가 읽고 있었던 책을 그가 보았던 것임에 틀림없다고 믿고 있었지만 짐짓 되물었다. 열차가 속력을 내어 달리기 시작했고 전우들의 시선이 우리에게 모아졌다. 우 병장을 대하는 내 태도가 버릇없어 보였던지 나보다 고참인 전우들이 고까운 눈으로 노려보며 구시렁거렸다.

"네들은 눈빛이 달라. 세상을 무조건 반대편에서 보는 그 눈빛, 이데올로기에 허우적이며 네들은 악만 키워왔던 거지. 내 말이 틀렸나, 일병?"

그는 오래 생각해 온 듯한 말로 나를 비절거리면서 자신이 마치 지휘관이라도 되는 양 '일병' 하고 끝을 치켜 올렸다. 그의 그런 태도에는 나 같은 풋내기 일병과 말씨름 할 가치가 없다는 의도가 섞여 있는 것 같았다.

나는 순간적으로 양미간을 찌푸리면서 벋서듯 말하려고 하였으나 그는 더 이상 상대할 가치가 없다는 식으로 재게 고개를 돌려버렸다. 전우들의 시선이 거두어졌고 차창 너머로 암울한 풍경이 쉭, 쉭 지나쳐 갔다. 저녁 무렵 목적지에 도착했다. 우리는 신고식을 마치고 자리를 배정받았다. 정형외과 병실은 삼십여 명의 환자들이 입원하고 있었다.

점호 삼십여 분 전에 우리 수도병원에서 후송된 환자들이 하나씩 병실 중앙으로 나가 노래 등의 장기를 늘어놓았다. 나는 강집 전 동지들과 한데 모여 즐겨 불렀던 민중가요를 부르기 시작했다. 얼어붙은 땅에 눈이 내리고 절대적이던 남의 것은 무너져 내렸다. 그런데 내가 채 두 소절도 부르기 전에 여기저기서 쌍소리가 흘러나왔다.

"저 새낀 뭐야. 여기가 무슨 데모 대학인 줄 아나."

"저게 어떻게 이쪽으로 내려왔어."

그러나 나는 굴하지 않고 부르던 노래를 계속했다.

몸뚱이만 처절한 눈동자로 자신을 직시하며,

"이 자식, 돌았군."

내가 넷째 소절을 마치기도 전에 누군가의 주먹이 내 턱을 강타했다. 나는 노래를 부르던 자리에서 엉거주춤 넘어졌다. 옆에 끼고 있던 클러치가 저만치 나뒹굴고 내 다리는 차가운 시멘트 바닥에 놀란 듯 얹혀 있었다. 나는 잠시 호흡을 가다듬고 찌뿌듯한 몸을 일으켰다.

병실 입구에서 '점호' 하고 외치는 기간병의 목소리가 절도 있게 들려왔다. 나는 재게 클러치를 집어 들고 망가진 로봇 같은 몸짓으로 삐걱거리며 침대를 향해 걸어왔다.

진해병원에서의 생활은 그렇게 시작되었다. 나는 이곳에서 신중히 행동하지 않으면 안 되리라고 생각했다. 더욱이 이곳에는 'UDT'라는 수중 침투 특공대들도 몇 명 입원해 있었다. 정형외과 병실 후문에서 UDT 훈련장이 나무 울타리 너머로 띄엄띄엄 보였는데 훈련이 어찌나 힘든지 훈련병들의 울음소리가 하루 종일 끊이지 않은 적도 있었다.

내가 조신하게 행동하자 다른 병사들과는 그리 마찰이 없었다. 그들도 내가 써억 만만찮은 놈이라는 사실을 알았던지 첫날 군기를 잡았던 고참들도 내게 간섭을 부리지 않았다. 나는 사실 죽음도 불사하지 않은 각오를 다지고 있었던 것이다.

진해로 후송되고 나서 이십여 일쯤 뒤에 강집되어 나란히 군에 입대한 동지 하나가 전방부대에서 의문의 죽음을 당했다는 소식을 접하고서 부터는 내게 죽음이 결코 두려운 것이 아니었다.

나는 우 병장과는 여전히 신경전을 벌이고 있었다. 수도병원에 비하면 상태가 가벼운 환자들이 대부분이므로 어떤 경우는 병실이 텅 빌 수도 있었다. 그래서 나는 환자들이 병실을 대거 빠져나가는 경우에는 더욱 긴장하지 않으면 안 되었다.

어느 날, 침대에서 깜빡 여우잠이 들었는데 내 쪽으로 조심

스레 걸어오는 발자국 소리가 잠결에 들려왔다. 발자국 소리
는 바로 내 머리맡에서 멈췄다. 나는 퍼뜩 눈을 뜨면서 정신을
가다듬었다. 병실은 텅 비어 있는데 우 병장이 아주 고압적인
자세로 나를 노려보고 있었다.

"나를 어쩔 셈입니까?"

내가 날카로운 말투로 물었다. 나를 노려보는 그의 눈빛이
이글거렸다. 병실 뒤뜰에서 전우들의 잡담소리가 낮게 들려왔
다. 그들은 봄이 무르익으면서 뒤뜰에서 하루의 대부분을 보
냈다. 식사 후의 회진과 투약 시간을 제외하면 그들은 언제나
자유롭게 행동할 수가 있었다.

"먼저 한 가지 묻겠다."

내 물음에 대답을 피하면서 그가 말했다. 그의 눈빛이 맞받
기 어려울 정도로 날카로워 보였다. 그러나 나는 그의 태도에
우쭐어 들지 않으면서 그를 넌지시 올려다보았다.

"천 일병이 날 증오할 이유가 대체 뭔가?"

"내 신상명세서를 훤히 꿰뚫고 있으면서 그걸 모른단 말입
니까?"

"네가 정당하다면 직접 말해 봐."

그가 조금 언성을 높였다. 스테이션 창문을 통해 간호장교
가 이쪽으로 희멀건 시선을 주고 있었다. 그러나 간호장교는
우리들의 관계를 전혀 몰랐다.

후문 쪽에서 쿵쿵, 하고 클러치 소리를 내며 환자 하나가 병

실로 들어서고 있었다. 나는 상체를 꼿꼿이 일으켜 세웠다.

"사람을 죽였던 경험이 있죠?"

"이 새끼, 입 닥치지 못해!"

그가 버럭 고함을 쳤다. 간호장교가 스테이션 밖으로 나왔다. 클러치를 짚고 병실로 들어왔던 병사가 이쪽을 멍하니 바라보고 있었다. 나는 우 병장의 이글거리는 눈을 뚫어버릴 듯한 기세로 올려다보았다.

"그렇게 바둥바둥 살고 싶습니까?"

내가 비절거리는 투로 물었다. 이곳에서 살아나가기 위해 발버둥치는 그의 행동이 가소롭게 느껴졌다. 내가 그의 입장이라면 차라리 여기서 죽어나가는 것이 나을 성싶었다. 사람을 무자비하게 학살한 몸으로 어떻게 감히 세상을 바로 볼 수가 있겠는가.

그가 내 안면을 후려쳤다. 나는 얼굴을 왜 틀지 아니하고 똑바로 그를 바라보았다. 그의 눈빛이 완전히 핏빛으로 붉게 충혈되어 있었다. 그가 이성을 잃은 사람처럼 씩씩거리면서 말했다.

"너, 내가 진압군으로 광주에 내려갔다가 사골 당했다는 소문 듣고 그러는 모양인데, 나도 피해자야. 나도 내 전우들을 거기서 잃었어. 바로 너 같은 불순분자들한테 말이다."

나는 그의 말에 한동안 말을 꺼내지 못하고 묵묵히 그를 노려보고만 있었다.

간호장교가 뒷짐을 하고서 바로 앞까지 걸어왔다. 후문 쪽에서 환자들이 우루루 병실로 들어왔다.

"넌 그럼, 우리에게 지은 죄의식 때문에 자살을 시도했던 거야?"

그가 말했다. 나는 모든 혼란스런 감정으로 고개를 휘저어 댔다. 간호장교가 분위기를 진정시켰다. 환자들이 우루루 병실로 들어오자 우리는 더 이상 서로에게 뻗대지 않고 각자 위치로 하고 말았다.

나는 우 병장의 말에 잠시 호흡을 몰아쉬었다. 며칠 전에 내게 일어났던 일은 내 자신도 이해하기 어려웠다. 나는 분명히 어떤 환상을 보았던 것 같았다. 내 머리맡에 형체가 뚜렷하지 않은 동지들의 모습이 보였다. 그들은 내 손을 잡아끌었다. 나는 가까스로 침대를 내려와 그들이 안내하는 대로 목발을 쿵쿵 짚으며 뒤뜰로 나갔다.

달빛이 박꽃같이 밝았다. 그들은 나를 뒤뜰 저만치에 있는 연못으로 안내했다. 나는 달빛의 조우 속에 한 발짝씩 연못 쪽으로 걸음을 옮겼다. 그리고 나도 모르게 한 길이 훨씬 넘는 연못 속으로 몸을 던졌다. 내가 정신을 차렸을 때에는 응급실이었다.

"이 친구, 정말 엉뚱한 데가 있군. 어긋난 다리 치료까지 해줬더니 자살을 시도해! 불침번 아니었으면 어쩔 뻔 했어. 병원이 발칵 뒤집혔을 거 아닌가? 더구나 운동권 이력이 있던 친구가 말야."

나를 힐난하는 군의관의 말이 떠올랐다. 군의관의 말도 이치에 전혀 어긋나지 않다는 생각이 들었다. 우 병장이 무엇 때문에 자살을 시도했느냐고 묻는 것도 무리가 아니었다. 내게 그런 일이 있고서 모든 이들이 나를 감시했다. 불침번은 특히 내게서 눈을 떼지 않은 것 같았다.

우 병장의 말을 깊이 생각해 보았다. 나는 언제나 상대의 말을 객관적으로 받아들이려고 노력했다. 나 같은 이력의 소유자에게 있어 지나친 주관주의는 자칫하면 맹목적으로 이데올로기에 전도된 것처럼 보이기 때문이다. 그러나 우 병장의 말은 아무리 생각의 폭을 넓힌다 하여도 사리에 맞지 않다.

선배님들이 당시 우 병장 전우들에게 무슨 죄를 졌단 말인가? 그들은 다만 고귀한 생명을 지켜내기 위한 투쟁을 하였던 것뿐이다. 생명을 지켜내기 위한 투쟁, 그것은 아돌프 히틀러의 말을 빌면 운동이념의 정당성인 것이었다.

병동 침대에 누워 하얀 목련 꽃잎이 피었다 지고 넓은 얼굴을 여미며 나오는 잎사귀들을 보았다. 나는 한동안 밖만 보고 하루를 보냈다. 우 병장과는 더 이상의 직접적인 대치상황은 벌어지지 않았다. 그러나 나는 그를 향한 적의를 더욱 키워갔다. 그도 내게서 잠시나마 주의를 게을리 하지 않았다.

병실 분위기가 이상하게 암울해졌다. 정신과 병동에 입원했던 경력이 있는 박 상병의 우스갯소리며 음담패설에도 불구하고 병실은 긴장감이 감돌았다. 그것은 어쩌면 나와 우 병장만의 느낌일지도 모른다.

한때의 전우들이 퇴실하고 새로운 환자들이 들어왔다. 그리고 우리는 내무사열을 받았다. 나는 내무사열이 끝나고 조금 홀가분한 마음으로 뒤뜰에 나갔는데 간호장교가 긴급히 불렀다. 나는 아직도 불편한 몸을 클러치에 의지한 채 병실로 들어왔다. 간호장교가 나를 군의관실로 안내했다. 그곳에 군복 차림의 장교들이 나를 기다리고 있었다.

그들은 내가 어떻게 사고를 당했는지 물었고 나는 사실대로 말했다. 그들 중 하나가 불쑥 책을 내밀었다. 나는 의아하지 않을 수가 없었다. 내가 탐독 중이던 책들이었다. 그들이 내 소지품을 미리 조사했다는 사실을 알았다. 한국 민중사, 나의 투쟁, 그리고 루카치와 마르쿠제에 관한 이념서적들이었다.

"이건 압수하겠다."

"안됩니다. 내겐 읽을 권리가 있습니다."

나의 단호한 말에 깡마른 대위 하나가 모자 채양을 매만지며 말하면서 일어섰다.

"권리? 임마! 여긴 군대야. 너 같은 놈들은 사상의 자유까지 저당 잡히는 곳이야. 여기가 감히 어디라고 입을 놀려? 앞으로 십오일 동안 반성문을 써서 인사과에 제출하기 바란다. 알겠나?"

나는 고개를 떨구면서 군의관 실을 빠져나왔다. 그러나 저들의 명령에 복종하지 않았다. 반성문을 쓰는 것은 차라리 죽음을 의미하기 때문이었다. 우 병장이 나를 쫓기 시작했다. 그는 주로 내가 혼자 있는 경우에 나에게 접근했다. 그가 어떤 짓을 저지르게 될지 모른다는 조바심이 일었다. 나는 아스타리오! 다시 말해 눈에는 눈, 이에는 이, 하듯이 그에게 맞서리라 이를 물었다.

그가 아무리 환자라 할지라도 사람을 죽이는 훈련까지 받는다는 특공요원을 내가 상대하기란 버거울 것이었다. 나는 은밀히 구한 나이프를 전우들 몰래 뒤편 한쪽 구석에서 주야로 갈기 시작했다. 달빛에 엉거주춤 쭈그리고 앉아 나이프를 갈고 있으면 나도 모르게 가슴이 두근거려왔다.

나는 이상하게도 우 병장을 해치워야 한다는 사명감에 불탔다. 날이 갈수록 나이프는 예리하게 빛났다. 나는 그것을 품속에 찌르고 기회를 노리기 시작했다.

"나를 쫓고 있습니까?"

내가 우 병장과 맞닥뜨린 어느 날 이렇게 물었을 때에 우 병장은 입술 한끝으로 교묘히 일그러지는 웃음을 웃으면서 '네가 나를 쫓고 있겠지'라고 했다. 우리는 서로 빼쏘듯한 시선을 느끼면서 아무 일 없이 등을 보이고 돌아섰다.

나는 우 병장을 유도하기 시작했다. 가능하다면 혼자 있는 모습을 자주 보여주고 싶었다. 내가 혼자 있는 기회를 우 병장은 노리고 있을 것이기 때문이다. 나는 주로 뒤뜰 외딴 곳에 혼자 있는 경우가 많았다. 밤에도 불침번이 조는 사이에 뒷문으로 빠져나와 그곳으로 가곤 했는데 우 병장이 부러 그것을 눈치 채도록 행동했다.

아나나 다를까, 새벽 두 시쯤 지난 시간이었다. 나는 클러치 소리를 되도록 죽여가며 병실을 빠져나왔다. 달빛이 괴괴하게 밝았다. UDT 훈련장에서 근무 교대를 하는 짤막한 외침소리가 달빛을 가르며 들려왔다. 나는 기다란 나무 벤치에 앉아 담배를 하나 빼물었다.

그때, 누군가 내 쪽으로 걸어와 앞에서 우뚝 멈춰 섰다. 나는 긴장하며 놀랐다. 울타리 너머로 밤새가 호르르 울음을 굴렸다. 고개를 쳐들고 보니 우 병장이었다. 나는 긴장 속에서도 은근히 희열을 느꼈다.

나는 벤치에서 일어나 뒤쪽으로 더욱 깊숙이 걸어갔다. 우 병장도 나를 따라왔다. 나는 달빛이 만들어놓은 숲 그늘 무성한 데에 클러치를 깔고 앉았다. 우 병장이 내 쪽으로 바짝 다붙어 앉았다.

"담배 하나 빌릴까?"

나는 그를 한번 짤막하게 살피면서 담배를 꺼내 불을 붙여주었다. 성냥을 긋는 순간 유황 냄새가 코끝을 자극했다.

그의 수척하게 시든 얼굴이 불빛에 한번 흔들거렸다. 그는 담배를 깊게 빨아 들였다가 길게 내쉬었다. 안개빛 연기가 뱀의 촉수를 만들면서 달빛 속으로 빨려들었다.

"수술은 언제쯤 받는가?"

그가 불쑥 물었다. 나는 고개를 돌려 그를 노려보았다. 수술을 받게 되면 얼마동안 중환자 신세가 되어야 한다.

"그건 왜 묻습니까? 그때가 기다려지십니까?"

"임마, 함부로 지껄이지 마. 너 같은 건 당장이라도 없애버릴 수가 있어. 내가 형편없이 비열한 인간인 줄 아는데 넌 내 겉모습 밖에 모르고 있단 말이야."

그가 나를 노려보면서 말했다. 그의 눈이 달빛에 이글거리는 느낌이었다. 나는 그에게서 시선을 거두지 않고 맞받아 쳐다보았다.

"나를 쫓아온 이유가 뭡니까?"

시선을 비끼면서 내가 물었다.

"너를 쫓아오지 않았어. 네가 나를 유도했던 거지. 이제 네 뜻대로 되었으니까 어쩔 셈이야?"

그는 이미 내 의도를 읽고 있었다. 나는 그에게 속내를 들여다보여 문득 얼굴이 화끈거렸다. 나는 얼른 입이 떨어지지 않아 묵묵히 침묵을 지켰다. 찬 기운 머금은 바람 한 자락이 옷깃을 스치며 불어갔다.

"네 품속에 나이프가 있지? 너는 언제부터 그 나이프를 갈기 시작했어. 그게 나를 겨냥하고 있다는 것을 다 알고 있지. 네 소원이 나를 죽이는 거라면 어서 나이프를 꺼내. 여긴 아무도 보는 사람이 없어. 나도 자살 경력이 있다는 사실, 천 일병은 몰랐을 거다. 자, 어서 꺼내봐!"

우 병장은 하늘색 환자복의 상의 단추를 후다닥 풀고 가슴을 열어 젖혔다. 나는 그가 자살 경력이 있다는 사실에 아연 놀랐다. 그것은 병원에 입원한 이래 처음 듣는 소리였다. 그렇다면 그는 무슨 이유로 자살을 시도했던 것일까? 나는 그를 빤히 올려다보고만 있었다. 내가 가슴에 나이프를 품고 다닌다는 사실을 그가 소상히 알고 있다는 것도 믿어지지 않았다.

"이 자식, 겁쟁이 주제에 증오만 키웠군. 어서 나이프를 꺼내라니까. 네가 나이프를 가지고 있는걸 아는 사람은 없으니까 염려할 건 없어. 그리고 내가 자살한 걸로 결과가 나타날 테니까 말이야. 오른팔 동맥을 끊는 게 가장 쉬운 자살법이다. 저기 수영장도 있으니 더욱 잘 됐어. 수면에 끊긴 팔목을 담그면 고통 없이 스르르 눈이 감기게 되어 있어. 그리고 그것은 완벽한 자살행위로 비춰지는 거야."

그가 이번에는 팔을 불쑥 내 앞에 들이밀었다. 나는 섞김에 품속으로 재게 손을 가져갔다. 그리고 예리하게 날선 나이프를 꺼냈다. 달빛이 칼날 위에서 파랗게 부서지는 느낌이었다. 내가 나이프를 꺼내자 우 병장이 섬뜩 놀랐다. 나는 한 번 칼날을 허공에 휘둘렀다.

쉬익.

그러나 이상하게도 내 손은 허공에 떠서 움직여지지 않았다. 보아하니 우 병장이 내 팔회목을 완강히 부여잡고 있었다.

나는 팔에 힘을 주어 잡힌 팔목을 빼내려고 기를 써 보았으나 움직여지지 않았다. 달빛이 구름에 가려 시야가 흐려졌다.

"너도 짐승 같은 놈이구나. 내가 그런다고 정말 칼을 휘두르는 걸 보면 네들은 우리보다 더 악종들이야. 하지만 내가 그렇게 순순히 네놈 칼을 받을 거 같애?"

그가 내 팔회목에 힘을 주어 힘껏 비틀었다. 내 입에서 가늘게 신음 소리가 빠져나왔다. 달빛이 다시 휘장처럼 펄럭이며 나타났고 어디선가 근무 교대자들의 구령소리가 들려왔다.

나는 나이프를 바닥에 떨어뜨리고 말았다. 떨어진 나이프를 우 병장이 집어 들고서 예리하게 살폈다. 그러더니 갑자기 나이프를 내 목에 들이댔다. 나는 그대로 숨을 죽이고 있었다.

"너를 죽일 수도 있다만 나는 너하고 다르다. 너를 적으로 생각해 본 적이 없으니까. 나를 어떻게 생각하든 상관하지 않겠다. 하지만 나를 더 이상 괴롭히지 말기 바란다. 내가 무엇 때문에 이 지긋지긋한 병원에서 굳이 퇴원하지 않는 줄 모를 거다. 나는 제대날짜가 이미 육 개월이나 지났다. 일반병원에서 치료를 받았다면 지금보다 상태가 훨씬 호전됐을 거야."

우 병장은 말을 마치고 나이프를 손에 쥔 채로 일어나서 병실 쪽으로 걸어 나갔다. 나는 그적에서야 길게 숨을 내쉬면서 엉거주춤 일어났다. 제대날짜가 훨씬 지났다는 사실은 처음 듣는 소리였다. 그가 여러모로 뛰어난 일반병원에서 굳이 치료를 받지 않으려는 까닭은 무엇이란 말인가?

나는 대체 그를 이해할 수가 없었다. 그리고 무슨 연유로 자살을 하려했던 것일까? 나는 담배를 하나 피워 물면서 달빛 속을 걸어 병실로 향하기 시작했다.

　우 병장이 나를 해칠 생각은 없다는 확신이 섰다. 이상하게도 그날 이후, 우 병장에게 품었던 증오의 감정이 묽어지기 시작했다. 그러나 나는 잠시도 긴장을 풀지 않았다. 그가 빼앗아간 나이프를 생각하면 결코 마음을 놓을 수가 없었던 것이다.

　우 병장은 이제 나를 경계하지 않은 것 같았다. 그는 거의 밖에도 나가지 않고 침대에 눕거나 물끄러미 앉아 있었다. 그러나 가만히 보면 그는 뭔가에 열중하고 있었다.

　나는 짐짓 우 병장의 침대 곁으로 바짝 붙어서 걸어 다녔는데 어느 날 문득 놀라고 말았다. 그의 손에 쥐어진 나이프와 링거 줄 때문이었다. 그는 나이프로 링거 줄을 자르고 하면서 뭔가 열심히 만들고 있었다.

　대체 뭐를 만드는 걸까? 생각하다가 나는 갑자기 소름이 돋았다. 우 병장이 링거 줄을 모아 노끈을 만들고 있는지도 모른다는 생각이 들었던 것이다. 그렇다면 노끈으로 내 목을 조이려는 것이 아닐까? 나는 관자놀이를 파르르 떨면서 헐레벌떡 자리로 돌아오고 말았다.

　나는 이차 수술을 일 주일 남겨 놓고 있었다. 뜻을 같이하며 투쟁에 앞장섰던 동지들이 수술 일 주일 뒤에 면회 오겠다는 서신을 보내왔다. 그들은 내가 예전에 언질을 주었던 우 병장의 근황에 대해 편지 속에 묻고 있었다. 나는 그들이 면회 오면 우 병장에 대해서 어떤 얘기를 들려줘야 할지 이제 아득해졌다. 나는 정말 그를 증오할 자격이 있는 것인가?

그는 요사이 몰라보게 수척해진 느낌이었다. 호전된 상태가 다시 악화되기 시작했는지도 모른다. 나는 공연히 그가 안쓰러워지기까지 하였다.

"환자집합!"

"5병동 전원 베드 위치로!"

위생병들이 버럭버럭 소리를 질렀다. 병동 뒤뜰에서 올망졸망 모여앉아 노닥거리고 있던 환자들이 발 빠르게 우당탕탕 병실로 돌아왔다. 나는 간밤 잠을 설친 탓에 낮잠을 자다가 깨어 덧든 상태에서 위생병들의 다급해진 소리를 들었다. 그들의 태도로 봐서 분명 심상찮은 일이 환자들 사이에 일어났음에 분명했다.

나는 우 병장 쪽을 바라보았다. 그러나 그의 모습이 보이지 않았다. 나는 뭔가 불길한 생각이 들었다. 혹, 그가……

환자들은 부동자세로 침대 위에 앉아 있었다. 겁을 주려는 것인지 다른 병동 담당 위생병들의 모습도 보였다.

그들은 병동 중앙에 서서 잔뜩 화난 표정들로 우리 환자들을 노려보고 있었다.

"앉은 그 자세에서 대가리 박아."

"다리 환자는 뒤로 취침한다."

다리 환자들이 일제히 뒤로 취침하는 자세를 취했고 다른 환자들은 발을 겨우 뻗대고서 침대 앞쪽에 머리를 박았다. 여기저기서 넘어지는 소리가 쿵쿵하고 들렸다.

"이 자식들 봐라. 퍼 자? 아픈 다리 구십 도로 꺾는다, 실시!"

"실시!"

우리는 영문을 모른 채로 위생병들의 지시에 따랐다. 대체 무슨 일이 벌어진 걸까? 우 병장은 아직 나타나지 않고 있었다. 오 분쯤 지난 뒤에 위생병이 고함을 질렀다.

"화장실에다 약 버린 놈 튀어나와!"

나는 위생병의 말에 조금 안심이 되었다. 적어도 우 병장이 무슨 큰일을 저지르지는 않았다는 확신이 섰던 것이다. 그러나 마음이 답답하기는 마찬가지였다. 군대병원에서 약을 화장실에 버렸다면 보통 사건이 아니기 때문이었다. 이것은 상부에서 알게 되는 날에는 징계 감이었다.

약을 버린다는 것은 나이롱환자가 기생하고 있다는 것을 암시해주는 것이기도 하였다. 위생병의 고함 소리에도 불구하고 아무도 나가는 사람이 없었다.

"좋다. 실장, 착석하지 않은 환자가 누군가?"

"우 경남 병장입니다."

"우 병장, 잡아와. 모두 원위치 하기 바란다."

몇몇 환자들이 일어나 우 병장을 찾으러 밖으로 나갔다. 우 병장은 저번 날 나와 같이 실랑이 벌였던 바로 그곳에 있었다.

위생병이 그에게 약을 버렸느냐고 다그쳤다. 그는 고개를 끄덕였다.

여기저기서 구시렁거리는 소리가 들렸다. 위생병은 그를 본부대로 데리고 갔다. 그는 저녁 식사 시간이 되어도 병실에 모습을 드러내지 않았다. 나는 도대체 우 병장을 이해할 수가 없었다. 누구보다 군의관의 지시에 충실하고 자신의 상처에 병적으로 매달리지 않았는가. 그런데 갑자기 약을 복용하지 않고 화장실에 버린 까닭은 뭐란 말인가?

그런 일이 있고서 우 병장의 태도는 매우 달라졌다. 그간 절제해 왔던 술도 마시기 시작했다. 그리고 그전처럼 밤에 불을 밝혀놓고 상처를 살피는 따위의 행동도 하지 않았다. 그는 오직 링거 줄을 가지고 뭔가 만드는 일에 열중할 뿐이었다. 나는 그에게 분명히 심경의 변화가 왔다고 믿었다.

나는 우 병장이 자리를 비운 짤막한 틈을 타서 그가 사용하는 캐비닛의 고섶을 살펴보았다. 그리고 잠시 놀라지 않을 수 없었다. 그가 링거 줄로 만들고 있는 것은 나를 노리기 위한 노끈이 아니라 장식용 꽃무늬였다. 서랍 속에 채질지 않게 염색된 여러 종류의 장식 꽃무늬가 수북이 있었던 것이다. 나는 그가 장식용 꽃을 만들고 있다는 사실을 단번에 알아차렸다.

내가 수술을 하루 앞둔 날 밤이었다. 누군가 가만히 걸어와 나를 흔들어 깨웠다. 우 병장이었다. 잠깐 얘기 좀 하고 싶다고 했다. 우리는 스테이션 의자에 비스듬히 앉아 졸고 있는 불침번의 눈을 피해 뒤뜰로 나왔다. 밖은 캄캄한 어둠의 숲이었다.

나는 그를 따라 수영장 쪽으로 걸어 올라갔다. 쿵쿵 울리는 클러치 소리가 적막을 깨뜨렸다. 우리는 수영장 시멘트 계단에 앉았다. 나는 문득 그가 동지 같은 느낌이 다 들었다.

"내일 수술 받는 날이지?"

그가 물었다. 나는 그전처럼 적의를 띠지 않은 목소리로 나지막하게 대답해주었다.

"그렇습니다. 그건 왜 묻죠?"

"염려되서 그러는 거다. 내가 천 일병을 보자고 한 것은 너에게 용서를 구하고 싶어서야. 너에게 속았다만 나도 너를 증오했던 것 같다. 우리는 정말 운명처럼 만난 사람들이라고 생각한다. 하지만, 이제 나는 너를 미워하지 않아.

우리가 서로 마음속에 증오심만 키워봐야 아무 소용없는 일이란 걸 깨달았어. 우리는 어떻든 역사의 소용돌이 속에서 함께 희생당한 경우가 아니겠어? 나도 천 일병 같은 동생이 있어. 언젠가 면회 왔길래 천 일병 얘길 들려줬더니 나더러 이해해야 한다고 하더군.

한 시대의 젊은이가 아픈 역사를 주체 없이 내버려두기만 한다는 것은 부끄러운 일이라고 했어. 나도 이제 이해 할 수 있을 것 같다. 한때나마 너를 증오했던 것을 용서하기 바란다. 자, 이걸 받아라."

우 병장은 빼앗아간 나이프를 내게 건넸다. 나는 엉거주춤 나이프를 받아 들었다. 나이프를 보자 얼굴이 화끈 달아올랐다. 그를 겨냥하기 위해 밤낮으로 날을 세웠던 나이프가 아닌가.

"우 병장님, 정말 죄스럽습니다. 저는 지금도 우 병장님을 저주하고 있는 것 같습니다."

조금 가라앉은 목소리로 내가 말했다. 그의 말을 듣고 보니 실은 증오하는 감정이 완전히 가시는 느낌이었지만 나는 그 앞에서만은 비굴하게 후퇴하고 싶지 않았다.

"천 일병 마음이 그러면 할 수 없는 일이지. 하지만 너도 마음을 다스리게 될 날이 올 거야. 나도 한동안 모든 사람들을 증오했으니까. 그게 아마 우리 같은 젊음들이 필연적으로 거쳐 가는 과정이 아닐까? 천 일병이 원한다면 나를 그 나이프로 찔러도 좋다."

그가 단호한 태도로 말하고서 내게 앞가슴을 풀어헤쳤다. 그러나 나는 결코 나이프를 휘두르지 못했다. 나이프를 든 손이 저르르 떨리면서 뭔가 가슴속을 훑고 올라오는 것을 느꼈다. 나는 갑자기 나이프를 수면을 향해 던져버렸다.

"잘했다, 천 일병! 이제 마음속에서도 나이프를 버리도록 해봐. 당장은 안 되겠지만 노력하면 될 거다."

나는 우 병장의 태도가 믿기지 않았다. 그를 똑바로 쳐다볼 수가 없었다. 나보다 그가 훨씬 투철한 의식을 가지고 있다는 생각이 들었다.

나는 갑자기 현기증이 일어 클러치를 옆구리에 바치고 가만히 앉아 있었다. 우 병장도 내 심정을 이해하는지 말을 하지 않고 있었다.

"우 병장님, 약을 버린 이유가 뭡니까?"

"필요 없기 때문이지."

그는 내가 묻는 의도에서 들떼놓고 대답했다. 아직도 상처가 아물지 않은 환자가 약이 필요 없다니 이해할 수 없는 일이었다. 그러나 그는 더 이상 말하려 하지 않았다. 술을 마시기 시작한 문제에 대해서도 말하기를 회피해버렸다. 그는 어쩌면 자신의 처지를 자학하고 있는지도 몰랐다. 그는 내게 부탁이 있다고 했다. 나는 뜻밖의 상황에 당황하며 그를 쳐다보았다.

"나는 세상에 나갈 수가 없다. 너에게 고백한다면 나는 광주에서 죄 없는 민간인들을 쏘아 죽인 적이 있다. 그래, 정말 아무런 죄도 없는 마을 주민들이었어. 그땐 나뿐 아니라 모두가 미쳐 있었으니까.

내가 밖으로 나가지 않은 것은 그 때문이야. 나는 세상 사람들을 똑바로 쳐다볼 자신이 없어. 내 상처가 아물면 퇴실을 할 거고, 그 후엔 내가 어디로 가겠니? 그래서 약을 버렸던 거야. 그리고 술도 마셨지.

나는 세상에 결코 나갈 수가 없어. 아직도 나는 속죄를 하지 못했으니까. 아니지, 결코 속죄할 수가 없을 거야. 이 땅에 내가 살아있는 한은…… 그리고 사람들이 어떻게 나를 용서하겠느냐 말이야. 그래서 얘긴데 천 일병이 내 대신 전할게 있다."

나는 숨을 내쉬면서 우 병장을 빤히 올려다보았다. UDT훈련장에서 병사들의 고함 소리가 들렸다.

"뭘 전한단 말입니까?"

"내가 오래전부터 만들었던 꽃이 있어. 링거 줄로 만든 연꽃이야. 천 일병이 수술 들어가면 내가 서랍 속에 넣어 둘 테니까. 언제라도 광주에 가거든 5·18 영령들이 잠든 망월동 묘지에 가서 거기 어느 주인 없는 소녀의 묘비 앞에 연꽃을 받쳐 줘. 그리고 내일 수술 잘 받기 바란다."

우 병장은 말을 마치고 갑자기 걷기 시작했다. 그는 감정이 격해져서 말의 끝에서는 울먹이는 조가 되었다. 나는 그를 뒤따르지 아니하고 아무런 생각도 없이 거기 그대로 앉아 있었다. 우 병장을 증오했던 자신이 야속하기 그지없었다. 나는 새벽 동이 틀 무렵에야 병실로 돌아왔다. 우 병장은 매우 초연한 자세로 잠이 들어 있었다.

나는 수술대에 누워 있었다. 마취 군의관이 와서 척추를 마사지 하듯이 주사를 놓았다. 나는 곧장 하반신이 마비되었다. 군의관과 간호장교, 위생병들이 수술복 차림으로 들어왔다. 나는 그들에게 몸을 내맡겼다. 우측 다리가 번쩍 쳐들어지는 게 얼핏 보였다. 이어서 망치 소리, 톱 소리, 초침 돌아가는 소리가 들려왔다. 나는 수술대에 누워서 공연히 지금 집도하고 있는 사람들이 증오스러웠다.

내가 정작 증오해야 할 사람은 우 병장이 아니라 내 몸을 마음대로 좌지우지 하는 수술실의 군의관 일행이라는 생각이 들었다. 우 병장도 한때 이들에게 이렇게 아무런 저항 없이 몸을 저당 잡혔던 걸까? 그러나 그들이 결코 내 의식까지는 마음대로 다루지 못하리라는 생각을 하면서 스르르 눈을 감았다.

나는 거의 잠이 들어 있었다. 얼마쯤 무의식 속에 잠들어 있었던 걸까. 깨어 보니 중환자실이었다. 수술은 착오 없이 잘되었다고 간호장교가 말해주면서 엉덩이를 까 내리고 약물을 주입시켰다.

중환자실에 누워 우 병장을 생각했다. 그런데 내가 수술을 마치고 중환자실에서 이틀을 보내게 되는 날, 밖이 이상하게 소란스러웠다. '대체 무슨 일인가' 하고 간호장교에게 물었다. 간호장교는 아주 태연히 내게 말했다. 나는 거의 하얗게 굳어 버리고 말았다.

"우 경남 병장이 죽었답니다."

"네에?"

"링거 줄로 노끈을 만들어 뒤쪽 나무숲에서 목을 매달았다는군요."

한동안 정신을 수습하지 못했다. 연꽃을 만들었다더니 대체 어떻게 된 일일까?

나는 병실로 옮겨졌다. 우 병장의 침대가 썰렁하게 비어 있었다. 나는 갑자기 눈물이 쏟아지는 것을 느꼈다. 내 캐비닛을 열어보았다. 그의 말대로 연꽃송이들이 서랍 가득히 차 있었다.

시트를 끌어올려 얼굴을 가렸다. 전우들이 얼어붙은 표정들로 나를 흘기는 것 같았다.

'그래, 우 병장님은 결국 죽음으로서 속죄한 거야.'

나는 그가 내게 남긴 연꽃 묶음을 하얀 종이에 접어 곱게 보관했다. 수술한지 일 주일 뒤에 동지들이 면회하러 왔다. 나는 우 병장에 관한 얘기를 그들에게 들려주었다. 그들은 격정적인 눈물을 흘렸다. 나는 그들에게 우 병장이 맡긴 연꽃 묶음을 전했다. 면회실을 빠져나가는 그들 머리 위로 저녁 햇살이 서러울 정도로 눈이 부시게 쏟아지고 있었다.

나는 그들이 시야에서 사라질 때까지 노을을 바라보다 가슴에 뜨거운 기운이 뿜어 올라오는 것을 느끼며 병실을 향해 걸음을 옮기고 있었다. 병실로 들어서자, 머리에 하얀 캡을 두른 간호장교가 나를 향해 말했다.

"천 일병, 스테이션으로 들어와요. 상처 치료합시다."

고양이와 소녀

고양이와소녀

나는 펌프질을 하며 목을 축인다. 도회에서 펌프를 설치하는 일이 그리 쉽지는 않을 터이다. 지대가 높아 나쁜 수도 사정으로 주인은 펌프를 묻었을 것이다. 폐가가 된지 이미 오래인 듯한 이 집에서 쓸 만한 것은 펌프뿐이다.

버려진 가구며 담요 한 장, 녹슨 석유풍로 등도 내게 아쉬운 대로 소용되긴 하지만, 물을 공급받지 못했다면 나는 하루도 여기 머물러 있지 못했을 것이다. 내가 이 폐가에 머문 지도 벌써 열흘이 지난 것 같았다.

나는 손바닥에 물을 묻혀 더부룩이 자라 오른 수염을 한번 비다듬으면서 반쯤 허물어진 담벼락에 비스듬히 몸을 기댄다. 여기서 어둔 밤에 내려다보는 세상은 평화롭게만 느껴진다. 우뚝우뚝 솟은 아파트의 불빛, 그 아래로 유난히 짙붉은 교회의 십자가, 오래도록 밝혀진 빌딩 사무실들, 어디선가 빛의 띠로 반원을 그리는 써치 라이트, 멀리 민틋이 경사진 도로를 오르내리는 차량들, 그런 밤의 풍광들을 가만히 들여다보다 고개를 쳐들어보면 저만치 빗금을 그으며 떨어지는 유성이 보였다.

나는 갑자기 가족이 그리워진다. 아내를 보았던 게 언제던가? 내가 머물고 있는 여인숙에서 은밀히 사람을 시켜 아내와 연락이 닿았다. 아내는 겨우 젖 땐 아이를 들쳐 업고 허겁지겁 여인숙 문을 열고 들어왔다.

"여보, 몸조심 하세요."

"당신 볼 낯이 없소. 생활이 어려울 텐데⋯⋯."

"당신 없다고 아무려면 굶어 죽겠어요. 우리 걱정 마시고 조심하세요. 참, 박 피디도 붙잡혔어요. 나는 당신하고 함께 있는 줄 알았는데⋯⋯. 한군데 오래 머물지 말아요. 믿을 사람 아무도 없어요. 박 피딘 글쎄 장인어른이 고발했대요."

"장인어른이? ⋯⋯ 그게 사위를 위한 최선의 방법이라고 생각하셨을 거야."

나는 마누라 쳐다보기가 머쓱해서 시선을 바람벽으로 비끼면서 말했다. 바람벽에는 선풍기가 고개를 숙인 채 낮은 신음을 토해내면서 바람을 쏟아내고 있었다.

"말도 안돼요. 저놈들한테 붙잡히면 사람이 어떻게 망가진다는 걸 뻔히 아시면서⋯⋯ 당신은 피할 수 있을 때까지 피해 보세요. 저들도 시간이 흐르면 시들해질 거예요."

그러면서 마누라는 내게 돈을 내밀었다. 통장에 있는 돈을 모두 찾았다는 것이다.

나는 새삼 마누라가 고마웠다. 내가 진즉에 마누랄 잘 대해 주지 못한 게 아쉬웠다. 그리고 아이를 똑바로 쳐다볼 수도 없었다. 나는 아이 앞에서 처음으로 무력감을 느꼈던 것이다. 마누라는 나를 얼마나 원망했을까.

나를 바라보는 그녀의 눈이 붉게 충혈되어 있었다. 그녀는 애써 눈물을 감추고 있었던 것이다. 나는 그녀를 와락 끌어안았다. 그녀는 아이가 민망스러운지 내 가슴을 마구 밀어냈다. 그러나 나는 그녀가 얼마나 나를 그리워했는지 눈빛만으로도 알 수 있었다.

나는 그녀와 다섯 해를 살면서 가장 열정적으로 사랑을 퍼부어댔다. 내가 마누라한테 해줄 수 있는 일이란 그것 밖에 없었다. 그녀는 몸조심을 당부하며 흥건히 젖은 몸으로 옷을 주섬주섬 꿰입고 여인숙을 빠져나갔다.

나는 어둔 골목으로 죄수의 아내처럼 몸을 웅크리며 멀어져 가는 마누라의 뒷모습을 망연히 바라보고 있었던 것이다. 뒤쪽에서 소소히 바람이 불어온다. 이제 밖으로는 제법 날씨가 차다.

나는 오른쪽으로 고개를 돌려 저 아래의 한 집에 시선을 박는다. 소녀의 방에는 여전히 불이 켜져 있다. 이곳은 폐가들이 들어선 것으로 보아 철거를 당한 지역임이 분명했다. 내가 머물고 있는 바로 이곳에서 저 아래까지 무너진 건물의 잔해들로 시야가 어수선하다.

지붕을 받들고 있었던 듯한 기둥들은 밤이면 망령처럼 어둠 속에 서 있고 버려진 천막과 비닐 부스러기들이 펄럭이며 음산한 울음을 운다. 나는 담벼락을 타고 불쑥 나타난 내 그림자에조차 놀라 자겁하고 말았던 적이 있다.

휘늘어진 전깃줄이 바람에 출렁이는 사이사이로 소녀의 방이 보인다. 새벽 두 시까지 소녀의 방은 불이 켜져 있다. 그러나 나는 정확히 소녀의 얼굴을 보지는 못했다. 나는 오백여 미터쯤 떨어진 소녀네 집을 망원경으로 관찰했다. 소녀는 이른 아침부터 걷는 연습을 한다.

담벼락에 가려 그녀의 다리 쪽은 보이지 않았다. 그러나 그녀는 분명히 걷는 연습을 하고 있었다. 나부룩하게 길어 넘긴 머리를 찰랑거리며 아슬아슬하게 걸었다.

나는 소녀가 내 쪽으로 얼굴을 보이고 걷는 순간이면 얼른 망원경에서 시선을 떼버렸다. 소녀의 얼굴을 훔쳐보는 게 미안한 느낌이 들어서였다. 다시 등을 보이고 걷기 시작하면 나는 망원경으로 시선을 가져갔다. 소녀의 방을 오래도록 밝히고 있는 불빛은 내게 커다란 희망이 되었다.

소녀를 한번 만나고 싶은 생각이 든다. 그쪽은 아직 철거되지 않은 집이 너댓 채 눌러앉아 있다. 나는 소녀의 방을 먼빛으로 한참이나 내려다보다가 어긋난 방문을 삐끄덕 닫고 방으로 들어온다. 그리고 램프에 불을 켠다.

주인이 버리고 간 호마이카 밥상 앞에 앉아 펜을 들어 보지만 아무 것도 쓸 수가 없다. 나는 대체 무엇을 써야 할까? 내가 써내는 글이 이제 더 이상 내 것이 못 된다는 것을 나는 알기 때문이다. 그런데도 펜을 들고 원고지 앞에 앉아 있지 못하면 내가 어느 낯선 세계에서 허우적이고 있다는 느낌뿐이다. 그래서 나는 이렇게 쓰지 못한다는 것을 지금까지의 미립으로 알고 있으면서도 펜을 들지 않으면 안 된다. 누군가와 얘기를 하고 싶다.

문득 시계를 바라보니 열 시가 넘었다. 나는 며칠째 나를 찾아오는 손님을 기다린다. 손님은 나를 모른다. 내가 아직 손님에게 나에 대해서 얘길 하지 않았으니까. 하지만 오늘은 손님과 진지하게 얘기를 나누고 싶다. 나는 손님의 처지를 안다. 내게 찾아오지 않으면 안 되는 그 이유를……

손님이 왔다. 손님은 문을 긁어 신호를 보낸다. 나와 손님과의 말없는 신호 체계. 손님은 말을 할 줄 모르기 때문이다. 나는 얼른 문 쪽으로 걸어 천천히 문을 연다. 손님이 품위 있는 자태로 몸을 길게 한번 펴늘이며 안으로 들어와 호마이카 앞에 앉는다. 손님은 오늘도 지친 모습을 하고 있다. 배를 보니 홀쭉하니 처져 있다. 나는 먹다만 음식을 손님 앞에 디밀어준다. 손님은 걸신들린 사람처럼 해작거리며 음식을 먹어치운다.

"오늘은 자네와 얘기를 하고 싶네."

내가 혼잣말을 한다. 손님은 뒤로 한걸음 물러나 앉으며 마른세수를 한다. 그리고 나를 빤히 올려다본다. 손님의 눈이 램프 불빛에 파랗게 빛난다. 나는 손님을 향해 다시 독백조로 말하기 시작한다.

"나는 자네에 대해 대충 알고 있지. 자넨 구걸을 하러 날마다 날 찾아오고 있어. 자넨 부양할 가족이 없네."

내가 손님에 대해 부양할 가족이 없다고 말하는 것은 손님이 한 번도 아이들을 내게 데려오지 않았음은 물론 아이들의 음식을 한 번도 구걸한 적이 없기 때문이다. 이틀 전 내가 '이봐, 가족이 있으면 이걸 받아 가게'라고 어물전에서 사온 북어포를 손님 앞에 내밀어 보았지만 손님은 코를 연신 씰룩거릴 뿐 그냥 돌아갔던 것이다.

그러나 손님은 구걸을 하면서도 내 궁색한 살림을 염려하는 빛이 역력했다. 내가 어쩌다가 생선을 디밀어주면 코를 킁킁거리면서도 쉬이 먹으려들지 않는다. 손님은 내가 먹다 남긴 라면이며 생선 가시 같은 음식 부스러기로 겨우 요기만 하는 것 같았다.

"사람이 진실을 얘기할 수 없다는 게 얼마나 수치스러운 일인지 자넨 이해하지 못할 거야. 자네 눈엔 내가 뭐하는 사람으로 보이지?"

나는 손님의 파란 눈을 한동안 바라보고 있다. 손님은 민망스러운지 일어나 방을 천천히 한 바퀴 돈다. 그리고 다시 내 곁에 쭈그리고 앉으며 나를 올려다본다. 손님의 눈 속으로 야울거리는 램프 불빛이 보인다.

"나는 방송국 스크립터로 일했네. 자네 같은 존재들이야 그게 뭔지 모르겠지만 우리들 세상엔 그런 게 있어. 나는 이 네모진 원고 속에 뭔가 고결하고도 숭고한 진실 같은 걸 담으려고 노력했다네. 하지만 그건 헛된 수고에 불과했어. 내가 기록한 진실은 언제나 왜곡되어 사람들의 귀와 눈에 전달되었지. 자네, 듣고 있는 거야?"

나는 공연히 화가 치솟는다. 손님은 내 애기를 듣고 있는 걸까. 몸을 길게 펴고 호마이카 아래로 다리를 쭈욱 펴고 드러눕는다. 나는 손님이 눈을 감는 것을 보는 순간 방바닥을 손으로 툭툭 친다. 손님이 눈을 뜨며 호마이카 아래서 다리를 빼어 아까처럼 쭈그리고 앉는다. 그리고 경청하는 자세로 나를 올려다본다.

"우리 방송국 동료들은 항의하기 시작했네. 자넨 우리들이 보는 TV를 한번쯤 봤을 거야. 거기 나오는 배우, 아나운서, 코미디언, 그리고 제작진, 뭐 대단히 많지. 우리는 마침내 제작 거부를 결의했네. 자네들에겐 생소하게 들리는 애기지만, 공정보도, 편집권 독립, 뭐, 우린 이런 걸 주장했지. 그런데 말이야. 자네도 세상이 그리 쉽지 않다는 것은 알고 있을 테지."

내가 여기까지 말을 마쳤을 때에 손님은 졸기 시작한다. 그러나 나는 손님의 고단한 잠을 방해하고 싶지는 않다. 나는 손님이 완전히 잠에 빠져드는 것을 보고서야 가만히 밖으로 나온다.

소녀의 방은 여전히 불이 켜져 있다. 나는 어둠 속에 더욱 또렷이 보여지는 소녀의 불빛을 오래오래 내려다본다. 이제 아파트의 불빛은 거의 까맣게 죽어있다. 밤이 깊어갈수록 세상은 고요하고 평온한 느낌이다. 저쪽 뒤편에선 밤벌레들이 분주히 울고 있다. 그것들이 밤을 더욱 깊은 데로 몰아가며 적막감을 더해준다.

나는 내일은 소녀를 반드시 만나봐야겠다고 생각한다. 그러면서 잠에 빠져 드러누운 도시의 세포를 들여다본다. 갑자기 저르르 몸이 떨린다. 저 아래, 나를 노리는 검은 눈들이 세균처럼 잠식하고 있다는 생각이 들었던 것이다. 그들은 내게 수면과 시간을 저당잡히고 있다.

내가 다시 방으로 들어왔을 때에 손님은 잠깐 붙인 눈을 떼고 몸을 웅크린 채 엎드어 있다. 램프로부터 나오는 검은 그을음이 방 안 가득히 들어차 있다. 나는 문을 열고 잠시 기다린다. 손님이 상체를 일으키며 쭈그려 앉는다. 나는 문을 닫고 손님에게로 걸어간다.

"자네도 걱정이 많은가 보군."

내가 말하자 손님은 내 말이 흥미 없다는 투로 고개를 한번 내젓는다. 그리고 이윽히 나를 쳐다본다. 버믈한 창문 너머로 비닐이 허수아비처럼 너덜너덜 춤을 추고 있다.

"세상은 참으로 많이 변했네. 자네에겐 아무런 관련이 없는 얘길지 모르겠네만, 내 손님인 이상 내 말을 들어야 하네. 자네가 가야 할 시간이란 걸 내 잘 알고 있지. 하지만, 자네한테 꼭 들려주고 싶은 얘기가 있어. 고백하네만, 자네 말고 내 얘기를 귀담아 들어줄 사람은 아무도 없으니까."

나는 담배를 하나 피워 문다. 손님이 혀로 입술과 수염을 연신 핥아댄다. 목이 마르다는 의미이다. 나는 유리컵에 가득 물을 받아 방으로 들어온다. 손님 앞에 유리컵을 밀어놓는다. 손님은 고개를 깊게 숙이고 오래오래 목을 축인다. 손님의 몸빛이 램프 불빛에 유난히 아름다워 보인다.

"내가 어디까지 얘길 했던가. 옳아, 그렇군. 세상이 많이 변했다는 얘길 했었지. 올해만 봐도 그렇다네. 네팔이라는 나라에서도 파업이 일어났지. 독재에 지친 국민들이 다당젤 요구하고 나선 거야.

카트만두에선 교통이 마비되고 모든 상점들이 문을 닫았다네. 어디 그 뿐인가. 페레스트로이카 바람을 일으켰던 고르비는 인민대표 회의서 초대 대통령으로 선출 됐네. 우리나라에서도 여당의 당수가 소련을 방문했지."

나는 차츰 목소리가 높아진다. 손님은 처음엔 내게 진지한 자세를 보이는듯 하더니 이내 몸을 일으켜 세운다. 나는 이제 손님을 보내야 하리라고 생각한다. 손님은 일어나 위엄스런 태도로 방을 한 바퀴 돈다. 그러고는 문 쪽으로 네 발을 옮긴다.

"미안하군. 내가 오늘 자네한테 번설(煩設)을 늘어놓았어."

나는 문을 열려다가 문득 동작을 멈춘다. 그리고 손님을 위해 준비한 소시지를 꺼내 손님 앞에 내어민다.

"이봐, 미안할 거 없네. 이건 자넬 위해 내가 특별히 준비한 거야. 가족이 없으면 자네 친구에게 주게나."

그러나 손님은 소시지에 전혀 관심이 없다. 아니, 관심이 없는 표정은 아니다. 코를 킁킁거리고 있잖은가. 그런데 손님은 결국 소시지에서 입을 떼어 버린다.

내게 피해를 입히지 않으려는 영특한 생각에설까? 나는 문을 열고 손님을 배웅한다. 손님은 밖에서 잠시 나를 바라보며 머뭇거리는듯 하더니 펄쩍 뛰어 담을 넘는다. 나는 손님이 사라지는 쪽에서 시선을 거두고 괜히 펌프질을 한 다음 방으로 들어온다. 그리고 램프의 불을 끄고 눅눅한 담요에 몸을 눕힌다.

지나간 일들이 새록새록 떠오른다. 내가 거쳐 온 모든 순간들이 얼굴을 자오룩히 붉어 오르게 한다. 나는 추회(追悔)하며 몸을 뒤채이다 서서히 의식을 잃어가기 시작한다.

오늘은 내가 여기에 은거한 이후 가장 신경이 곤두서는 날이다. 아이들이 이곳 어방에 놀러 온 적은 없었다. 그런데 오늘은 낮때가 되기도 전에 예닐곱 아이들이 나타나 사람을 불안하게 만든다.

지금 아이들은 내가 기대어 있는 담벼락의 바로 뒤쪽에서 뛰놀고 있다. 아이들은 이따금씩 이쪽을 흘긋거리기도 한다. 이 폐가는 아이들이 뭉쳐 놀기에도 안성맞춤일 것 같다. 저 아이들이 먼저 이 폐가를 이용했던 것은 아닐까?

그러나 그런 것 같지는 않다. 아이들이 놀았던 흔적은 없었으니까. 그렇지만 아이들은 여기에 펌프가 있다는 사실을 알고 있을지도 모른다. 도회의 아이들에게 펌프는 새로운 것이다. 그리고 아이들은 놀이를 마치고 펌프 물로 몸을 씻고 돌아가는지도 모를 일이다. 나는 긴장하며 아이들을 바라보고 있다. 아이들은 나를 수상쩍은 사람으로 보게 될 것이 분명하다.

아니나 다를까. 아이들 중의 하나가 이쪽으로 걸어온다. 나는 어떻게 할까, 생각하다가 얼른 버려진 가구 뒤쪽으로 몸을 숨긴다. 아이들이 나를 보게 되면 일단 위험하리란 생각 때문이다. 아이들은 나를 수상한 사람으로 신고할지도 모르는 것이다.

아이는 망가진 쇠양철 대문을 삐끄덕 열고 안으로 들어온다. 나는 숨을 죽이며 아이를 바라본다. 아이는 예상대로 펌프질을 하여 목을 축이고 손을 씻기 시작한다. 아이 하나가 또 대문을 열치고 들어와 목을 축이고 손을 씻는다. 그러고는 폐가의 안쪽을 나란히 바라본다. 나는 초병처럼 불안한 마음으로 아이들의 거동을 살핀다.

"우리 저기 숨자."

아이 하나가 안쪽을 가리키며 말한다. 나는 가슴이 철렁한다. 아이들이 안으로 들어가면 누군가 살고 있다는 것을 알게 되는 것이다. 나는 좀 더 상황을 지켜볼 생각이다.

"안 무서워? 귀신 사는 거 아냐, 건우야?"

다른 아이가 바지주머니에 손을 닦으면서 조금 두려운 표정으로 말한다. 괘씸한 녀석들. 나는 속으로 중얼거린다. 나는 사람이야, 이놈들아.

"낮이니까 괜찮아, 가자."

아이는 안쪽으로 걷기 시작한다. 다른 아이도 건우라는 아이의 뒤를 따른다. 나는 여전히 초조한 심정으로 가구 뒤에 숨어 있다. 설마 아이들이 방을 못 쓰게야 하지 않겠지. 나는 생각하며 담배를 피워 문다. 아이들은 이제 내가 은거하고 있는 방 안을 들여다보고 있는 모양이다.

"와, 사람이 사는가 봐."

"저것 봐, 라면이야. 그리고 이건 원고지."

"우리 라면이나 꺼내 먹자."

나는 아이들의 말을 엿듣다가 담배를 비벼 끄고 불쑥 일어선다. 아이들을 더 이상 내버려두어서는 안 되리란 생각 때문이다. 내가 지닌 돈은 이제 거의 바닥이 났다. 나는 되도록 라면으로 연명하지 않으면 안 된다.

마누라와 격조된 지 오래지만 다시 도움을 청할 수 있을지도 불분명하다. 지금쯤 마누라까지 괜한 고충을 당하고 있는지도 모르는 일이다. 나는 어수선한 집 마당에서 잠시 서성이다가 흐읍, 숨을 들이쉬며 안으로 들어간다.

"이놈들 봐라."

날카로운 고함에 아이들이 입을 헤벌리며 놀란다. 나는 너 벗한 걸음으로 걸어가서 아이들을 노려본다.

"아저씨, 잘못 했어요."

"이놈들아, 빈집에 들오면 못써. 네들 어디 사니?"

"저 아래요."

아이들은 손에 쥐고 있던 라면 봉지를 슬그머니 호마이카 밥상 위에 떨어뜨려놓는다. 나는 일이 여기까지 벌어졌으니 되도록 아이들의 노여움을 사지 않으리라고 생각한다. 그러나 위엄마저 잃고 싶지는 않다.

"이놈들아, 라면이 먹고 싶으면 주인한테 양해를 구해야지, 허락도 없이 먹으려고 들어? 오늘은 처음이니깐 한번 봐주 겠다."

나는 아이들에게 소시지를 건네주었다. 아이들은 놀란 얼굴 근육을 풀고는 소시지를 받아먹었다. 나는 아이들을 데리고 밖으로 나왔다. 가을 햇살이 따갑게 떨어지고 있었다. 저 아래 서 교회의 차임벨 소리가 들리기 시작했다. 교회에서는 정오 에 차임벨을 울린다.

"아저씨 여기 사세요?"

아이가 묻는다. 뒤쪽 담벼락 너머로 아이들이 떠들어대는 소리가 들려오고 있다. 나는 아이를 내려다본다. 그리고 천천 히 고개를 젓는다.

"그럼, 여기서 뭐하시는 거예요?"

아이들은 내가 어떤 사람인지 여간만 궁금한 모양이다. 귀신이나 나올법한 폐가에 냄비, 풍로, 라면, 깡통 통조림, 더욱이 원고지며 두툼한 책권까지 낮게 쌓여있는 것을 보았으니 당연히 의아할 수밖에. 나는 잠시 밍그적거리다가 열없게 담벼락 너머를 바라보며 말한다.

"너희들처럼 놀러 왔다가 며칠 쉬고 있는 중이란다."

"이런 데서 쉬어요?"

"아저씬 여기가 좋으니까."

"언제까지 계실 건데요?"

건우라는 아이가 묻는다. 다른 아이는 장난삼아 펌프질을 한다. 나는 밖에서 시선을 거둬들여 쏟아지는 펌프 물을 바라보며 말한다. 하얀 물줄기가 가을 햇빛에 투영되어 파랗게 보인다.

"글쎄다. 추워지기 전에 내려가야지."

"와아, 그럼 겨울엔 우리 차지다."

펌프질을 하던 아이가 두 손으로 바가지를 만들어 쏟아지는 물을 받으면서 호들갑스레 말한다. 나는 아이들의 말에 까닭 모를 비애감을 느낀다. 나는 이 폐가에서 정말 떠날 수가 있을까? 나를 이처럼 편안히 받아줄 데가 어디 있기라도 하다는 말인가? 날씨가 추워질수록 나는 여기를 떠나면 안 되리라.

"너희들은 폐가에서 놀면 안 된다. 네들 보다시피 여긴 붕괴 위험이 있어. 언제 무너질지 모르지. 그리고 귀신이 안 나온다는 보장도 없다. 네들은 절대 여기 올라오면 안 된다. 오늘은 처음이니까 아저씨가 봐주는 거야."

내가 말을 마치기도 전에 밖에서 아이들이 몰려들어 온다. 아이들은 나를 얼핏얼핏 흘기면서 펌프질을 한다. 아이들은 나보다 먼저 이 폐가의 펌프를 사용했던 모양이다.

나는 아이들을 모두 밖으로 내보낸다. 아이들은 불만스런 표정들로 밖으로 나간다.

"여기 올라오지 말거라."

나는 천 원권 지폐를 두 장을 아이들에게 건넨다.

'사이좋게 과자 사먹고 다시는 이곳에 오지 마'라고 당부한다. 아이들에게 과자 값처럼 확실한 뇌물은 없는 것이다. 아이들은 지폐를 받아들고 무너진 건물들 사이를 쏜살같이 달려내려간다. 나는 아이들이 사라진 쪽으로 오래 시선을 박고 있다가 허출한 느낌에 안으로 들어온다.

점심을 적당히 때운 다음 망원경을 들고 밖으로 나온다. 펌프 물을 받아 후적후적 얼굴을 씻고 담벼락에 기대선다. 소녀네 집을 바라본다. 소녀는 여전히 걷는 연습을 하고 있다. 소녀의 뒷모습이 보인다.

나는 망원경에 시선을 가져간다. 소녀의 머릿결이 오늘따라 유난히 돋보이는 느낌이다. 나는 소녀의 얼굴이 망원경의 렌즈 속에 포획되는 순간 얼른 망원경에서 시선을 떼어버린다. 아직도 소녀의 얼굴을 훔쳐볼 자신이 없다.

나는 망원경을 어깨에 비스듬히 걸쳐 매고 폐가를 나선다. 오늘은 소녀를 직접 만나고 싶은 생각이 든다. 소녀는 내가 날마다 자신을 훔쳐보고 있었다는 사실을 모르고 있을 것이다. 나는 공동묘지처럼 을씨년스러운 느낌으로 폐가들을 지난다. 무너지다만 건물의 잔해들이 망령처럼 앞을 가로 막는다.

나는 예전에 사람들이 다녔던 흔적이 있는 좁은 길을 놓치지 않으려고 애쓰면서 걷는다. 스티로폼이 밟히면서 귀성을 지른다. 조각난 거울은 반짝반짝 눈을 뜬다. 나는 문득 눈이 부셔 시선을 돌린다. 여자의 불거진 앞가슴이 쿡 시선을 찌른다. 버려진 브래지어가 저만치 있다.

소녀네 집은 내가 은거하고 있는 폐가에서 가늠했던 것보다 훨씬 멀리에 있었다. 폐가에서는 오른쪽으로 십여 분쯤만 걸어 내려가면 닿을 수 있어 보였는데 막상 걸어 보니 그렇지 않았다. 그쪽과 연결된 길이 잔해더미에 눌려 중간에서 없어져 버렸다. 그래서 나는 아래쪽으로 얼마간 내려갔다가 다른 길을 잡아 다시 소녀네 집 쪽으로 올라와야 하였다.

나는 소녀네 집 앞에서 안을 들여다본다. 끝이 뾰족하게 하여 판자로 만든 낮은 나무 대문이 인상적이다. 그런데 아까까지 보였던 소녀가 보이지 않는다. 다른 때 같으면 지금쯤 소녀는 걷는 연습을 하고 있을 것이다. 나는 담배를 피워 물면서 대문 옆에 서 있는 전봇대에 몸을 기댄다.

햇살이 따갑게 머리 위에서 떨어지고 있다. 낮게 웅크린 너댓의 집들이 보인다. 아직 철거되지 않고 남은 집들이 분명하다. 이쪽에도 이미 폐가가 되어있는 집들이 헤아릴 수 없을 만큼 많다.

나는 잠시 눈을 감는다. 그런데 어디선가 노랫소리가 들려오기 시작한다. 가냘픈 여자 목소리. 나는 감았던 눈을 뜬다. 소리는 소녀의 방 쪽에서 들려오는 것 같다. 그러나 무슨 노래인지 알 수 없다.

나는 담배를 바닥에 비벼 끄고 노랫소리에 귀를 기울인다. 아름다운 목소리. 소녀가 노래하는 게 분명해 보인다. 그녀의 머릿결만큼이나 고운 목소리라고 나는 생각한다. 나는 다시 눈을 감는다. 소녀의 노랫소리에 빨려들기 시작한다.

어느 순간엔가 나는 감았던 눈을 떴다. 노랫소리에 빨려들다가 잠시 졸았던 모양이다. 전봇대에 비스듬히 기대어 졸수도 있다니 믿기지 않는다. 가을햇살의 나른함 때문일까. 소녀의 노랫소리가 감미로웠던 때문일까. 다른 때 같으면 나는 전봇대에 몸을 숨기고 망원경으로 먼 데를 살폈을 것이다. 나의 사냥꾼들이 있을까 하는 초조한 마음으로.

이제 노랫소리는 들리지 않는다. 나는 전봇대에서 몸을 떼어 몇 발짝 걷는다. 그리고 소녀네 집 쪽으로 고개를 돌린다. 나는 문득 놀란다. 소녀가 아까처럼 걷는 연습을 하고 있는 것이다. 나는 망설이지 않고 대문을 똑, 똑, 똑 두드린다. 소녀가 이상하게도 친밀하게 느껴진다. 소녀가 대문 쪽을 바라본다.

나는 가볍게 손을 들어 보인다.

"누구세요?"

소녀가 불편한 몸으로 걸어와서 대문을 젖히며 묻는다. 나는 얼른 대답을 하지 않고 소녀를 물끄러미 바라본다. 소녀의 얼굴이 가을 하늘처럼 해맑아 보인다. 그러나 깊은 그녀의 눈 속엔 까닭모를 우수가 깃들어 있는 것도 같다.

"저 위에 있는 아저씨야. 나는 폐가에서 살고 있어."

소녀에게는 이상하게 거짓을 말하고 싶지 않다. 소녀는 내 말이 곧이들리지 않은 모양으로 몇 번 고개를 갸웃거린다.

"들어가도 될까?"

내가 묻자 소녀는 잠시 쭈뼛거리더니 고개를 끄덕인다. 나는 소녀와 뭔가 통할 것 같다고 생각한다. 어른들은 집안에 없는 것 같다. 내가 망원경으로 관찰했을 때에도 어른들은 보이지 않았다. 나는 소녀와 어느새 친숙해진 사람처럼 대문을 넘어 들어가 담벼락에 비스듬히 기대어 선다.

"무슨 일로 오셨어요?"

소녀는 그다지 내게 부담을 느끼지 않은 듯이 다시 걷는 연습을 하며 묻는다. 폐가에서 내가 망원경을 통해 느꼈던 것 보다 상태가 나쁘다는 느낌이 든다. 소녀는 보조기를 떼어내고는 걷지 못할 것만 같다. 나는 다리에 부착한 보조기에 시선을 고정시키면서 말한다.

"얘길 하고 싶어서 왔는데……."

"저를 아세요?"

소녀가 걸음을 멈추면서 묻는다. 담을 넘어온 바람에 소녀의 머리가 한번 펄럭거린다. 나는 목에서 망원경을 벗어낸다. 그리고 소녀를 향해 아주 자연스런 태도로 말한다.

"알지."

"어떻게요?"

소녀는 다시 걷기 시작한다. 나는 소녀가 내가 있는 데까지 걸어오는 것을 기다렸다가 대답한다. 내 말소리에 소녀가 그만 저만치서 넘어지고 말 것 같은 불안함 때문이다.

"이 망원경으로 오래 지켜보았으니까."

"그걸로요?"

소녀가 싱긋 웃는다. 내가 자신을 지켜보았다는 게 재미있게 여겨진 모양이다. 나도 소녀를 바라보며 웃는다. 그러면서 망원경을 소녀에게 건넨다. 소녀가 벙긋거리며 망원경을 받아든다. 나는 내가 은둔하고 있는 폐가를 망원경으로 한번 바라보라는 뜻으로 손가락으로 가리킨다.

소녀가 눈 가까이 망원경을 가져다댄다. 나는 담배를 하나 피워 문다. 소녀가 한참 만에 망원경에서 시선을 거두어들인다. 그리고 내게 망원경을 준다. 나는 받아서 그걸 목에다 건다.

"폐가에 사신다구요?"

소녀가 다시 걷기 시작하면서 묻는다. 소녀의 여원 뒷모습을 보니 까닭 없이 서글퍼진다. 망원경으로 보았을 때에는 여윈 느낌은 받지 않았다. 렌즈 속으로 소녀의 모습이 꽈악 차들어 왔으니까. 그런데도 소녀의 실제 모습을 보니 마음이 평온해진다.

"으응. 사고를 당한 모양이지?"

"네. 근데 그런데서 왜 살아요?"

소녀가 걷다가 나를 힐끗 쳐다보면서 묻는다. 나는 입술을 둥글게 말아 한번 웃으면서 사실대로 대답해준다.

소녀는 결코 나를 배반할 것 같지 않은 것이다. 이를테면 수상한 사람으로 나를 경찰서에 신고하는 행위 따윈 하지 않을 것 같은 것이다.

"갈 데가 없으니까."

"가족이 없나요?"

소녀가 걸음을 우뚝 멈춘다. 그리고 담벼락에 힘이 부치다는 표정으로 몸을 비스듬히 기대어 선다. 소녀와 나는 몇 걸음 거리에서 같은 포즈를 취하고 있는 것이다.

"아냐, 있어. 하지만 아저씬 가족과 함께 있을 수 없는 몸이야."

"왜요?"

소녀가 내 쪽으로 한 발짝 옮기면서 의아스런 표정으로 묻는다. 소녀의 머리 위에서 햇살이 부서진다. 마알간 바람이 부서진 햇살을 머금고 저쪽 담벼락으로 달아난다. 어디선가 비닐자락이 토해내는 마른기침 소리가 들린다. 나는 피워 문 담배를 담벼락 너머로 휙 던져버린다. 소녀가 연기에 자꾸만 신경을 쓰기 때문이다.

"경찰이 나를 쫓고 있거든."

나는 사실대로 말해준다. 소녀는 누구보다 나를 이해해 주리라는 느낌이 들었던 것이다.

"그래서 폐가에 숨어 지내시는군요?"

소녀가 어두운 얼굴로 묻는 듯이 말한다. 나는 숫자를 세듯 천천히 고개를 끄덕인다.

"그런 셈이지. 이 망원경으론 주변을 감시하고 말이야."

"무슨 죄를 졌는데요?"

소녀가 바로 내 곁에까지 걸어와서 묻는다. 나는 소녀의 얼굴을 가만히 들여다본다. 소녀는 의아한 낯빛으로 나를 쳐다보고 있다. 그윽한 눈빛을 내 눈에 남김없이 주워 담으며 내가 말한다.

"나는 죄가 없다."

"그럼, 왜 피해 다니세요?"

소녀가 여전히 의아한 얼굴로 묻는다.

"경찰은 죄 있는 사람만 잡아들이는 게 아냐."

순간 소녀의 눈이 화등잔만 하게 커진다. 나는 소녀의 커진 눈 속에서 쏟아지는 햇살을 본다.

"그건 나도 들어서 알아요."

"다리는 어떻게 다쳤니?"

나는 소녀에게 공연한 상처를 주고 싶지 않아 얼른 어두운 얘기에서 비껴 말한다. 소녀가 들어서 알고 있다는 얘기에 나는 망연해진다. 솔직한 심정은 어른으로서 수치감을 느끼는 것이다.

"학교 골목에서 사골당한 거예요."

"안됐구나."

"어른들은 이해 할 수가 없어요. 무슨 일들이 그렇게 바쁜지 몰라요. 당연한 질서도 어른들은 무시해버려요."

소녀가 뜻밖에 톤을 높인다. 나는 소녀에게서 객쩍게 시선을 떼며 나도 모르게 이렇게 말한다.

"미안하구나."

내가 마치 소녀에게 해를 입혔다는 느낌 때문이리라. 나는 소녀가 어른들을 얼마나 원망했을까 생각하며 잠시 말을 잇지 못한다. 소녀에게 어떤 말을 늘어놓아야 위로가 된다는 말인가. 소녀가 영원히 완전한 다리를 갖지 못할지도 모른다는 생각을 하지 몸이 바르르 떨린다. 나는 얼른 다른 데로 화제를 돌려버린다.

"밤에는 뭐하고 지내지?"

소녀는 곧장 대답하지 않고 얼마간 마음을 진정시킨 뒤에 입을 열기 시작한다.

"책을 읽거나 짤막한 글을 써요."

소녀의 얼굴이 다시 아까처럼 밝아진다. 나는 소녀의 방에

새벽 두 시까지 불이 꺼지지 않았다는 것을 상기해본다. 바람을 쐬거나 목을 축이기 위해 밖에 나오면 소녀의 방에는 언제나 불이 켜져 있었다.

나는 유난히 밝아 보이는 그 불빛을 하루하루 지켜보면서 자신도 모르게 그 불빛이 그리워지기 시작했다. 그리고 지금 그것은 내게 희망이 되었다. 저 불이 켜져 있는 한 나는 결코 어둡지 않다. 그런 마음의 비약은 스스로도 매우 이해하기 어려웠다.

"좋은 취미를 가졌구나."

내 말에 소녀가 벙싯 웃는다.

"아저씬, 뭐하시는 분이세요?"

"나도 글을 쓰지. 하지만 이젠 아냐."

소녀가 반가운 표정을 짓다가 곧장 굳어진다. 내가 지껄인 말의 뒷부분이 마음에 걸렸던 모양이다.

"아니, 왜요?"

"거짓을 쓸 수가 없으니까."

소녀는 이해할 수 없다는 표정이다. 나는 이제 돌아가야겠다는 생각을 하며 담벼락을 손으로 눌러 짚고 내가 은거하고 있는 폐가 쪽을 무연스럽게 바라본다. 폐가의 지붕머리 위로 노을이 지고 있다. 나는 입가에 쓸쓸한 미소를 지으며 담벼락에서 돌아선다.

"그럼, 진실을 쓰면 되잖아요?"

소녀가 사이를 두었다가 반문하듯 말한다. 나는 소녀를 넌지시 내려다본다. 내 입장을 어떻게 설명해야 할지 아득하다.

"나는 그럴 입장이 못 된다."

"어른들은 참 알 수가 없어요."

"너도 어른이 되면 알게 될 거야."

"아저씨, 나는 절대 어른이 되지 않을 거예요."

"그럴 수만 있으면 좋겠지. 어른이 되면 세상이 힘들고 역겹다는 것을 알게 되거든."

"저도 조금은 알아요. 그리고 아저씨 처지를 어느 정도 이해할 수도 있어요. 아저씬, 훌륭한 분이세요."

"고맙구나."

나는 소녀의 어깨를 한번 가만히 다독거려 주면서 웃는다.

"아뇨."

"이제 가 봐야지."

나는 대문을 나선다. 소녀가 불안한 걸음걸이로 대문까지 걸어 나온다.

"아저씨, 용기를 가지세요."

"고맙다. 너도 힘을 내야지."

우리는 말없이 오래오래 바라보고 웃는다. 나는 손을 한번 흔들어주고는 걷기 시작한다. 노을이 그림자를 한없이 잡아 늘인다. 나는 저만치 훌쩍 앞서가는 홀쭉한 그림자를 바라보며 걸음을 재촉하고 있었다.

폐가에 돌아오자마자 나는 소녀네 집을 바라보았다. 그리고 나는 가슴이 갑자기 설레기 시작한다. 소녀가 담벼락에 기대 어 이쪽을 바라보고 있는 것이다. 나는 망원경을 집어 든다. 소녀의 얼굴에 우수가 깃들어 있는 것이 보인다. 나는 가슴이 뭉클해져 망원경에 시선을 뗀다. 그리고 소녀를 향해 손을 흔 들어댄다.

소녀는 오래오래 자리를 떠나지 않는다. 소녀가 모습을 감 추고 나서야 나는 펌프질을 하며 손을 씻고 목을 축인다. 이제 노을이 온통 빨간 능금 빛으로 변했다.

나는 문득 잠에서 깨어난다. 밤이 늦도록 잠을 이루지 못했 다. 소녀에 대해 뭔가 썼던 기억이 난다. 나는 느린 하품을 하 며 밖으로 나온다.

밖은 이미 해가 높이 올라 있다. 뒤쪽에서 아이들 떠들어대 는 소리가 들린다. 그러고 보니 저 아이들이 내 곤한 잠을 깨 웠던 모양이다.

"이놈들아, 어서 내려들 가!"

나는 아이들을 향해 소리친다. 그러나 아이들은 시큰둥한 태도들이다. 나는 같은 소리로 다시 외친다.

아이들이 겨우 놀이를 멈추고 이쪽으로 걸어온다. 나는 단 단히 혼내 주리라 생각하며 혁대를 바짝 쬔다. 아이들이 대문 을 열치고 폐가로 들어선다. 내겐 아이들의 저런 태도가 당돌 하게만 여겨진다. 도망을 치기는커녕 외려 당당히 고개를 쳐

밀고 들어오는 것이다.

"아저씨."

아이 하나가 건조한 목소리로 외치듯 말한다. 나는 아이의 목소리가 심상찮다고 생각하면서 잔뜩 화난 얼굴로 그들을 노려본다. 그러고는 엄포를 놓듯 빽 소리를 지른다.

"여기 오지 않기로 약속했지?"

그러나 아이들은 결코 놀란 기색이 아니다. 여기가 아저씨 집이야, 하는 완고한 표정들로 안으로 들어와서 나를 흘끗흘끗 살피며 펌프질을 한다.

"그건 어제 하루만 약속한 거예요."

"뭐야?"

나는 아이들의 천연덕스러움에 하얗게 질린다. 아이들이 뭔가 내게 도전을 해오고 있다는 생각이 든다.

"어제처럼 돈만 주세요. 그럼, 당장 여기서 내려갈 테니까요."

나는 아이들의 말에 말할 기력을 잃는다. 아이들의 속셈이 뻔히 드러났기 때문이다. 나는 다시 서글퍼지기 시작한다. 내게 가장 아늑한 거처가 되어 주리라 믿었던 폐가도 결코 그렇지 못하다는 허망한 느낌이 들었던 것이다. 아이들이 갑자기 증오스러워진다.

"이 비열한 놈들아."

나는 담벼락 모퉁이에 뒹굴고 있는 두툼한 각목을 하나 집어 든다. 아이들이 나를 빤히 올려다본다. 나는 아이들 쪽으로 한발 짝씩 접근한다. 저 아래서 교회의 차임벨 소리가 들려온다.

"돈만 줘요."

"안주면 어쩔 테냐?"

나는 각목을 허공에 한번 휘두른다. 아이들의 야발스러운 태도가 사람을 발끈하게 만드는 것이다. 나의 발끈한 기색에도 아이들은 제법 나를 향해 당차게 버팅기고 섰다.

"신고할 거예요."

"뭐?"

"아저씬, 수상한 사람예요."

나는 각목을 다시 휘둘러보았지만 아이들은 결코 숙어들지 않는다. 나는 이제 여기서 떠나야 하리라고 생각한다. 더욱이 수상한 사람으로 신고를 하겠다는 데에야 무슨 도리가 있겠는가. 나는 아이들에게 천 원권 지폐를 하나 꺼내어준다. 아이들을 미워하는 마음보다 아이들이 왠지 불쌍해 보였기 때문이다.

"이게 마지막이다. 나도 이제 빈털터리야 이놈들아. 너희들이 불쌍해서 주는 거니까, 다시는 이러지 마라. 그리고 아저씬 수상한 사람이 아니야. 너희들 원고지 봤지? 아저씬, 글을 쓰는 사람이다. 알겠냐?"

"알았어요, 아저씨. 다시는 여기 오지 않을 게요."

아이들은 약속처럼 일률적으로 말하면서 대문을 열고 달려 내려가기 시작한다. 그러나 아이들은 결코 다시 올라오지 않을 녀석들이 아닌 것 같다. 아이들은 휴지조각처럼 부푼 모습으로 벌써 저만치 달려 내려가고 있다.

아이들이 섣부른 행동을 하는 건 아닐까? 애써 글을 쓰는 사람이라고 변명은 했지만 아이들의 눈에 나는 분명히 수상한 사람으로 여겨질 것이다. 나는 아이들이 자꾸만 마음에 거슬리기 시작했다.

나는 대충 끼니를 때우고 망원경을 들고 밖으로 나온다. 아래쪽을 염려스런 태도로 한번 살핀다. 이제 아이들을 믿어서는 안 되기 때문이다. 이쪽으로 올라오는 사람의 기척은 아직 없다. 나는 착잡한 기분으로 펌프질을 하여 입에 가득 물을 머금는다. 해를 등에 업고 서서 분무처럼 물을 뿜는다. 물안개 속으로 활등 같은 무지개가 나타났다가 금세 사라진다.

나는 다시 담벼락에 기대어 소녀네 집을 바라본다. 그쪽의 담벼락 너머로 소녀의 상반신이 보인다. 소녀는 담벼락에 서서 이쪽을 바라보고 있는 것이다. 나는 망원경을 집어 든다. 소녀를 더욱 자세히 바라보고 싶어서다. 이제 그녀의 얼굴을 훔쳐보지 못할 이유가 없다. 나는 소녀를 알기 때문이다. 소녀의 머릿결은 여전히 곱다. 햇빛에 반짝거리는 소녀의 머리가 렌즈 속에서 가늘게 나부끼고 있다.

바람은 가을을 애무하듯 적당히 불어오고 있다. 나는 오래오래 소녀를 바라본다. 소녀를 너무 오래 렌즈 속에 가둬두는 느낌에 망원경을 거두려는데 내게 손짓을 보낸다. 나를 그쪽으로 오라는 동작이다. 나는 망원경을 거두고 대문을 나서 소녀를 향해 빠른 걸음으로 걷기 시작한다.

소녀는 대문을 열어놓고 나를 기다리고 있다.

"오셨군요."

"하늘이 퍽 높아졌어."

나는 소녀에게 웃어주며 하늘을 바라본다. 소녀도 담벼락에 몸을 기대선 채 고개를 쳐든다. 하늘 끝에서 제트기 하나가 하얀 실타래를 풀어 늘이며 소리 없이 날고 있다. 가을이 무르익는 소리가 들린다. 나는 한참 만에 바라보던 하늘에서 시선을 거두고 소녀를 내려다본다.

"어제는 아저씨에 대한 글을 썼어요."

"오, 그래. 뭐라고 썼는지 궁금한데?"

나는 소녀의 뜻밖의 말에 손을 벌리며 놀란다. 소녀는 바로 말하지 않고 나만 뚫어지게 쳐다본다. 나는 소녀의 눈빛이 객쩍어 얼른 시선을 바닥으로 떨군다. 이때, 귓불을 스치고 세월처럼 바람이 지난다. 나부끼는 머리를 손으로 움켜잡는 소녀의 그림자가 보인다.

"후후, 단 두 줄밖에 쓰지 못했어요."

"얘기해 봐."

나는 바닥에서 시선을 잡아 올려 미소를 머금고 소녀를 바라본다. 소녀의 얼굴에는 어느새 발그레한 기운이 번져있다.

"어떤 손님이 나를 찾아왔다. 망원경을 목에 맨 아저씨였다. 이게 전부예요."

소녀는 머리를 쓸어 넘기며 말없이 웃는다. 자신이 썼던 글에 대해 매우 수줍어하고 있는 모습이다. 그러는 소녀의 모습이 내겐 오히려 사랑스러워 보인다. 열일곱 살쯤 되어 보이는 소녀에게 어울리는 글인 것 같다. 나는 소녀의 등을 덮두들겨 준다.

"아주 시작을 잘했어. 실은 나도 학생에 대해 썼지."

"뭐라구요?"

"글쎄, 이제 보니 학생이 썼던 거와 첫마디가 같은 것 같은데……."

"어서 말씀해 주세요."

소녀가 한발 짝씩 걸음을 떼면서 재촉한다.

"어떤 소녀가 머리를 풀고 하루 종일 아이처럼 걷는 연습만 한다. 이렇게 시작을 했지."

소녀가 하얀 이빨을 드러내고 해바라기처럼 웃는다. 나도 그녀를 따라 웃기 시작한다. 바람이 후-욱 불어간다. 소녀가 갑자기 담벼락 너머를 바라본다. 나는 소녀가 바라보는 데를 바라보면서 문득 놀란다.

밤마다 나를 찾아와 구걸을 하고 잠시 눈까지 붙이고 가곤 하던 손님이 이쪽으로 달려오고 있는 것이다. 손님은 분명 나를 찾아왔던 바로 그 손님이다.

"너 또 왔구나?"

담을 훌쩍 뛰어 들어온 손님을 향해 소녀가 말한다. 나는 순간 소녀도 결코 손님의 주인이 아니란 걸 깨닫는다.

"아니, 자네 이곳에도 구걸을 오는가?"

"알아요?"

내 말을 듣고 소녀가 의아하다는 듯 묻는다.

"아주 잘 알지. 밤마다 내게 구걸을 오거든."

"그러세요? 이맘 땐 이리로 구걸을 와요. 가족이 있거든요."

소녀의 말에 나는 놀라지 않을 수가 없다. 손님은 결코 가족이 없으리라 여겼던 것이다.

"자네한테 가족이 있었나?"

나는 손님을 향해 혼잣소리로 묻는다. 그러나 손님은 나를 쳐다보지 않고 소녀의 곁에 눈을 씀벅거리며 묵묵히 앉아만 있다. 나는 손님이 울고 있는지도 모른다는 생각이 문득 들었다.

"다섯이나 딸려 있어요. 언젠가 다섯 식구를 거느리고 대문으로 들어오는 거예요. 배가 고픈지 모두 지쳐 있었어요. 나는 음식찌끼며 마른 고기포를 주었죠. 그런데 아예 여기 눌러 살 눈치더라구요. 떠날 생각을 하지 않는 거예요.

나는 쫓아낼 수가 없었죠. 그런데 저녁에 일터에서 돌아오신 아버지가 쫓아 버렸어요. 너희들 여섯 먹일 여유가 없다구요. 그런데 다음날부터 아이들을 떼어놓고 저 혼자 찾아오는 거예요.

양푼에다 음식을 말아 주었더니 입도 대지 않더라구요. 그래서 이상하다 생각하고 소시지며 고기포를 앞에 내밀었죠.

126

그랬더니 입에 덥석 받아 물고 단숨에 담을 넘어 가는 거예요.
나는 나중에 그 까닭을 알았어요. 그릇에 음식을 말아주면 아
이들에게 가져갈 수가 없으니까 그랬던 거죠. 어떻게 눈물이
나는지 나는 밤새 잠을 이루지 못했어요.

　아이들에게 그렇게 헌신적일 수가 있다니 너무 감격적이었
죠. 아이들은 아마 저기 폐가 어디에 살고 있을 거예요. 불쌍
한 친구들이예요. 이곳이 폐가가 되면서 주인들이 죄 버리고
간 거라구요."

　소녀의 눈에 눈물이 그렁거린다. 나도 소녀의 얘기를 듣자
마음이 서글퍼졌다. 나는 손님의 내막을 알 것 같았다. 그러니
까 낮에는 소녀의 집에서 구걸을 하여 아이들을 먹이고 밤에
는 내게로 와서 자신의 굶주린 배를 채웠다는 얘기였다. 나는
손님의 사려 깊음에 절로 숙연해졌다.

　내가 내민 소시지며 마른 어물을 한 번도 받아 간 적이 없었
다. '손님은 내게 피해를 끼치려 하지 않았던 것일까? 네 발
가진 짐승이 설마 그런 생각까지 하였을까' 하는 의구심이 일
었으나 자꾸만 그쪽으로 생각이 기울었다.

　나는 소녀에게 손님과 나와의 사이에 있었던 사실들을 얘기
해 주었다. 소녀는 자꾸만 눈물을 글썽였다. 소녀가 안으로 들
어간다. 나는 곁에서 움직이지 않고 묵묵히 앉아있는 손님의
등을 연신 쓰다듬는다.

　소녀가 마른 고기포를 가지고 나와 손님에게 준다. 손님이

포를 받아 물고 담벼락을 넘어 쏜살같이 달려가기 시작한다. 우리는 말없이 한동안 손님이 사라져간 쪽을 바라보았다.

갑자기 소녀가 웃기 시작한다. 나는 고개를 돌려 소녀를 바라본다. 소녀는 여전히 낄낄거리며 웃고 있다.

"우스운 생각을 했어요."

소녀가 가까스로 웃음을 멈추며 말한다.

"우스운 생각?"

"네. 아저씨한테 편질 써서 고양이한테 전하면 되겠다는 생각이요."

소녀는 다시 참지 못하고 웃는다. 나도 같이 웃다가 소녀가 다시 진정하자 내가 말한다.

"그러면 되겠군. 아주 영특한 손님이거든."

나는 다시 하늘을 쳐다보며 쓸쓸하게 웃는다. 하늘에는 하얀 구름이 뭉게뭉게 떠서 어디론가 흘러가고 있다. 가만히 보면 구름은 바람이 불어가는 쪽으로 움직인다.

"얼굴이 해쓱해요, 아저씨."

소녀가 얼굴을 그윽이 쳐다보면서 말한다. 나올법한 말이다. 나는 겨우 라면으로 연명하는 처지니까. 라면에 북어포를 찢어 넣어 먹는 일도 이제 얼마 뒤면 끝나게 될 것이다. 나는 소녀의 말에 응대하지 않고 묵묵히 하늘만 쳐다보고 있다.

"언제쯤 여기서 떠날 건가요?"

"글쎄."

"그러시다 죽겠어요."

"할 수 없지."

"어떻든 돌아가셔야 해요. 언제까지 숨어 지낼 순 없잖아요? 그리고 이렇게 숨어 지낸다고 뭐가 달라지겠어요."

소녀는 다시 걷기 시작한다. 나는 소녀가 기우뚱 걷는 모습을 물끄러미 바라다본다. 소녀의 말은 그르지 않다. 내가 여기 숨어 지낼 여유도 없다. 나는 오직 소중한 시간과 젊음만 허비하고 있을 뿐인 것이다.

"뭘 좀 싸드릴까요?"

소녀가 다시 이쪽으로 걸어오면서 묻는다. 나는 소녀의 시선을 피하면서 고개를 젓는다. 소녀에게 만큼 먹을 걸 구걸하고 싶지 않다. 가족에게 먹일 양식을 구해 담벼락을 뛰어 넘은 손님이 떠오른다. 문득 내 가족이 생각난다. 지금 그들은 어떻게 지내고 있을까? 이제 곧 겨울이 닥쳐 올 것이다.

"아저씨 돕고 싶어요."

"쓸데없는 소리……."

나는 소녀에게 등을 보이고 돌아선다.

"도울 기회를 주세요. 나도 언제 여길 떠나게 될지 몰라요."

나는 다시 소녀 쪽으로 돌아선다. 소녀는 어느새 나 있는 데까지 걸어와 있다. 오후의 늦은 햇살이 소녀의 갸름한 이마에 걸려 있다. 나는 소녀를 빤히 쳐다본다. 소녀가 여기를 떠나버리면 내게 남는 것은 절망뿐이다. 겨울엔 얼어붙은 바람만 이

끼 앉은 폐가의 지붕을 덜컹덜컹 밟고 지나갈 것이다.

"저들이 무서워요. 나는 우리 이웃집들이 저들에 의해 허리를 꺾이며 무너지는 것을 똑똑히 보았어요. 우리 집도 언제 무너지게 될지 몰라요."

"내가 힘이 돼주지 못해 미안하구나."

나는 소녀의 눈가에 어룽거리는 눈물을 보고 있다. 소녀가 한쪽 손으로 눈가를 훔친다.

소녀의 얘기에 의하면 이곳의 철거가 임박한 모양이다. 그건 처음 내가 이곳을 보았을 때에도 알아차릴 수 있었다. 주위의 폐가에 둘러싸여 목숨이 경각에 부친 듯한 기와집들이 위태하게 눌러앉아 있었던 것이다. 그것은 이제 더 이상 버티지 못하고 작은 충격에도 무너질 것만 같았다.

"그런 말씀 마세요. 아저씬, 제게 희망을 주셨어요."

"무슨 희망, 내가 할 소린데……."

"아녜요. 아저씨가 쓰지 못하는 진실이 뭔지 모르지만, 나는 나름대로의 진실을 쓰고 싶어요."

"그래야지."

"뭘 좀 싸겠어요."

소녀가 걸음을 떼면서 말한다. 나는 얼른 소녀를 가로막아 선다. 그래서는 절대 안 된다는 생각 때문이다. 소녀에게 피해를 끼치고 싶은 마음이 결코 아닌 것이다.

"아냐. 그러면 안 돼. 이만 돌아가 볼게."

나는 소녀의 어깨를 가만히 눌러주고 돌아선다. 소녀가 깜냥에는 다리를 빨리 놀려 나를 따라 나온다. 나는 대문 앞에서 소녀를 쳐다본다. 소녀의 목소리가 비에 젖어 있다.

"아저씨."

"학생 마음 알고 있어. 이만 가 볼게."

나는 등을 보이고 돌아선다. 그리고 걷기 시작한다. 내일 또 오셔야 해요, 하는 소녀의 목소리가 등 뒤로 나지막이 들린다. 나는 자꾸만 가슴이 울렁거려 연하여 손으로 가슴을 쓸어내렸다.

그날 밤, 나는 다시 소녀에 대해 썼다. 소녀의 마음을 오래 간직하고 싶다고 썼다. 소녀의 방에 영원히 불빛이 사라지지 않았으면 좋겠다고 썼다. 그리고 소녀에 대한 내 초조한 감정들을 사실대로 적었다. 글 속에서 소녀에게 이런 물음도 던졌다. 새들은 우리가 버린 더러운 찌꺼기를 주워 먹고도 언제나 아름답고 숭고해 보인다. 소녀는 그 까닭을 아는가?

내가 글쓰기를 마칠 때까지도 손님은 찾아오지 않았다. 이런 경우는 처음이었다. 소녀의 집에서 나와 맞닥뜨린 민망함 때문인지도 모른다고 생각하며 나는 밖으로 나온다. 펌프 물로 목을 축이고 소녀네 집 쪽을 바라본다. 그런데 이상한 일이다. 소녀의 방에 불이 꺼져 있는 것이다.

아직 다른 날 같으면 불이 꺼질 시간이 아닌 것이다. 나는 괜히 불안한 마음으로 마당을 서성이다가 방으로 들어와 짐승처럼 드러눕는다. 그리고 모든 생각의 끈들을 멈춘다. 잠시나마 모든 것으로부터 자유롭고 싶은 것이다.

다음날 오후 나는 소녀네 집 쪽을 향해 뛰었다. 소녀네 집이 없어져버린 때문이었다. 간밤에 철거를 당했구나. 나는 뛰면서 생각했다. 소녀는 그럼 어디로 갔을까. 나는 단숨에 소녀의 집 앞에 도착했다. 소녀네 집은 완전히 폐허로 변해 있었다. 거기 버티고 있었던 다른 집들도 한집만 멀쩡하고 모두 앙상한 뼈대만 남아 있었다.

나는 아직 무너지지 않은 집으로 가서 간밤의 상황을 물었다. 철거반들이 포크레인을 앞세우고 와서 순식간에 먹이 치우듯 해치웠다는 것이다. 나는 소녀에게 이름을 묻지 않았던 사실을 순간 후회하며 주름이 많은 오십 줄의 아주머니에게 물었다.

"그 학생 이름이 뭡니까?"

"현주요, 오현주."

"어디로 갔을까요?"

"작은집으로 갔을 거예요. 여기서 그리 멀지 않아요. 저 아래거든요."

"감사합니다. 아주머니."

"전할 말 있어요?"

"아, 아닙니다."

"조금 일찍 오셨으면 현주엄마를 보셨을 거예요. 웬 고양이 한 마리가 무너진 집 무덤에서 어찌나 가르릉 가르릉 울어 쌓

길래 나와 봤더니, 현주엄마가 고양일 붙안고 있지 뭐예요. 참, 기특하지. 제 집에 드나드는 도둑고양이와 정을 붙였던지 글쎄, 현주가 고양일 꼬옥 붙잡아 와야 한다고 성화를 대더랍니다."

나는 아주머니의 말에 아연 놀라며 걸음을 떼기 시작한다. 집 무덤을 보고 울었을 소녀와 내 손님을 생각하니 가슴이 울컥 메어오는 것이다. 나는 대문을 열고 들어와 오래도록 펌프질을 한다. 내가 무엇 때문에 이렇게 펌프질을 하고 있는 걸까. 나는 차가운 바람이 가슴을 훑고 가는 서늘한 기운에 안으로 들어온다. 나는 담요에 몸을 눕히고 눈을 감는다. 몸에 신열이 오르는 것을 느끼며 나는 어둠 속으로 자꾸만 추락하는 꿈을 꾸기 시작한다.

그날 이후, 나는 거의 식음을 전폐했다. 라면도 실은 바닥이 났다. 나는 오늘도 거의 쓰러질 듯한 몸을 이끌고 나와 담벼락에 기대어 무너진 소녀의 집을 바라보고 있다. 문득 소녀가 거기서 걷는 연습을 하는 환영이 보이고는 한다.

이제 나는 어떻게 하여야 할까? 스스로 저들에게 기어들어갈 수는 없다. 나는 결코 죄가 없기 때문이다. 차라리 저들이 나를 붙잡아 가 줬으면 하는 바람이 문득 일었다.

그런데 어느 순간, 나는 눈을 의심하지 않으면 안 되었다. 며칠 동안 모습을 보이지 않았던 손님이 여러 동료들과 함께 저쪽에서 모습을 드러냈던 것이다. 헤아려보니 일곱이었다.

나는 순간 손님의 가족을 떠올렸다. 손님은 대문으로 훌쩍 뛰어 들어와 나를 보고 반가운 듯 꼬리를 쳤다. 나는 순간 다시 한 번 내 눈을 의심했다. 손님의 목에 뭔가 걸려있는 게 아닌가.

나는 재게 손님의 목에 걸려있는 물체를 떼어냈다. 그런데 그것은 소녀가 손님의 목에 매어단 메모지였던 것이다. 나는 메모지를 펼쳐 빠르게 읽었다. 그리고 아연하고 말았다. 소녀는 나에게 여기서 빨리 피하는 것이 좋겠다고 썼다.

동네 아이들이 수상한 사람으로 나를 신고했으니 경찰이 곧 그리로 갈 거라고 썼다. 어디서든 무사하길 바란다면서 오현주, 하고 이름까지 써 넣었다. 나는 순간 이제 올 것이 왔다고 생각했다.

내가 염려한대로 마을 아이들이 결국 일을 저질렀다고 생각했다. 비열한 녀석들. 나는 미친 사람처럼 중얼거리면서 방으로 들어왔다. 손님이 가족을 이끌고 나를 따라 안으로 들어온다.

나는 손님의 가족에게 먹다 남은 마지막 음식을 모두 내준다. 손님들이 기다렸다는 듯이 음식을 먹기 시작한다. 그러나 최초의 내 손님은 게걸스레 먹는 아이들과 나를 번갈아 쳐다보며 눈만 끔벅거리고 있다.

나는 차라리 편안한 생각으로 담요에 드러눕는다. 내가 숨을 곳은 이 넓은 세상에 아무데도 없다. 경찰이 당장 들이닥친다 해도 이제 나는 겁내지 않을 것이다. 경찰이 예상대로 들이 닫쳤다. 나는 가물가물한 의식 속에서 여러 명의 구두 발자국 소리를 들었다. 나는 눈을 떴다. 경찰은 벌써 문을 열고 고압적인 태도로 나를 노려보고 있었다.

"너, 황기표지?"

그들은 정확히 내 이름을 댔다. 나는 대답 없이 누웠던 자리에서 일어났다. 그리고 그들을 노려보았다.

"박 순경, 연행해."

그들은 내 손에 수갑을 채웠다. 그리고 내 옆구리를 쿡 찌르면서 이봐, 뛰어봐야 벼룩이야, 하고 말했다. 그들은 내가 긁적거려둔 원고지 더미와 책을 모두 압수했다. 나는 그간 정들었던 손님을 바라보았다. 손님은 물끄러미 나를 올려다보았다.

나는 마지막으로 손님의 목을 쓰다듬어주고 방을 나섰다. 내가 저들의 손에 이끌리어 마악 방을 나섰을 때였다. 나는 집이 떠나갈 듯한 손님들의 울음소리를 들었다. 그것은 마치 성난 사자의 포효하는 울음소리와도 흡사했다. 그리고 순간 저들 일행 중의 하나가 비명을 지르는 소리도 동시에 들려왔다.

"아악!"

나는 손님이 사내의 얼굴을 공격했다는 사실을 알았다. 사내는 손으로 얼굴을 싸안고 신음하고 있었다.

"이런 버릇없는 고양이 새끼 같으니!"

나를 연행하던 박순경이라는 사내가 손님에게 발길질을 하며 상처 입은 동료를 바라보았다. 사내의 얼굴에서 새빨간 피가 흘러내리고 있었다.

나는 순간 목울대에 걸려 있던 울음을 잇새로 터뜨리고 말았다. 내게 참으로 의로운 손님이었다. 내가 떠나간 뒤에 휑뎅그렁하게 남을 손님의 가족을 생각하니 까닭모를 슬픔이 복받쳐 왔다. 나는 내딛던 발걸음을 다시 돌렸다. 그리고 부자연스런 손으로 남은 어포를 손님의 가족에게 던져주었다. 사내가 내 허구리를 갑자기 올려 찼다.

"이 새끼야, 주접떨지 마!"

나는 형사계에서 조사를 마치고 담배를 하나 얻어 피웠다. 이제 겨울이 닥쳐올 터인데 가족이 어떻게 될 것인지 아득하기 그지없었다. 아이들이 원망스럽다는 생각이 들었다.

지금 이 기분은 뭐랄까, 참으로 처참하다고 하여야 할까. 장인어른의 신고로 붙들려온 박 피디의 심정은 어떠했을까? 비겁한 자식들. 나는 낮게 중얼거렸다.

"이봐, 누구 들어라 지껄이는 거야?"

형사계 창유리 너머로 떨어지는 저녁놀을 바라보다가 사내가 소리쳤다. 사내의 눈이 저녁놀에 물들어 순간 이글거렸다.

"아, 아닙니다. 나를 신고했던 동네 아이들한테 해본 소립니다."

"뭐, 동네 아이들? 욕을 하려면 제대로 해 임마. 너를 신고했던 사람은 오현주라는 학생이야. 얘기해도 좋다고 했어."

"뭐라구요?"

나는 사내의 말이 믿기지 않았다. 소녀가 나를 신고했다니,

대체 이게 어찌된 일인가? 손님의 목에 적어 보냈던 메모지는 그럼 뭐란 말인가? 나는 마치 무엇에 홀린 사람처럼 넋을 잃고 엎디어 있었다. 얼마동안 깜박 잠이 들었던 것일까? 나는 누군가 어깨를 툭, 내리치는 바람에 눈을 떴다. 손님이 찾아왔다는 것이다.

나는 사내의 안내를 받았다. 뜻밖에 소녀가 찾아와 있었다. 나는 어이가 없어 망연히 소녀를 올려다보았다.

"아저씨, 미안해요."

나는 소녀와 아무런 얘기도 하고 싶지 않았다. 너무도 뜻밖의 상황이기 때문이었다. 나는 고개를 내저었다. 모든 것이 싫어졌던 것이다.

"우리가 철거를 당하고서 나는 줄곧 아저씨 꿈을 꾸었어요. 아저씨가 폐가에서 자꾸만 죽어 나가는 꿈이었죠. 나는 아저씨가 정말 거기서 굶어 죽게 될지도 모른다고 생각했어요. 그래서 신고를 한 거예요."

"그럼, 고양이 목에 왜 그런 메모지를 적어 보낸 거야?"

나는 소녀의 눈을 꿰뚫을 기세로 노려보며 물었다.

"신고를 하고 보니 아저씨 손에 수갑이 채워지는 게 겁이 났어요. 그래서 어서 피하라고 적었던 거예요. 아저씨 실망 시키지 않으려고 아이들 핑계를 댔던 거구요. 아저씨가 무사히 피하면 내가 신고한 사실도 모르게 될 거라고 생각했어요. 나는 아저씨만 무사하기를 바랐으니까요. 하지만, 결국 이렇게 되어버렸어요. 아저씨, 저를 용서해 주세요."

나는 소녀를 노려보던 시선을 바닥으로 떨구었다. 내가 소녀를 미워할 하등의 이유가 없었다. 나는 소녀의 마음이 오히려 기특하다는 생각이 들었다. 나를 얼마나 끔찍이 생각하고 있었을까? 그리고 차라리 잘된 일 같았다.

기약 없이 피해 다니며 시간을 허비한다는 것은 참으로 무모한 일이 아닐 수가 없었다. 나는 갑자기 눈앞이 흐려지는 것을 느꼈다. 어느 틈에 눈물이 고여 있었다.

나는 수갑 찬 손을 가만히 들어 옷소매로 눈가를 훔쳐냈다. 그리고 소녀를 향해 고개를 끄덕이며 웃어주었다. 소녀도 가늘게 흐느끼면서 웃고 있었다.

"아저씨, 건강하세요."

"그래, 오현주라고 했지? 학생도 얼른 건강을 회복해야지."

"염려마세요. 그리고 저도 어른이 되면 반드시 정직한 글을 쓰도록 노력할게요."

"고맙구나. 참, 고양이 잘 부탁한다."

"그것도 염려 마세요. 우리 작은집에서 모두 거두기로 했으니까요."

"잘 됐구나. 고양인 영물이니까, 은혜에 보답할 거야. 지금 아마 폐가에 있을지도 모르겠구나."

"작은집으로 올 거예요. 내가 있는 데를 아저씨 손님이 알고 있으니까요. 그럼, 가겠어요."

소녀는 마지막으로 내게 손을 흔들어주면서 멀어져갔다. 나는 멀어지는 소녀의 뒷모습을 쓸쓸히 바라보면서 문득 새로운 희망이 떠오르는 것을 느꼈다. 내가 저들의 구속에서 벗어나 자유로운 몸이 되었을 때에는 소녀와 내가 지금보다 자유롭고 어둡지 않은 모습으로 다시 만날 수가 있으리라.

나는 사내의 안내로 다시 형사계로 돌아왔다. 나는 담배를 하나 얻어 피워 물며 이제 어둠이 섞여 있는 창문 너머를 바라보고 있었다. 그런데 그때 사내가 나를 철창 쪽으로 데리고 가면서 외치는 것이었다.

"이 새끼들아, 손님 받아!"

5월은 살아 있다

5월은 살아있다

오늘 오후 강의는 없다. 4시에 대동제의 막이 오른다. 저쪽 광장에선 벌써 마이크가 울고 있다. 바람이 이쪽으로 불어올 때마다 제 몸을 두드리며 우는 타악기 소리.

둥둥 징징징징 두두 돠돠.

전자기타가 이따금씩 이런 소리들에 섞여 무딘 의식의 날을 세우며 질주한다.

타타타타타 아아아아아.

꼭뒤를 질러가는 소리에 강철은 문득 감았던 눈을 떴다. 텅 빈 강의실 창문 너머로 바라다 보이는 바깥의 풍경은 예전과 크게 다르지 않았다. 후문 저만치 낮게 앉아 있는 파출소, 그 주변을 둘씩 셋씩 짝지어 어슬렁거리는 전경들이 보였다. 그리고 후문 바로 근처까지 차를 몰고 와서 차머리를 돌려 차량들이 빠져나가고 있었다.

후문 쪽 별관 건물에서 강의를 받아야 하는 학생들 중 불만을 한번쯤 갖지 않은 학생은 없을 것이다. 강의실 밖으로 힐끗 시선을 돌리자마자 파출소 건물이 눈에 띔은 물론 심심하면 구령을 붙여오는 터라 강의에 열중하다가도 순간 그쪽으로 의식을 빼앗기기 일쑤여서 교수마저 잠시 뒷짐을 끼어야만 되었다.

열중 쉬어, 중대 차렷, 뒤로 돌아.

"전경 유치원 또 시작이군."

교수는 혼잣소리를 내뱉고서 한참 뒤에 강의를 다시 시작하곤 하였다.

5공화국이 극성을 부리던 어느 날, 난데없이 파출소가 학교 후문 쪽에 들어섰는데, 그게 지금까지 그대로 버티고 있었다.

문민정부가 들어선 지금에 와선 전경들이 대폭 줄었지만 아직도 십여 명의 전경들이 그쪽에 상주하고 있는 것 같았다. 거리 시위하러 후문으로 빠져나가는 경우 6공 당시만도 여러 차례 충돌하곤 하였지만 문민정부가 들앉고 난 다음에는 시위도 대개 사라졌으므로 충돌 기회는 거의 없게 된 셈이었다.

학교광장 쪽에서 다시 의식을 잠깨우는 전자기타 소리가 들린다. 강철은 자리에서 불쑥 일어서며 문득 어떤 도형을 떠올렸다. 이것은 어쩌면 무의식적인 행동인줄도 모른다. 그의 시야에 갑자기 예닐곱 아이들과 그중 셋이 서로의 팔을 엮어 컴퍼스를 만들어 둥근 원을 그리고 있는 모습이 들어왔던 때문일 것이다.

그리고 바로 그 순간에 정수리를 한번 훑고 가는 날카로운 전자기타 소리, 그의 뇌리에 만들어진 도형이라는 개념은 이것들의 상호작용이었을 것이며, 어떤 도형이란 물론 원이었을 것이다.

　그는 가방을 비스듬히 걸쳐 메고 강의실을 빠져나왔다. 광장 쪽에서는 함성 소리가 피어올랐고 학생들은 거개 광장으로 갔는지 보이지 않았다. 시간은 아직 두 시에 못 미쳐서 대동제는 두 시간 뒤에나 시작될 것이었다.

　그러나 그는 이상하게 대동제 따위에는 관심이 없었다. 그것은 오늘 아침 학교에 발을 들여놓으면서부터 줄곧 끈적하게 머릿속에 달라붙어 있었던 심포지엄 때문일 가능성이 높다.

　대학 박물관에서 후원하고 사회학과 삼학년 선배들이 주최한다는 심포지엄이 오늘 오후 두 시에 박물관 소강당에서 열리게 되어 있었다. 심포지엄의 내용이 유독 그를 사로잡은 까닭은 그것이 5·18 광주항쟁에 관한 것이었기 때문이다. 강철은 박물관으로 향하려던 발걸음을 돌연 후문 쪽으로 돌렸다. 그의 머릿속에는 아직도 둥근 도형이 떠다녔다.

　그는 후문을 지나 아이들이 놀고 있는 데에서 멈춰 섰다. 여기까지 오게 된 것도 어쩌면 무의식적인 행동이었는지 모르겠다. 아이들이 원을 세 등분하여 놀이하는 임의로운 모습에 빨려들어 한동안 그것을 물끄러미 바라보고 있었다. 아이들은 그의 존재 따윈 아랑곳하지 않고 놀이에 열중하고 있었다.

아이들의 놀이는 아주 오래전부터 놀이문화의 한 부분을 이룬 '땅따먹기'라는 놀이였다. 원을 한반도로 봤을 때에 절반은 고구려, 그리고 나머지 절반의 6할은 신라, 그 나머지 4할이 백제였다. 그러니까 적어도 6세기 우리 선조들의 역사적 발자취가 아이들의 놀이 속에 펼쳐지고 있다고 보아도 무리가 아닐 것이다.

아이들은 여러 차례 싸움을 했다. 남의 문으로 들어가서 힘으로 상대를 밀쳐내기 시작했고 금 밖으로 밀려나면 패배를 인정하고 땅을 내주었다. 그런데 어느 순간 약해진 신라가 고구려와 힘을 합쳐 일시에 백제를 쳐부쉈다. 강철은 아이들의 놀이를 잠자코 지켜보고 있었다.

백제를 물리친 고구려와 신라의 병사들은 이제 다시 적이 되어 싸우기 시작했다. 그러나 좀체 싸움은 끝나지 않았고 녀석들은 엉거주춤하게 앉아 휴식까지 취하며 전열을 가다듬고 있어서 싸움은 장기화 할 것처럼 보였다.

강철은 아이들이 다시 싸움을 시작하는 것을 보고서 천천히 박물관 쪽으로 걷기 시작했다. 아이들의 싸움은 완전히 힘이 좌우하는 싸움이었다. 녀석들은 무슨 내기를 걸고 싸움을 하는지 악착같이 상대를 누르려고 끙끙 안간힘들을 써댔다. 그도 한때 이런 놀이를 한 적이 있다. 그리고 그것을 통해 지역분할이라는 것을 생각하게 되었다.

오늘날 전라도니 경상도니 하고 지역감정에 휘말리곤 하는 사실이 고구려, 백제, 신라로 나뉜 것에 그 시원을 두고 있다는 것을 어렴풋이 깨닫고는 하였다. 그때가 겨우 중학교에 들어갈 무렵이었는데 광주항쟁에 대해 뭔가 깨닫기 시작할 무렵이기도 하였던 것이다. 그가 박물관에 도착했을 때는 심포지엄이 한창 열기를 띠어가고 있었다.

객석에서 보아 오른쪽에 사회학과 선배 세 명이 발제자로 앉아 있었고 광주항쟁과 유관한 단체의 대표자 두 명도 반대편에 앉아 발제 안건에 상응한 대답을 주기 위해 신경을 곤두세우고 있었다.

"우리 사회학과에서는 심포지엄에 앞선 세미나에서 왜 하필 광주에서 항쟁이 일어나야만 했는지. 생각해 보았지만 어떤 결론에도 접근하지 못했습니다. 정 선생님의 생각을 듣고 싶습니다."

발제자의 말에 오육십 명 참석한 객석이 잠시 소란스러웠다. 광주항쟁에 관심 있는 외부인이 몇 명 보였고, 나머지는 거의 학생들이었다. 대동제의 개막제 준비로 들떠있는 학생들에 비해 의식이 비교적 뚜렷한 학생들로 여겨졌는데 그들 중에는 그가 잘 아는 박형백 선배도 보였다.

박 선배는 그와 같은 동향이면서 고교 선배이기도 하였고, 운동권에 몸담고 있었다. 강철은 박 선배로부터 운동권에 들어와서 한번 일해보지 않겠느냐는 제의를 받은 터였지만 아직 결정을 내리지 못하고 있는 상태였다.

"여러분의 입장에서 보면 매우 어려운 부분이라고 생각됩니다만 제가 보기에 그것은 너무도 간단한 문젭니다."

연사로 초청되어온 정 모 씨가 발제자의 발제가 떨어지자마자 머뭇거림 없이 말했다.

광주에서 일어날 수밖에 없었던 사실을 너무도 잘 알고 있다는 자신감 넘친 태도였다. 발제자로 나선 학생들은 물론 객석의 참석자들도 정 모 씨의 다음 말을 긴장하며 기다리고 있었다. 광주에서 일어날 수밖에 없었던 까닭을 누가 감히 알 수 있겠는가. 강철도 자신이 광주에서 나서 광주에서 자랐지만 아직 그 까닭을 생각해 보지도 못했다.

"당시 광주에는 권력으로부터 받는 고통과 작은 억압에도 즉각 반응할 수 있는 민중에너지가 특히 많이 축적되어 있었습니다. 그것은 물론 광주라는 고장이 안고 있는 특수성의 문제와 관련이 깊다고 생각합니다."

정 모 씨가 잠시 말을 멎고 어떤 열기를 가라앉히고 있었다. 앞에 놓인 주스 잔으로 가볍게 입술을 축이고서 마치 새로운 사실을 역사의 주체들에게 인식시키기라도 하는 듯한 태도로 객석을 한번 살피고 있었다. 어느 결에 왔는지 방송사 기자들이 눈에 띄었고 정 모 씨가 뜸을 들이는 순간 발제자가 서두르듯 말하자 그쪽으로 카메라를 들이대고 있었다.

"특수성이란 무엇을 말하는 겁니까?"

"우리는 연면히 이어져온 우리 역사가 그 정통성을 잃었던 역사적 사실들을 많이 기억하고 있습니다. 가장 최근의 역사 가운데도 그 정통성을 잃었던 적이 있었습니다. 그것은 여러분께서도 익히 알고 계실 줄 믿습니다. 바로 무력으로 정권을 무너뜨렸던 군사정권이 그것입니다."

정 모 씨의 얼굴이 어떤 격분으로 달아올랐다. 강철도 정 모 씨가 광주항쟁 당시 학생운동권 출신으로 적잖은 피해를 받았다는 사실을 알고 있었다. 정 모 씨는 혀끝을 파르르 떨면서 잠시 입술을 앙다물고 있었고 학생들은 군사정권이라는 말이 튀어 나오자 이제 정 모 씨가 어떤 얘기를 하려고 하는지 듣지 않아도 알고 있었다. 강철도 마찬가지였다.

"광주는 군사정권으로부터 가장 고립됐고 차별을 받아온 지역입니다. 그러므로 광주에는 억압으로부터 자기해방을 실현하려는 시민의식이 가장 충만해 있었다고 보아도 무리가 아닙니다. 역사의 정통성을 짓밟은 군사정권에 대항했던 것은 당연한 결과였습니다. 그리고 군사정권은 이런 광주시민들에 대해 무력의 총칼로 복수를 하였던 것이라고 생각합니다."

정 모 씨는 거의 숨을 몰아쉬었다. 정 모 씨의 말이 끝나자 객석의 참석자들과 발제자들이 수군거렸다. 정 모 씨는 매우 담대하게 앉아 숨을 몰아쉬면서 객석의 참석자들을 직시했다. 카메라가 잠시 정 모 씨에게 머물렀다가 객석 쪽으로 줄부채처럼 움직였다.

강철은 정 모 씨의 의견에 동의하는 입장이었다. 그것은 과장을 섞어 삼척동자라도 이해할 수 있는 내용이었다. 그런데 모를 일은 왜 이렇게 장내(場內)가 소란스러운가 하는 점이다. 정 모 씨의 언급한 내용에 무슨 왜곡된 문제라도 있다는 말인가?

"정 선생님께 묻겠습니다. 저는 아직 정 선생님께서 말씀하신 내용이 피부로 느껴지지 않습니다. 이런 느낌은 비단 저 뿐만은 아니라고 생각합니다. 광주시민들이 군사정권으로부터 고립되고 차별을 받아왔다고 말씀하셨는데 구체적으로 어떤 내용인지 말씀해 주시기 바랍니다."

발제자가 역시 탁자에 놓인 주스 잔으로 목을 축이면서 정 모 씨를 조금 비아냥거리는 투로 말했다. 강철은 순간 명치께로부터 뜨거운 열기가 솟구쳐 올라오는 것을 느꼈다.

그는 속으로 '머저리 같은 새끼, 대학생이란 자식이 여태 그것도 몰랐단 말이냐' 하고 욕설을 퍼부으면서 발제자를 노려보았다. 박 선배도 마치 폭발할 것 같은 눈빛으로 발제자에게 시선을 박고 있는 게 보였다.

"광주와 부산을 한번 비교해 보십시오. 우선 외형적으로 그것은 확연히 구별될 것입니다. 공단이며 산업단지 조성은 물론 정부 요직에 있었던 사람들 비율을 보면 여러분들은 그 어떤 논리로도 광주에 대한 군사정권의 차별화 정책을 부인할 수는 없을 겁니다."

정 모 씨는 단호히 말했다. 강철도 정 모 씨의 의견에 동의하는 입장이었다. 4월에 대구에서 있었던 한총련출범식에 구경삼아 참석한 적이 있었는데 대구와 부산 지역이 광주와는 외관상으로도 확실히 뭔가 달라 보였다. 이를테면 정부로부터 광주에는 비교되지 않을 만큼 많은 지원을 받았다는 인상을 받았던 것이다.

그가 행정고시에 패스한 지 십여 년이 훨씬 지났지만 아직 서기관으로 진급하지 못하고 있었다. 이런 사실들로 미루어 그는 광주 출신이기 때문에 승진이 지연되고 있는지도 모른다고 막연히 생각하고 있을 뿐이었다.

"지금 정 선생님께선 지역감정을 말씀하고 계시는 겁니까?"

발제자가 건조한 목소리로 물었다. 강철은 이쯤에서 자세를 고쳐 잡지 않으면 안 되었다. 장내의 분위기가 다시 술렁거렸고 한참 뒤에 안정을 되찾았다. 그는 발제자가 상당히 광주에 대해 부정적인 시각을 갖고 있는 선배라고 생각했다. 광주의 대변자라고 여겨도 좋을 정 모 씨에게 번번이 건조하고 뒤틀린 목소리로 비꼬아 말하는 듯한 인상을 받았던 때문이다.

그리고 그는 발제자 세 명 중 여학생 한명을 제외한 두 명의 남학생이 경상도 출신이라는 사실을 어감으로 문득 깨달았다. 여학생은 아직 발제에 나서지 않고 있었다. 아니, 그가 이곳으로 오기 이전에 이미 발제를 끝내버렸는지도 몰랐다. 그녀는 두 명의 발제자들을 매우 못마땅한 얼굴로 바라보고는 하였다.

"그렇습니다. 여러분들은 이런 제 의견이 고답적이라고 생각할지도 모르겠습니다. 그러나 결코 그렇지 않습니다."

"저는 경상도 출신이지만 호남 사람들에게 한 번도 지역감정을 가져본 적이 없습니다. 아니, 저뿐만이 아니라 여기 참석하신 여러분께서도 저와 같을 줄로 믿습니다.

선생님 같은 기성세대가 자꾸 지역할거주의 같은 발언을 일삼기 때문에 마치 그것이 진실처럼 후세대들에게도 받아들여지지 않을까 염려스럽습니다. 이런 의미에서 우리 세대는 일종의 피해자가 되는 지도 모른다고 생각합니다."

발제자가 거의 숨을 쉬지도 않고 휘몰아치듯이 말했다. 강철은 시종일관 정 모 씨의 의견에 사족을 달고나온 발제자를 거의 신경질적으로 바라보았다.

발제자의 그 같은 태도가 오히려 근본적인 지역감정에 뿌리를 내리고 있는지도 모르리라는 생각이 들었다. 강철은 지역감정에 관한한 나름으로 할 말이 많은 사람이었다. 같은 과 클래스메이트를 봐도 어울리고 있는 상대가 눈에 띄게 드러나곤 했다. 학생들 모임에서도 그것은 여실했다.

지역별 모임을 추구하는 알림판이 학교 정문에서부터 식당 회벽에까지 즐비하게 늘어 붙어있었다. 그리고 하숙집에서도 함께 방을 써야 하는 경우 전라도와 경상도 학생이 팀이 되는 것을 피하고는 했던 것이다. 지역감정에 대해 부정하면서 터무니없는 낭설이라고 외면하는 것은 바람직하지 못하다는 생각이 들었다.

지역감정에 대해 운운해 왔던 게 하루 이틀만의 일이 아닐

진대, 긍정적으로 받아들이면서 신세대들답게 그런 고질적 난병을 치유하기 위해 진지하게 고민하는 것이 바람직한 자세가 될 터이었다.

"사람은 감정을 가진 동물입니다. 전라도 사람들이 지역감정을 갖게 되는 것은 당연한 감정이지요. 왜냐면 부당한 대우를 받았기 때문이죠. 그렇다고 발제자의 의견이 옳지 않다는 뜻은 아닙니다.

어떤 면에서는 오히려 지극히 당연한 것인지도 모르죠. 경상도 출신이라면 군사정권으로부터 부당한 대우는커녕 환대를 받았을 것이기 때문입니다. 그러므로 경상도 사람들이 전라도 사람들에 대해 지역감정을 느꼈다면 그것은 잘못된 감정입니다. 지역감정은 어디까지나 전라도 사람들이 경상도 사람들에게 가지게 되는 감정을 저는 말하고 있는 것입니다."

정 모 씨의 부연 설명에 장내는 다시 술렁거렸다. 발제자 쪽에서도 이곳 객석에서도 소리가 파도를 타듯 올라갔고 멈춤 없이 토론장면을 촬영하고 있었던 카메라의 라이트도 이내 꺼졌다.

강철은 이곳이 문득 역사의 소용돌이가 일어나고 있는 격전지처럼 여겨졌다. 사실, 전라도와 경상도의 문제는 강철의 생각에도 영원한 과제였다. 그것은 오늘날에 있어서 필연적인 통과의례가 되는 것인 줄도 모르겠다.

민주절차에 의해 몇 년 만에 한 번씩 치러지는 각종 선거는 국민들로 하여금 새삼 지역에 대한 편견을 갖게 함으로써 지역감정이라는 불명예스런 말을 떠올리게 하고 지역감정하면 오래전 전라도와 경상도가 모눈종이의 불거진 눈금처럼 튀어 올랐던 것이다.

'정 선생님, 의견이 너무 비약적인 것 같습니다' 하고 두툼한 안경을 낀 발제자가 격앙된 목소리로 말했다.

"오늘 지역감정 문제로 정 선생님을 초대하지는 않았습니다. 사실 말이 나온 김에 저도 한 말씀 올리겠습니다. 이건 다만 저 혼자만의 생각이라곤 여기지 말아 주십시오.

저는 '광주'라는 단어를 떠올리면 이상하게 이물스럽다는 느낌이 들곤 합니다. 그것은 제가 결코 경상도 출신 때문이 아닙니다.

모두들 광주를 역사에서 소외받은 지역이라고 생각들을 하는데다가 광주항쟁에 지나치게 얽매어 있지 않나 하는 생각 때문입니다. 그것은 이미 십오 년 전의 일이었습니다. 앞으로의 일이 중요한 이때에 과거에 지나치게 얽매여 있는 것은 진보적이며 세계화를 추진하는 시점에 비추어 바람직하지 못하다는 생각이 드는……."

발제자의 말이 계속되고 있는 상황에서 누군가 발제자가 쥔 마이크를 낚아 채 갔다. 강철은 순간적으로 자리에서 불끈 일어섰다. 마이크를 낚아 채 간 사람은 같은 발제자의 자격으로 앞쪽 단상에 앉아 있는 바로 그 여학생이었다.

그녀는 거의 이성을 잃은 듯 분연한 표정으로 옆 석 발제자 의견에 공방을 퍼붓기 시작했다. 그녀의 어감으로 미루어 전라도 출신이 분명해 보였다. 카메라 라이트에 환하게 불이 들어왔다.

"광주를 그런 식으로 모독하지 말아요. 어떻게 광주라는 이름에 이물스럽다는 표현을 쓰죠? 우리는 앞으로 이 나라의 역사를 만들어갈 젊은이들이예요. 우리는 광주라는 어휘만 떠올려도 뭔가 샘솟는 신선함 같은 것을 느껴야 한다고 생각해요. 광주는 우리 모두에게 영원한 희망입니다……."

그녀의 말 중에 한쪽 구석에서 너댓 명의 박수소리가 짝, 짝, 짝 들려왔고, 그녀는 개의치 않고 계속 말하고 있었다. 강철은 문득 박 선배의 얼굴에 어리는 밝은 기운을 보았던 것 같았다.

"…… 역사를 바로 일으켜 세우기 위해서는 이십년, 아니백년이 흐를지라도 광주문제에 얽매이지 않으면 안 됩니다. 광주는 이제 우리 역사에 있어서 하나의 진실성의 척도가 되었습니다. 십오 년 전에 발생했던 항쟁에 대해 아직도 책임 소재의 문제는 물론 그 진상을 정확히 밝혀내지 못했다는 것은 매우 수치스러운 일입니다.

저는 이 자리에 오르기 전에 잠시 이런 생각을 해봤습니다. 광주항쟁이 광주가 아닌 부산이나 서울에서 일어났다면 적어도 책임자 처벌과 진상규명이 훨씬 빠른 속도로 이루어졌으리

154

라는 생각 말입니다. 광주는 이렇듯 우리 역사에서 소외받은 지역이었습니다. 저는 우리 국민 모두가 광주에 대해 원죄의 식을 느껴야 한다고 생각합니다."

발제자의 가슴 저린 말에 분위기가 숙연해졌다. 다른 두 명의 발제자도 묵묵히 입을 다물고 책상 너머로 고개를 떨궜다. 카메라가 낮게 가라앉은 분위기를 영상에 담고 있었다.

강철은 자신이 자리에서 불쑥 일어선 상태라는 것을 문득 깨달으면서 자리에 앉았다. 정 모 씨가 고정된 마이크를 분리하여 입술 쪽으로 바짝 끌어당기며 말했다.

"그렇습니다. 광주는 이제 성역입니다. 우리 내부로부터 광주를 성역화 할 때 이 땅에는 두 번 다시 그토록 비극적인 역사가 되풀이되지 않을 것입니다. 그러므로 우리는 광주의 모든 것이 하루빨리 밝혀지고 그 책임자를 법적으로 처벌토록 노력해야 합니다."

정 모 씨의 말은 거의 떨려 나왔다. 강철은 순간 정 모 씨의 얼굴에 까닭 모를 우수가 깃드는 것을 보았다. 역사의 한 페이지에도 활자화되지 못한 고독한 무엇을 정 모 씨의 얼굴에서 그는 느낄 수가 있었다. 객석의 참석자들도 거의 그런 느낌을 받고 있는지도 모르겠다. 분위기는 더욱 착잡하게 가라앉았고 카메라 불빛이 가라앉은 분위기를 포착하고 있었다.

정 모 씨가 비장한 태도로 자리에서 일어났다. 발제자며 객석의 참석자들이며 취재를 하고 있는 사람들도 정 모 씨를 그

억한 눈빛으로 바라보았다. 정 모 씨는 잠시 호흡을 고르는듯
하더니 이내 입술을 파르르 떨면서 말하기 시작했다.

"여러분, 저는 오늘 광주시민의 여론을 결집한 중대한 메시
지를 가지고 왔습니다. 우리 광주시민은 5·18 책임자를 인간
적인 면에서 용서하기로 이미 여론을 모았습니다. 그런데 여
러분, 진정 용서받을 사람이 없습니다. 참으로 유감스런 일이
아닐 수가 없군요."

정 모 씨는 말을 마치고 한동안 비장한 모습으로 객석을 응
시하고 나서 부자연스런 몸짓으로 자리에 앉았다. 이제 광주
에 관한한 아무도 입을 열지 않았다. 정 모 씨 의견에 빈정거
리듯 사족을 붙이곤 했던 두 명의 발제자들도 무슨 말을 꺼내
지 못하고 있었다.

분위기가 마치 광주에 대해 참회하는 느낌이었다. 사회자가
저온에 움츠러든 파충류의 살빛 같은 목소리로 십 분간 휴식
을 취하겠다고 말했다.

강철은 그적에서야 겨우 숨을 내쉬면서 굽혔던 허리를 폈
다. 그의 앞자리에 앉아 있었던 학생들이 우루루 뒤로 몰려 나
갔다. 정 모 씨도 불편한 몸을 일으켜 나무 계단을 걸어 내려
오는 게 보였다. 강철은 정 모 씨의 불편한 몸놀림에서 문득
역사의 한 페이지를 보았다. 정 모 씨가 마치 버림받은 활자
같다는 생각이 들었다.

객석에 아직도 남아있는 사람들도 정 모 씨의 비틀비틀 걷

는 몸짓을 지켜보고 있었다. 거기에는 박 선배도 섞여 있었다. 정 모 씨는 마치 歷(지날 역)의 활자에서 止(멈출 지)가 떨어져 나간 느낌이었다.

강철은 문득 생각이 거기에 미치자 광주를 대변하는 정 모 씨가 역사에서 누락되어 어디쯤에선가 멈춰 있는 것만 같았다. 그리고 지금은 그 멈춤을 멎고 歷을 이루어내기 위한 하나의 과정일지도 모른다는 생각이 들었다.

강철은 밖으로 나왔다. 오월의 볕뉘가 뜨겁게 떨어져 내리고 있었다. 광장 쪽에서는 이미 대동제의 막이 올라 있었다. 지축을 흔들며 앰프 소리가 바람 속에 묻어왔다. 오월의 대학가는 이제 비로소 생기를 갖게 되는 지도 모른다고 생각했다. 그는 대학에 들어와서 뭔가 가슴 들썽거리는 기대에 부풀어 있었다.

대체 어떤 기대였는지는 모르지만 대학은 분명 그에게 어떤 삶의 활력소 같은 것을 제공해 주리라고 믿었다. 그러나 대학은 그런 그의 생각을 결코 만족시켜 주지 못했다. 학교와 하숙집을 시계추처럼 오가며 그날 익힌 이론을 복습하고 도서관에 박혀 리포트를 작성하고 이따금씩 호프집에 앉아 무언지도 모를 대상에 절망하고 그랬다.

강철이 대학생활로부터 가슴을 들썽거리도록 기대했던 것은 결코 이런 학문에의 탐구만은 아니었다. 그는 지금까지의 대학생활에서 정 모 씨의 달아난 활자처럼 무언가 달아난 듯한 느낌으로 허허함 속에 묻혀 있었던 것이다.

그는 담배를 한 대 피우고 자리에 들어와 앉았다. 박 선배는 자리에 앉아 물끄러미 강단 쪽을 바라보고 있었다. 강철은 다시 자리에서 일어나 박 선배 쪽으로 걸어갔다. 박 선배가 기척을 느끼며 그를 바라보았다.

눈이 마주치자 그들은 설핏 웃었다. 그는 문득 박 선배와 어떤 공유의식을 느꼈다. 그게 정확히 어떤 것인지는 모르지만 뭔가 함께 나누고 있다는 느낌을 배제할 수 없었다.

박 선배가 안쪽으로 한 칸 건너 앉으며 그에게 자리를 마련해 주었다. 그는 가방을 의자 밑쪽으로 밀어 넣고 엉거주춤 앉았다. 밖에 나갔던 사람들의 자리가 다시 메워지기 시작했고, 정 모 씨도 막 한 모서리 달아난 몸짓으로 자리에 앉는 게 보였다.

"대동제 참석 안했구나?"

박 선배가 의아한 눈빛으로 물었다. 그의 표정에서 문득 만족스러움을 느꼈다. 박 선배도 그와 어떤 공유의식을 느끼고 있는지도 몰랐다.

"예, 선배님."

그는 박 선배의 얼굴을 바라보며 나즈막히 말했다. 언제나 거리감이 느껴졌던 것이다. 무엇 때문이었을까? 그는 뭔지 모를 대상에 절망했던 것과 무관하지 않을지도 모른다는 생뚱맞은 생각이 다 들었다.

"뜻밖이야. 난 네가 이런 덴 거의 관심 밖인 줄로만 알았는데…… 어때, 생각 좀 해 봤니?"

박 선배는 넌지시 물었다. 운동권 가입에 대해 묻고 있는 거였다. 그러나 강철은 정말이지 운동권의 가입여부에 관한한 아무런 결정도 내리지 못하고 있었다. 아니, 어쩌면 경멸해 왔는지도 모르리라. 그가 처음 대학에 들어와서 가장 관심 있게 지켜본 것은 운동권에 몸담고 있는 선배들이었다고 해도 무리가 아닐 것이다.

광주에서 학과 공부를 위해 짐을 꾸려 서울로 올라왔을 때, 그리고 처음으로 학교 교정을 밟았을 때, 운동권에 몸담고 있는 선배들을 벅참과 불안함이 교차되는 가운데 처음 접하게 되었을 때, 그는 낯설지만 아늑한 하나의 새로운 세계에 발을 들여놓은 느낌을 결코 배제하지 못했다.

그의 세계, 아직 주체적으로 정확히 어떤 것인지 정립이 되지는 않았지만, 아무려나 입때껏 살아온 세계와는 다른 안온한 이상 같은 세계가 장막에 드러나는 스크린처럼 펼쳐지는 느낌이었다. 그런데 운동권 선배들이 그에게 보여준 것이 과연 무엇이었던가?

삼백 명 수용 가능한 이 토론장의 휑뎅그렁하게 비어있는 자리들, 지금 젊은이들은 저 광장에 모여 대체 무엇을 찾고 있는 걸까?

강철은 박 선배의 말에 드러나지 않은 그림자처럼 웃었다.

그리고 작은 소리로 비절거리는 투의 말을 흘렸다.

"자리가 너무 비었습니다. 선배님."

"실망했니?"

박 선배가 물었다. 그는 선배에게 아무런 대꾸를 하지 않고 과묵한 태도로 길게 한숨을 뿜어냈다.

박 선배의 얼굴이 잠시 붉게 달아오르는 것이 보였다. 그러나 박 선배는 곧장 자세를 가다듬고 그 특유의 담대한 태도로 말하고 있었다.

"여기 참석한 인원수로 우리 의식의 척도를 삼지마라. 지금 참석한 학생들이 모두 운동권인 것도 아니다. 운동권이라고 해서 오늘 반드시 이 심포지엄에 참석해야 한다는 규칙도 없다. 중요한 것은 어디에 있든 민중을 잊지 않는다는 거야. 그리고 우리는 이걸 잊어서는 안 된다. 한 사람의 깨어 있는 의식은 결국 모든 이들의 의식을 깨우게 된다는 것이다.

강철, 나는 너를 믿는다. 너는 마지막 깨어 있는 한 사람이 되고 남을 구석이 있어. 네가 광주에 대해서 이렇게 관심을 갖고 있는 것도 그것과 무관치는 않으리라 생각한다."

박 선배는 말을 마치고 그를 향해 아래 입술을 끌어 내리면서 소리 내지 않고 웃었다.

그는 형백의 말이 처음엔 너저분한 변명처럼 들렸지만 이내 어떤 감동을 불러일으키는 것을 느꼈다. 그는 선배의 웃음에 어두운 낯빛을 펴며 드러나지 않게 미소지었다.

사회자가 자리를 한번 정리했고 다시 토론이 시작되었다. 토론이 시작되어 처음 얼마 동안 광주에 관해 중점적으로 얘기하다가 차츰 열기가 더해지자 광주운동을 학생운동과 연계시키기 시작했다.

누군가 박물관 출입문을 열고 들어오는지 순간적으로 광장 쪽에서 날아왔을 환성 소리가 들렸고 그 환성소리 가운데 되되되되 하는 타악기 소리가 섞여 있었지만 곧장 그런 소리들은 차단되어 버리고 있었다.

"김 선생님께 묻겠습니다."

정 모 씨에게 사족을 붙이곤 했던 발제자가 자리에 앉은 채 마이크를 바싹 끌어당기면서 말했다. 정 모 씨와 더불어 초청되어온 김 모 씨는 한때 총학 운동권 출신으로 80년 당시 계엄령 철폐와 반파쇼 민주화 투쟁에 관한 유인물을 살포했다가 투옥되었다.

양심수로서 형기를 마치고 나온 이후 지금껏 국가보안법 철폐와 양심수 전원 석방을 이슈로 내걸고 사회운동에 앞장서왔다. 김 모 씨는 약간 어눌한 표정으로 발제자를 한번 바라보고 나서 준비해 온 듯한 메모지를 주욱 훑어보았다.

"광주항쟁이 학생운동에 어떤 영향을 미쳤다고 생각하십니까?"

발제자는 김 모 씨가 메모지를 한번 살피도록 인터벌을 두었다가 진중한 태도로 물었다. 강철은 박 선배가 긴장하여 자세를 고쳐 앉고 있다는 것을 느끼면서 제 스스로도 신경을 곤두세웠다. 그는 학생운동이 어떤 뚜렷한 이슈도 없이 명목만 유지하고 있다는 생각에서 벗어나지 못했다. 어떤 학생들은 동구권의 붕괴를 그 원인 중의 하나로 꼽기도 하였다.

"광주항쟁은 비단 학생운동 뿐만 아니라 사회운동에도 큰 영향을 끼쳤다고 봅니다. 그것은 운동의 성격과 틀을 확고히 제공해 주었다는 것이죠. 이를테면 조직의 변화와 투쟁 방향, 방식 등의 화두를 던져준 셈입니다."

김 모 씨가 잠깐 갈증을 느끼는지 휴식시간에 가득 채워놓은 주스 잔을 집어 들어 가볍게 입술을 적셨고 객석에는 노트를 펼쳐 메모하기 시작하는 학생들이 보였다. 김 모 씨가 다시 말하기 시작했다.

"먼저 비합법적인 조직의 필요성이죠. 여러분께서도 이미 느끼셨을 거라고 생각합니다만, 합법적인 조직으로는 우리의 목적을 결코 이룩하지 못하는 것입니다. 이것과 관련해 광주가 우리에게 요구했던 것은 바로 총을 들게 하고 폭력 등의 물리력으로 대치하는 방법이었습니다.

5·18 당시 그나마 우리가 총을 집어 들거나 물리력으로 맞서지 않았더라면 광주의 피해는 이루 말할 수도 없었을 것입니다. 그리고 민중성을 강조한 선도적 투쟁의 필요성을 새삼 깨닫게 해줬습니다. 학생운동 최대의 문제점은 바로 선도적 투쟁의 대열에서 슬그머니 뒤로 빠져버린다는 겁니다.

운동이 본격화 되면 PT 계급, 이른바 도시빈민층들만 남고 학생들은 정말이지 뒤꽁무니를 빼버리는 것을 저는 여러 차례 보아왔습니다. 4·19도 그랬고 부마사태도 매한가지였습니다. 우리 학생들은 민중의 핵심입니다. 핵심이 결여된 민중운동은 그 정당성을 획득하기 어려울뿐더러 결코 목적을 달성하지도 못 할 것입니다."

김 모 씨는 학생운동의 문제점을 비감스러운 태도로 말했다. 학생들도 김 모 씨의 의견에 동조하는 빛이 역력했다. 카메라의 라이트가 숙연해진 객석을 아주 천천히 훑고 지나갔다. 학생들의 머리 위로 한동안 마른 침묵이 퍼져 올랐다. 카메라 라이트가 연단을 비추기 시작하는 순간 누군가 자리에서 불쑥 일어나며 김 모 씨를 향해 질문을 던졌다.

"저는 민중이라는 개념이 모호하기 그지없다는 생각에서 한 번도 벗어난 적이 없습니다. 백성의 무리 또는 많은 사람의 무리라는 정도로 알고 있는데요. 오랫동안 민중운동에 앞장서 오시면서 나름으로 민중에 대한 정의를 내려두신 게 있다면 무엇입니까?"

'좋은 질문입니다' 하고 김 모 씨가 말했다.

"이 사람도 여러분만한 시절엔 민중의 개념이 잘 머리에 들어오지 않았습니다. 학자에 따라서도 해석하는 방향이 많이 달랐으니까요. 하지만, 지금은 어느 정도 모호하나마 느낌은 다가오는 것 같습니다. 민중이란 권력으로부터 고통을 받는데, 그 고통의 정도가 좀 심하다는 정도가 바람직하다고 생각합니다."

"그렇다면 학생들이 권력으로부터 고통을 받는 정도가 가장 심하다는 말씀입니까?"

발제자가 김 모 씨에게 물었다. 민중의 핵심이 학생이라고 했던 김 모 씨의 발언을 떠올리며 묻고 있는 게 분명했다.

"꼭 그렇지만은 않습니다. 그러나 저는 학생들이 권력으로부터 받아왔던 물리적인 고통과 정신적인 고통에 대해 누구보다 잘 알고 있습니다. 지금 우리 대학가는 매우 침체기에 놓여 있다는 것도 잘 압니다. 문민정부 출범과 동구권 붕괴 이후 뚜렷한 이슈를 갖지 못한데다가 시민들로부터 호응을 받기도 어려울 것이기 때문입니다. 그러나 저는 믿습니다.

지금 여러분들은 권력으로부터 받는 그 어떤 물리적인 고통보다 더 고통스런 내면적 고통을 겪고 있을 것입니다. 특히 5월의 대학가가 이렇게 조용하다는 사실에 대해서 많은 죄책감을 가지고 있을 줄 믿습니다. 여러분은 무엇보다 사람이기 때문입니다. 사람이기 때문에 운동을 할 수밖에 없는 것이죠.

제가 민중의 핵심에 여러분을 두게 된 것은 여러분에겐 힘, 바로 역사를 움직이는 에너지가 충만해 있기 때문입니다. 저는 여러분을 믿습니다. 여러분은 반드시 오월의 대학가를 일깨우는 새로운 바람을 몰고 올 것입니다."

김 모 씨는 처음엔 발제자의 질문에 의례적인 대답을 하는 것처럼 보였으나 어느 순간 아주 오랫동안 품어 온 자신의 숙원을 말하려는 듯이 목소리에 힘이 실렸고 이번 심포지엄에서 거의 마지막 결론을 내리는 듯 한 분위기에 빠져들고 있었다. 김 모 씨의 그런 역동적인 발언은 학생들에게도 크게 감동을 불러 일으켰는지 말을 마치는 순간 소강당이 떠나갈 듯이 박수가 터져 나왔다. 강철은 자신도 모르게 불쑥 일어서며 갈채를 보냈는데 옆을 돌아보니 박 선배도 어느 결에 일어나 박수를 보내고 있었다.

달아오른 분위기가 다시 숙어들면서 참석자들에게 질문지가 배포 되었다. 질문지를 받은 참석자들은 연사로 초청된 두 분에게 질문한 사항들을 기록하여 제출하기 시작했다. 발제자들이 접수된 질문지를 한참동안 검토하여 같은 질문 내용들을 분류하여 사회자에게 전했다.

사회자가 전달된 질문내용을 두 분의 초청연사를 향해 읽어주면 두 분 가운데 적절한 사람이 마이크를 뽑아 들고 질의에 응답하곤 했다.

참석자들의 눈은 매우 예리했다. 광주 5·18 문제에 대해 상당한 관심들을 가지고 있었다. 광주가 한낱 역사의 물줄기로 흘러가고야 말아 버리느냐, 아니면 새로운 문화적 접근의 출발점이 되느냐를 주목했다. 광주사태의 명칭문제를 의결하는 자리였다. 광주사태의 성격을 규정짓는 중대한 화제임에도 불구하고 자리 매김 되지 못한 것으로 분분하였다.

얼마 전 막을 내린 드라마 모래시계가 광주를 상당부분 왜곡하여 방영한 것에 대해 어떤 대책을 세우고 있느냐 등의 질문들이 쏟아져 나왔다. 초청자들은 각자의 역할을 분담하며 성실하게 질문에 답했다.

이것으로 5·18 광주항쟁에 관한 심포지엄을 마치겠습니다. 사회자가 폐회를 선언한 바로 그 순간 시종일관 후미진 구석에서 묵묵히 고개를 처박고 있었던 사내 하나가 불쑥 자리를 박차고 일어섰다. 학생들은 순간 제멋대로 자란 수염을 가진 삼십 줄의 사내에게 일제히 시선을 돌렸다.

사회자도 우뚝 말을 멎고 그쪽으로 시선을 박고 있었다. 강철이 보기에 그 사내에겐 까닭모를 우수와 고뇌의 빛이 어려 있었다. 카메라가 그 사내를 환하게 비추는 순간 사내의 표정은 의외로 진지해 보였는데 사내는 카메라의 라이트가 매우 부담스러운지 몸을 약간 움츠리며 말하고 있었다.

"저는 광주항쟁에 대해 많은 관심을 갖고 있는 사람이올시다. 그렇다고 학자도 아니고 민중의식이 뚜렷한 시민도 아니올시다. 다만 5·18 당시 아우와 누이를 한꺼번에 잃었습니다. 해마다 오월이 되면 가슴 쓰림과 죄스러움에 내가 이 땅의 어디에 머물러 있어야 할지 아득하기만 했습니다.

그러다 우연히 거리에 나붙은 광주항쟁에 관한 심포지엄 포스터를 보고 그만 이리로 달려오고야 말았습니다. 여러분, 내 아우와 누이의 영혼을 어떻게 위로해 주어야 합니까? 우리가 어떻게 해야 저 광주를 치유할 수 있습니까? 여러분은 알지요? 여러분은 그 방법을 알고……."

사내는 끝내 목이 메여 오는지 말을 잇지 못했다. 카메라 라이트가 가볍게 몸을 떨며 자리에 털썩 주저앉는 사내를 정면에서 곧장 비추기 시작했고 순간 소강당이 고즈넉하게 가라앉았다. 강철은 문득 제 몸속에서 뭔가 뜨거운 기운이 위로 치솟고 있음을 느꼈다. 십오 년 전의 역사가 지금 살아서 둥둥 떠다니고 있는 것 같았다.

우리 역사에 정말 그런 인륜을 저버린 끔찍한 일이 있었을까 의심스러웠다. 하나의 전설처럼만 여겨진다고 말했던 학생들을 떠올렸다. 십오 년이 지난 오늘 광주라는 이 작은 공간이 그러한 역사를 현실로 껴안고 있다는 것을 생각해 보곤 하였다. 순간 강철은 가슴이 터질 것만 같았다.

사내는 주저앉은 채로 흐느끼고 있었고 학생들은 자리에 얼어붙은 채로 앉아 숨소리를 낮추었다. 카메라가 응집된 광주의 분위기를 형상화시키려고 이리저리 빛의 띠를 움직이고 있었다. 정 모 씨가 자리에서 일어서며 사내를 그윽이 쳐다보고 나서 떨리는 목소리로 나지막이 말하기 시작했다.

"여러분은 지금 광주의 역사를 정확히 보고 있습니다. 광주는 비단 아우와 누이를 잃은 자들의 비극만은 결코 아닐 것입니다. 그것은 우리 민족 모두의 아픔일 것입니다. 광주는 결코 치유되지 않습니다. 어떻게 광주가 치유가 되겠습니까?

진정한 의미에서 광주문제의 해결은 다만, 민주화가 이룩되면 되는 것입니다. 이 땅에 다시는 민중을 억압하는 권력이 들어서지 못하도록 민주화 투쟁을 잠시라도 게을리해서는 안 되리라 생각합니다. 여러분, 지금은 바야흐로 오월입니다."

처음 나지막했던 정 모 씨 말은 오월에 관한 강건체 연설문 같은 분위기를 띠면서 끝났다. 사회자가 다시 심포지엄의 폐회를 선언했고 참석자들은 자리에서 일어나 열광적으로 박수를 보냈다.

강철은 문득 그가 여적 바람을 가져왔던 대학가의 열기, 오월의 열기를 느끼는 것만 같았다. 박 선배도 얼굴 가득 설렘이 가득한 표정으로 어깨를 들썩거리며 환호를 하고 있었다.

학생들이 정 모 씨를 가볍게 부축하고 밖으로 나왔다. 아우와 누이를 5·18때 잃었다는 사내도 거기 섞여 있었다. 강철은 참석자들이 모두 빠져나가고서야 가방을 걸쳐 멨다. 박 선배는 어느 결에 나갔는지 보이지 않았다. 강철은 까닭 없이 벅차올랐다. 대학에 들어온 이후 이런 기분은 정말 처음 느껴보는 것 같았다.

그는 밖을 향해 걸어 나왔다. 박물관 출입문 앞에 박 선배가 서 있었다. 광장 쪽에서 바람이 후–욱 불어왔다. 오월의 푸르름 같은 신선한 노랫소리가 바람에 묻어왔다. 언제던가 교내 식당 앞 열린마당에 동아리 노래패가 대동제에 불려질 노래라며 선을 보였던 민중가요들 중의 하나라고 여겨지는 율조였다.

'이제 정말 뭔가 일어나려 하고 있구나' 하는 기대감으로 가슴이 터질 것만 같아 밖으로 나오자마자 바깥 공기를 가슴 가득 들이마셨다.

박 선배가 기다렸다며 그의 어깨에 손을 얹었다. 강철은 조금 머쓱한 태도로 어눌하게 웃었다.

"가자."

박 선배가 광장 쪽을 가리키며 말했다. 대동제 개막식은 이미 시작된 상태로 지금은 다섯 시에 가까워오고 있었다. 심포지엄에 참석했던 사람들은 벌써 그쪽으로 갔는지 보이지 않았다. 오월의 햇살이 학교 박물관 건물 위에서 어슷하게 떨어져 내리고 있었다.

"대단한데요. 선배님."

광장 쪽 열기에 감탄하며 그가 말했다. 이런 열기로 캠퍼스가 달아오르는 것이 그에게는 처음이었던 것이다.

"그래, 나도 예상 밖이다."

그의 놀라는 표정에 박 선배가 어깨를 우쭐 세우면서 말했다. 그리고 걸음을 광장 쪽으로 재촉해 걸었다. 상경대를 지나 사잇길로 접어들자 광장 쪽에서 무리지어 올라오는 일군의 학생들이 보였다.

그들은 모두 오월의 햇살 같은 표정들로 넘쳐나고 있었는데, 어떤 학생은 머리에 붉은 띠를 질끈 두르고 있었다. 강철은 다시 가슴이 뛰기 시작했다. 바야흐로 오월의 대학가에 뭔가 일어나려는 분위기가 느껴졌다.

'선배님' 하고 우뚝 걸음을 멈추며 강철은 무의식적으로 박 선배를 불렀다. 스스로 주체할 수 없는 상황에서 삐져나오는 감탄과도 비슷한 소리였다. 광장 쪽에서 한 무리의 학생들이 또 무리지어 올라오는 게 보였다. 박 선배도 놀란 듯한 표정을 감추지 못하고 있었다.

"그래, 이제 시작이야."

"와아, 저어기. 정말 대단한데요. 저 깃발은 뭐죠?"

광장 쪽에서 깃발을 앞세우고 올라오는 무리를 보며 탄성을 섞어 그가 물었다. 그러나 깃발이 뭔지 몰라서 묻는 것은 결코 아니었다. 가슴이 벅차 저도 모르게 튀어 나오는 물음이었다.

"저건 시작의 의미지. 왜 이런 말도 있잖아. 진군하는 동지여, 승리의 깃발을 높이 올려라."

박 선배의 말에 강철은 가슴을 지그시 누르면서 웃었다. 그 때, 진군하는 병사들처럼 걸음을 빨리하여 올라오는 학생의 무리들이 스쳐 지나갔고, 앞장선 학생 하나가 깃발을 높이 치켜들고 있었다.

그가 광장에 도착했을 때는 그곳에 모인 학생들이 거지반 술렁술렁 빠져나가고 없었다. 학생들은 깃발을 높이 치켜들고 위쪽으로 오르든가 아래쪽으로 내려갔다. 누군가 마이크를 들고 아직도 광장에서 서성이는 학생들을 향해 '동지들이여, 함께 투쟁하라!' 라고 소리쳤다.

강철은 박 선배와 함께 광장 위쪽으로 올라가는 무리의 뒤쪽에 엉거주춤 따라 붙었다. 박 선배는 매우 들떠 있으면서도 한편으론 뜻밖에 맞는 이런 일련의 일들이 좀체 믿기지 않는다는 표정이었다. 강철은 동지며 투쟁이며 하는 소리를 들으니 이제야 막혔던 가슴이 시원히 뚫리는 느낌이었다. 박 선배가 걸음을 재게 걸으면서 그를 흘끗 바라보며 물었다.

  "네가 바랐던 게 바로 이런 거였지?"

  강철은 대답 없이 웃었다. 박 선배가 그의 등을 툭 한번 치면서 걸음을 빨리 했다. 그랬다. 그가 바랐던 것은 바로 이런 거였다. 그는 대학을 패기와 젊음으로 여겼다. 그런데 학문을 열정적으로 탐구하는 모습이 패기 있고 젊어 보이는 것은 아니었던 것이다.

  그는 대학이라면 학문 이외의 뭔가 성숙하고 깨어있는 곳이어야 한다고 생각했다. 그리고 정 모 씨의 말처럼 민중의 핵심이 되어야 한다고 생각했다.

  그러나 대학은 결코 그렇지 못했던 것이다. 패기도 젊음도 찾아볼 수 없었다. 그는 대학이 문민정부가 들어서고 동구권이 붕괴된 이후 오랜 겨울잠을 자고 있는 것만 같았다.

  광주의 아픔은 어디로 갔을까? 지금 문민정부는 무엇을 하고 있는가? 그리고 우리 사회에서는 어떤 일들이 벌어지고 있는가? 우리가 투쟁하여 성취해야 할 문제들이 제 분야에 널려 있음은 주지의 사실이었다.

강철은 학생들의 의식이 모두 닫혀있다고 생각했다. 운동권 선배들마저 하품이나 하며 동면하고 있는 것 같았다. 박 선배가 이따금씩 운동권에 들어와 일하지 않겠냐고 제의해 왔지만 지금껏 운동권은 그에게 실망만 안겨주었다.

한총련 출범식 보고서며 문민정부에 바라는 '우리들의 글, 민주노총을 향하여' 란 대자보 따위를 총학 이름으로 휘황하게 붙여 두었을 뿐, 그들은 아무 것도 이룩한 게 없었던 것이다.

그러나 강철은 그의 생각이 빗나갔음을 이제 깨닫기 시작했다. 그들은 결코 의식이 닫힌 젊음들이 아니었다. 그들이 만약 겨울잠을 잤다면 그것은 새로운 시대를 위한 에너지를 축적하는 겨울잠이었을 것이다. 그리고 지금은 그 겨울잠에서 막 깨어나 힘찬 세계를 향해 깃발을 높이 올렸던 게 분명했다. 대학이 결코 잠들 리는 없는 것이었다.

그들은 교정을 한 바퀴 돌았다. 광장의 아래쪽으로 갔던 학생들도 민중가요를 부르며 원형의 잔디밭을 돌고 있는 게 보였다. 학관 건물 앞에는 대동제의 열기가 무르익고 있었다. 구수한 냄새가 코를 찔렀다. 얼굴이 벌겋게 달아오른 학생들도 눈에 띄었다.

외부에서 들어온 듯한 일반인들도 군데군데 앉아 술잔을 켜고 있는 게 보였다. 과별로 일반인 끌어 모으기에 홍보전을 펼친 모양이었다. 대동제 기간 동안 올린 수익금은 간혹 과의 중요한 재산이 되기도 하기 때문이다.

인문대를 에돌아 교내 중앙에 있는 연못 앞을 지나면서 강철은 처음으로 희한한 장면을 목격했다. 저게 대체 뭐란 말인가? 성인 남자 한 키를 넘는 깊이의 연못에 튜브와 몇 겹 포갠 스티로폼이 떠 있었는데 온몸이 후줄근히 물에 젖은 학생들이 다짜고짜 옆에 가는 동료 학생들을 떠메다 곧장 연못으로 집어 던지고 있었다.

난데없이 연못으로 곤두박질 친 학생들은 한참 물속에서 허우적이다가 튜브와 스티로폼을 잡고 지상의 나무허리에 매어진 밧줄을 잡고 올라왔다. 매우 위험천만한 행동이었으나 아무도 질타하는 학생은 없는 것 같았다.

여학생의 경우에도 스커트 차림으로 곤두박질쳤다가 몇몇 남학생의 도움으로 연못 밖으로 나와 물을 토해내며 캑캑거리다가 끝내 키득키득 배꼽을 움켜쥐고 웃고 있었다.

강철은 저들에게 붙들리지 않으려고 애쓰면서 걸었다. 그런데 가만 보면 저들은 아무나 마구잡이로 붙들어다 첨벙 연못에 빠뜨리는 것이 아니었다. 동아리패들이 분명했는데 아무래도 운동권 출신들로 보였다.

아니나 다를까 저들 중의 억세게 생긴 남학생 두 명이 박 선배를 보더니 쏜살같이 달려와서 낚아채듯 떠메어갔다. 그리고 넷이서 손과 발을 하나씩 움켜쥐더니 연못 멀찍이 던져버렸다.

박 선배는 한동안 허우적이다가 겨우 스티로폼을 붙잡고 밧줄을 타고 올라왔다. 그리고 역시 다른 학생들처럼 킬킬킬 웃기 시작했다. 강철은 문득 저들이 자신을 붙들어다 물을 먹이지 않을까, 염려도 되었으나 한편으론 은근히 기대가 되기도 하였다.

저들은 왜 이렇게 웃고 있는 것일까? 저 연못에 몸을 늘신 적신 기분은 과연 어떤 것일까? 그가 막 이런 생각에 잠겨 있는데 박 선배가 강철의 어깨를 아까처럼 툭 쳤고, 동시에 서넛의 학생들이 그를 떠메어 연못으로 집어 던졌다.

강철은 물속에 거꾸로 처박히는 자신을 느꼈다. 그러나 그는 곧장 몸의 균형을 잡고 헤엄쳐 나왔다. 박 선배가 물초가 된 그의 몰골을 보고 통쾌하게 웃었다. 그도 박 선배의 착 달라붙은 몸을 보고 웃기 시작했다. 이상한 일이었다. 누군가에 의해 번쩍 들려져서 거꾸로 물속으로 곤두박이는 일이 이처럼 상쾌할 수가 없었다.

몸속에 가둬둔 무언가가 한꺼번에 밖으로 달아난 듯한, 묵은 때를 연못이 모두 거두어 가버린 듯한 가뿐함이었다. 좀 전에 깃발을 쳐들고 올라왔던 무리는 이미 저쪽의 후문 쪽으로 빠져나갔는데 온몸이 물로 불은 학생들은 서로의 모습을 보고 한동안 일제히 웃기만 했다.

그런데 저쪽에서 역시 물에 젖은 몰골인 몇몇 학생들이 깃발을 쳐들고 이쪽으로 걸어왔다. 그리고 그들은 모두 한데 어울려 대열을 이루어 후문 쪽으로 진군하기 시작했다. 누군가 구호를 외쳤다.

"기만적 세계화 논리! 투쟁으로 분쇄하자!"

"분쇄하자! 분쇄하자! 분쇄하자!"

"5·18 살인 만행 기소유예 웬 말이냐!"

"웬 말이냐! 웬 말이냐! 웬 말이냐!"

느끼한 물내가 올라왔다. 그러나 강철은 전혀 그런 물내를 의식하지 못하고 있었다. 아니, 어쩌면 눅눅한 물내가 꽃다지 내음처럼 신선하게 코끝을 씰룩이며 구호를 따라 외치고 있는 게 보였다.

그와 눈이 마주치자 박 선배가 흡족하게 웃었다. 그는 박 선배의 웃음 속에 함축된 의미를 알 수 있었다. '이제 시작이다' 박 선배가 이렇게 말하고 있는 것만 같았다. 이런 생각이 들자 그도 문득 무슨 말이든지 박 선배에게 하고 싶었지만 그냥 가슴에 묻어두기로 마음먹었다.

박 선배가 굳이 그의 말을 듣지 않아도 눈빛으로 그의 마음을 훤히 읽을 수가 있을 것이기 때문이었다.

그들이 후문을 막 통과하기 시작했을 때 강철은 문득 서늘한 기운이 가슴을 훑고 지나가는 것을 느꼈다. 아까 뒤쪽에서 땅따먹기 놀이하고 있던 아이들이 길가 옆으로 비켜서 있었기 때문이다. 아이들은 여태까지 그 땅따먹기 놀이를 하고 있었다는 얘기였다.

아이들이 하얀 분필로 그려놓은 원과 그것을 세 개로 분할해 놓은 빗금들이 형체도 없이 발자국에 눌려 사라져 버리고 없었다. 그러나 아이들은 자신들의 놀이 공간이 눈앞에서 달아나버리고 없다는 사실을 전혀 의식하지 못하고 있었다.

민중가요를 부르며 사이사이 목이 터져라 구호를 외치며 지나가는 무리의 장엄함에 압도되어 거의 아무 것도 생각하지 못하고 있는 것 같았다. 그런데 바로 이때 이런 생각이 떠오른 것은 무슨 조화였을까?

고구려, 백제, 신라에서부터 비롯되어 결국 전라도니 경상도니 하는 지역분할과 급기야 지역감정으로 얼룩진 이 작은 하나의 도형은 이제 우리들의 발자국에 눌려 자취가 없어져버렸다는 생각이 들었다.

그리고 이제는 하나의 둥근 원 안에서 둥글고 모나지 않는 세상을 가꾸어 내야 한다는 그런 생각이 들었다. 이제 원의 내부에서는 예전처럼 모서리에 짓눌려 억압받는 민중이 없을 것이라는…….

후문 쪽 파출소 앞을 지나갔다. 그러나 경찰들과 전경들은 결코 구호를 외치며 시위하는 그들의 행렬을 막지 못했다. 시민들도 그들이 외치는 구호를 따라 외치며 대열에 합류하고 있었다. 이제 세상은 바뀌었다. 그들의 시위를 경찰들도 결코 진압하지 못한다.

강철은 아까 별관 강의실에서 생각했던 것이 사실로 다가온 성취감에 가슴이 터질 것만 같았다. 예전, 그러니까 5공, 6공만 같았어도 벌써 후문 입구에서 첨예하게 대치하는 사태가

176

벌어졌을 것이다.

"양심수를 석방하고 노동악법 철폐하라!"

"철폐하라! 철폐하라! 철폐하라!"

한 시간 정도 거리 시위를 했을 때였다. 사거리 로터리 저쪽에서 정문으로부터 출발했던 사오 백 명의 시위대들이 무서운 기세로 이쪽을 향해 진군하고 있었다. 이제 그들은 서로의 거리가 바짝 좁혀졌다.

강철은 오월의 시가지에 울려 퍼지는 함성이 참으로 장관이라고 생각했다. 누군가 준비해 온 듯한 구호를 외칠 때마다 그는 아직도 세상에는 보이지 않는 억압과 암울한 구석이 무수히 널려 있다는 것을 깨달았다.

그의 깨달음의 순간에 하나의 어두운 풍경이 눈에 들어왔다. 시위대를 사이에 두고 좌우 양쪽에 전경들이 닭장차에서 내려 진압장비로 무장하고 맞대응할 자세를 취하고 있는 게 보였다.

줄잡아 2개 중대는 될 성 싶었다. 그러나 시위대는 결코 움츠려들지 않고 꿋꿋이 앞만 보고 전진했다. 어느 순간 학생들은 전경들과 맞닥뜨려 한 치도 움직이지 못했다.

"보안법 철폐하고 장기수 석방하라!"

"석방하라! 석방하라! 석방하라!"

시위대와 진압대는 밀고 당기기 시작했다. 강철은 저쪽 편 시위대의 한사람을 목격하고 문득 놀라지 않을 수가 없었다.

박물관 심포지엄 소강당에서 아우와 누이를 잃었다는 삼십 줄의 사내가 윗옷을 벗어젖힌 채로 열렬히 시위에 가담하고 있는 것이 보였기 때문이다.

그 사내 옆으로 거동이 불편한 정 모 씨와 한때 양심수로 복역했던 김 모 씨의 모습도 보였다. 강철은 이곳 로터리가 마치 모든 역사의 갈림길이라는 생각이 불쑥 들었다.

뒤쪽에서 밀기 시작했다. 전경들은 어느새 로터리 중앙을 점령해 시위대가 서로 닿지 못하게 가로막고 있었다. 시위대는 잠정적으로 이곳 로터리에서 하나가 된다는 약속을 했던 모양이었다. 그것은 어쩌면 상징적인 의미를 지니고 있을 터였다. 상징성은 간혹 구체적인 행위보다 커다란 힘과 의미를 가져올 수도 있을 것이었다.

다시 뒤쪽에서 밀기 시작했다. 시위를 자제해 달라는 경찰의 스피커 방송이 연방 흘러나오고 있었다. 누군가 시위대 한 사람이 선동적으로 구호를 외치면서 전경들 쪽으로 전진했다. 그때 기세를 몰아 누군가 뒤쪽에서 밀어 붙이기 시작했다. 저편 시위대들도 힘찬 구호를 외치며 한 발짝씩 앞으로 걸음을 내딛었다.

전경들을 무너뜨리는 일이 현실적으로 아무런 소득이 없을지라도 그것은 매우 중대한 의미를 지니고 있기 때문이었다.

"영차, 영차, 영차……."

시위대의 양쪽에서 이런 소리가 터져 나왔다. 전경들은 순간, 당황하는 듯 했으나 곧장 대열을 수습하고 고개를 낮게 숙인 채 만화속의 로봇병사들 마냥 한 걸음씩 시위대를 뒤로 밀어냈다.

오월의 저녁 햇살이 전경의 방탄 헬멧 위에서 짓 붉게 빛나고 있었다. 시위대는 일제히 옆 사람과 팔을 엮기 시작했다. 박 선배가 그의 어깨에 팔을 뻗어 걸어왔다. 강철은 그때 박 선배의 이글거리는 눈빛을 옆쪽으로 슬쩍 보았다.

"영차, 영차, 영차……."

다시 소리와 함께 힘을 모아 앞으로 전진했다. 전경들이 밀어붙였다. 시위대가 뒤로 밀렸다. 다시 시위대가 앞으로 밀어붙였다. 전경들이 뒤로 밀렸다. 어디선가 쌍소리가 흘러 나왔다.

"개새끼들!"

시위대와 전경들이 파도를 탔다. 밀렸다가 밀려오고 다시 밀렸다가 밀려왔다. 시위대나 전경들이나 얼굴이 벌겋게 달아올라 있었다. 해는 아직도 새빨간 립스틱 빛으로 건물 모서리에 걸려 있었다.

시위대 쪽에서 다시 일제히 힘을 모아 밀어 붙였다. 그런데 바로 그때 이건 매우 우연한 조화였는지도 모른다. 뒷줄에 섰던 전경들이 물결처럼 밀리면서 이쪽에서 밀리는 기세를 감당치 못하고 일제히 넘어지는 것이었다. 그러나 시위대는 결코이런 기회를 놓치지 않았다. 이쪽의 시위대들이 팔을 엮은 자세로 일시에 밀고 들어갔다.

전경들이 긴장하며 자세를 가다듬었으나 앞쪽에서 몇 번째 줄까지의 전경들이 와르르 무너졌다. 그러자 시위대가 저돌적으로 밀어붙였다. 이제 저편의 시위대들과의 거리는 불쑥 좁혀졌고, 전경들은 여전히 허우적거리고 있었다.

이때, 다시 경찰이 스피커로 자제해 줄 것을 요구했다. 그러나 학생들은 그따위 개수작에 결코 물러서지 않았다. 이윽고 학생 시위대가 전경들을 짓밟고 저쪽 시위대와 합류하려는 찰나였다.

"꽝, 꽝, 꽝……."

"개새끼들!"

"꽝, 꽝, 꽝……."

"문민정부 심판하라!"

"으윽, 콜록, 콜록, 컥컥컥……."

강철은 숨을 거의 쉴 수가 없었다. 눈이 맵고 살갗이 따가웠다. 아까부터 눈에 거슬렸던 500MD 장갑차에서 기어이 최루탄을 꽝!, 꽝! 터트리고 말았던 것이다. 최루탄 터지는 소리가 귓전을 쩌렁쩌렁 울리는 것 같았다.

최루탄이 터질 때마다 그들이 투쟁해서 이룩해야 할 것들이 하나씩 하나씩 쌓여지고 있는 느낌이었다. 강철은 어금니를 깨물면서 일어나려고 애썼지만 그의 몸은 이미 시위대의 몸에 눌려 일으킬 수가 없었다.

그는 차츰 숨이 답답하고 가슴이 먹먹해져 왔다. 귓전으로는 여전히 최루탄 터지는 소리가 꽝! 꽝! 들렸다. 그리고 아수라장을 연상케 하는 신음 소리가 여기저기서 들려왔다.

그는 다시 한 번 일어나려고 안간힘을 썼다. 그런데 그의 손을 힘껏 움켜쥐는 손이 있었다. 박 선배의 손이었다. 그는 박 선배의 손을 힘껏 그러쥐었다. 동료들에게 짓눌리고 있는 자신이 까닭 없이 고통에서 해방된 것 같았다. 그때, 박 선배가 억눌린 듯한 소리로 그에게 외치는 것이었다.

"강철, 이제 시작이다!"

그는 박 선배의 외침을 들으면서 뭔가 말하려고 하였으나 입술이 바닥에 눌려 좀체 말이 되어 나오지 않았다. 그는 다만 박 선배의 손을 더욱 힘을 주어 움켜쥐는 것으로 대답을 대신했다. 그리고 결코 말이 되어 나오지 않은 소리를 가슴에 묻었다.

"선배님, 오월은 결코 죽지 않았습니다. 우리들의 가슴은 언제나 오월입니다."

억눌려 나오지 않은 그의 소리를 눌렀다. 그리고 꽝! 꽝! 최루탄 터지는 소리와 함께 머리를 내리찍는 듯한 둔탁한 소리가 다시 고조되는 신음 소리에 섞여 들려오기 시작했다.

장승

장승

나문희 씨(45세)는 소파에 앉아 브랑쿠시의 작품을 감상하고 있었다. 인체를 추상적으로 표현한 '낸시 구나르드의 초상'이라는 목각 작품이었다. 그것은 브랑쿠시가 실용성과 무관한 추상적 예술의 세계를 고집하며 열정을 불태웠다는 예술혼이었다.

때문만이 아니라 앞서 소개한 작품이 주는 매력 때문에 그의 작품 중 유독 '낸시 구나르드의 초상'을 모작해 두고 즐겨 감상했던 것이다.

사람의 표정을 전혀 읽을 수 없는 작품, 그 속에서 인간의 다양한 표정들을 상상하곤 했었다. 그리하여 결국 사람의 천차만별한 표정을 연출해 내는 작품을 조각하는 일로 예술에 대한 젊은 그녀의 열정을 불살라 왔었다.

작품 속에 한참 빠져들고 있는데 창문 너머로 아이 하나가 자지러지게 우는 소리가 들려왔다. '또 시작이네' 하는 혼잣소리를 뱉으며 소파에서 일어나 창가로 걸어갔다.

　놀이터에서 초등학교 육학년쯤 되어 보이는 사내 녀석이 배를 움켜쥐고 울고 있는 게 보였다. 보나마나 미국 아이들한테 당했을 게 뻔했다. 수적으로 우세한 우리 아이들은 몇 안 되는 미국 아이들한테 당하기 십상이었다.

　그네들이 힘이 세어서가 결코 아니었다. 한꺼번에 덤벼들면 아무리 힘이 세다한들 당해내지 못할 것이었다. 그러나 우리 아이들은 무슨 이유에선지 지레 주눅이 들어버렸다. 미국 아이들은 이곳으로 이주해 온지 오래지 않아서 놀이터를 점령해 버렸던 것이다.

　미군부대가 이곳에 들어선지 오 년이 조금 지났다. 서울 어디서 이곳으로 이동해 왔는데 주민들은 정부가 허락한 일이라 아무런 항의도 하지 못했다. 그러나 얼마 못가서 하나 둘씩 피해가 늘어났다.

　폭력을 밥 먹듯 행사하는 것은 물론 문화가 더럽혀지기 시작했다. 클럽 등 윤락시설이 들어서면서 도시가 소란스러워졌다. 하루에 한번은 코피 터지는 싸움이 벌어졌다. 미국인을 상대로 몸 파는 작부들이 세를 잡아들어 사내들을 방으로 끌어들이기까지 하였다. 미국인 중에는 한국 여자와 계약결혼을 하거나 아예 방까지 얻어 살림을 내는 경우도 있었다.

　공기 좋고 전망이 좋았던 도시가 차츰 폐병을 앓은 환자처럼 변하기 시작했다. 시민들의 항의 소리가 높아지기 시작했다. 여기저기서 뜻있는 사람들이 모여 급기야 대책본부를 세우기도 하였다. 그리고 세미나, 발표회, 서명운동 등의 활발한 운동을 전개하기 시작했다.

그러나 아직껏 달라진 것이란 아무 것도 없었다. 오히려 미국인들의 횡포는 수그러들지 않고 더욱 기승을 부렸다. 정부의 협조는 전혀 이루어지지 않고 있었다.

예닐곱 미군 병사들이 궁둥이를 흔들며 부대를 빠져나오는 것을 보면서 얼른 시선을 거두었다. 갑자기 얼굴이 붉게 달아올랐다. 그녀는 열어둔 창문을 닫고 커튼을 드리웠다. 미군, 아니 미국인만 보면 자신도 모르게 부르르 떨고는 하였다.

그것은 참으로 치욕적인 사건 때문이었다. 아직, 누구에게도 말할 수가 없는 사건이었다. 한국인에 대한 미국인의 횡포를 처음에는 남의 일처럼 그다지 대수롭지 않게 생각했다. 그러나 자신이 미국인의 피해자가 될 줄은 정말 상상도 못했던 일이었다.

붉어진 얼굴을 손으로 매만지며 소파에 앉았다. 마음이 혼란스러워지는 느낌이어서 다시 브랑쿠시의 작품을 감상하기 시작했다. 그러나 한번 쿨렁거리기 시작한 마음은 좀체 안정이 되질 않았다. 치욕적인 사건을 치루고 난 뒤론 줄곧 하루에도 몇 번씩 이런 기분에 휩싸였던 것이다.

무릎을 깨물면서 눈을 깊게 감고 머리를 소파의 등받이에 붙였다. 머리를 터엉 비우고 아무런 생각을 하고 싶지 않았다.

그러나 이상한 게 사람의 마음이다. 생각지 않으려고 발버둥을 치면 칠수록 그것은 현실처럼 되살아났다. 그럴 때마다 어떻게 남편과 아이들, 이웃들을 보아야 할지가 정말 아득할 뿐이었던 것이다.

작업장을 따로 마련한 게 탈이라면 탈이었을까? 지금 살고 있는 집의 지하실에서도 얼마든지 작업을 할 수는 있었으리라. 하지만, 나문희 씨가 추구하고 있는 작업이란 것이 얼마간의 소음을 감수해야만 하는 일이었다.

인체를 조각하기 위해 여러 종류의 톱날과 기타 번잡한 용구들을 사용해야 했던 것이다. 가족에게 끊임없는 소음을 안겨 준다는 것은 스스로 고통스런 일이 아닐 수 없었다.

다른 작가들도 마찬가지겠지만 자신만의 작업을 해낼 수 있는 호젓한 작업실을 마련하는 일이 그녀에게는 무엇보다 오랜 소원이었다. 남편(박우섭 씨, 소설가)의 작품이 다행히 몇 개 히트한 바람에 상당한 돈을 만질 수가 있었다. 그리고 살림집과 가까운 데에 단층 슬라브집을 간신히 마련하게 되었던 것이다. 지하실의 어둠이 싫어 이층을 다시 개조하여 작업실로 꾸몄다. 살림을 하면 날마다 작업실을 나갈 수도 없고 하여 비워두는 경우도 많았다.(집은 사람이 상주하지 않으면 금세 낡아버린다)

마침 지하방을 세(貰)로 달라는 여자가 있어서 그렇게 해버렸던 것이다. 그런데 그게 나문희 씨에게 비운이 되고 말았다. 세를 들어온 여자는 다름 아닌 미국인을 상대로 장사를 하는 클럽에 나가는 여자였던 것이다. 그녀는 거의 매일 버터 냄새를 풍기는 미국 사내를 끌고 들어왔다. 나문희 씨는 늦게까지 작업하는 경우가 많았으므로 심심찮게 이런 광경을 목격했다.

때로는 낮에도 미국인을 끌어들여 그녀의 작업을 혼란스럽게 만들어버렸다. 하루는 그 여자를 불렀다. '클럽에서 미국 사내를 만나는 것은 뭐라 할 바 아니지만, 집으로 불러들이지 말라'고 입에 단내가 나게 그녀에게 당부를 늘어놓았다. 여자는 처음엔 고개를 주억거렸으나 얼마 못가 다시 미국 사내를 끌고 집으로 들어왔다.

어떨 때는 다른 여자까지 끌고 와 혼숙을 하기도 하는 모양이었다. 외국 사내라서 그런지 하나같이 드세 보이고 인품도 시시껄렁해 보였다. 사실, 여자를 사기 위해 세 들어 사는 집까지 찾아오는 사내란 국적을 불문하고 뻔할 것일 테지만 말이다.

그런데 나문희 씨가 오후 작업을 마치고 집에 돌아가려고 막 작업실을 정리하고 있는데 누군가 문을 두드렸다. '아들이 왔나' 하고 문을 여는데 미국 청년이 문 앞에 서 있었다.

그녀는 순간 당황하여 입을 벌린 채 빤히 쳐다보고만 있었다. 그런데 사내는 갑자기 안으로 불쑥 들어서는 것이었다.

"무, 무슨 일이예요?"

진정한 듯한 태도로 말했으나 사내는 조금 일그러지는 웃음을 웃으면서 문을 걸어 잠그고 다가왔다.

그녀는 사태가 심상찮음을 감지하고 얼른 뒤로 물러섰다. 대체 이놈은 무슨 일을 벌이려는 걸까? 마음을 가다듬으며 저쪽에 걸려 있는 둥근 쇠톱까지 염두에 두고 있는데 사내가 갑자기 그녀에게 덮쳐 들어왔다. 그녀는 사뭇 당황해 고함을 치며 온몸을 비틀었으나 사내의 힘을 당해낼 재간이 없었다. 그녀는 톱밥 위에서 결국 당하고 말았던 것이다.

아아, 지금도 생각하면 아득하게 추락하는 느낌뿐이었다. 남편과 아이들에게 미안했다. 죽어야 마땅하다고 생각했지만, 목숨을 스스로 끊는다는 것이 얼마나 어려운 일이던가? 그녀는 그 사건 이후 얼마동안 작업장에 나가지 못하고 앓아 누워 있었다. 가족들과도 한마디 말도 나누지 않았다.

사내는 여자의 방을 드나들면서 그녀를 노려왔던 게 분명했다. 그러지 않고서야 어떻게 감쪽같이 그녀의 작업실에 침입할 수가 있었겠는가? 그녀가 몸을 추슬러서 작업실을 빠져나왔을 때에는 지하실 방 여자의 기척이 없었다.

여자가 없는 틈을 타서 사내는 기회를 노렸던 것이다. 그런 일이 있고서 그녀는 미국인만 보면 얼굴이 붉어지면서 가슴이 콩닥거렸다. 얼굴이 붉어짐은 말할 수 없는 수치심 때문이었다. 그때부터 그녀는 마음에 시퍼런 증오의 칼날을 세우기 시작했다.

"나 좀 나갔다 올게요."

남편인 박우섭씨가 무슨 서류봉투를 옆구리에 끼고 나왔다.

그녀는 새삼 얼굴이 붉어졌다. 자신이 겪은 사건을 생각하다
가 남편과 마주치면 저도 모르게 수치심과 죄스러움으로 얼굴
이 화끈거렸던 것이다.

"원고 마감일 다가오잖아요."

"밤샘 작업하면 문제없어요. 그런데 당신 오늘따라 더욱 우
울해 보이는데……"

"아, 아니에요. 어디 가시는데요?"

남편의 차림과 표정으로 어디에 가는 줄을 짐작하고 있지만
그녀는 열적은 마음에 그렇게 물었다.

"문화원예요. 오늘부터 대대적인 서명운동을 다시 벌이기
로 했어요. 그리고 범시민 궐기대회를 개최할 예정이요. 이미
의견의 일치는 보았는데 정부 측에서 집회 허락을 해줄지가
문제예요."

남편의 어두운 목소리에 그녀는 아무 대꾸도 하지 못하고
고개만 묵묵히 주억거렸다. 그는 언제부턴가 주한미군 범죄근
절을 위한 운동본부를 만들어 상임위원으로 일하고 있었다.
사회를 이끌어가는 하나의 지식인으로서 당연한 일이었다. 그
러나 나문희 씨는 언제부턴가 자신이 미국인에게 당한 치욕을
남편이 알고 있는지도 모른다는 생각을 자꾸만 하게 되었다.

그런 일이 있고서 남편은 부쩍 작업실에 들르는 횟수가 늘
어났다. 그리고 지하실 여자의 방에 드나드는 미국인들을
근심어린 표정으로 바라보면서 아무래도 방을 빼는 것이 좋을

것 같다고 말했었다. 자책감인지는 모르지만 그때부터 남편의 바라보는 눈이 예전과 다르다는 느꺼운 감정을 받았다.

남편은 미국인에 대한 한국인의 자존심을 세우는 일에 모든 열정을 쏟고 있는 것 같았다.

"조심해서 다녀오세요."

"염려 말아요. 당신 오늘 작업실에 나갈 거요?"

남편이 현관문을 열치면서 물었다.

"나가 봐야죠."

"당신도 무리하지 말아요. 그리고 미스 임인가 하는 여자한테 방을 옮겨달라고 해요. 양코배기 돈 얼마 울궈먹겠다고 그런 식으로 살림을 내. 오면서 그쪽으로 들를 테니 같이 저녁이나 합시다."

그녀가 고개를 끄덕이는 것을 확인하고서 남편은 밖으로 나갔다. 그녀는 다시 소파에서 일어나 커튼을 젖히고 창문을 열었다. 제법 날씨가 차가워졌는지 찬바람이 공간을 확보하며 후-욱 끼쳐왔다. 그녀는 골목을 에돌아 나가는 남편의 뒷모습을 망연히 바라보고 있었다. 오늘따라 남편이 쓸쓸해 보인다.

인권회복, 민족 자존심 운운하며 몇 해 이리 뛰고 저리 뛰는 모양이지만, 세상이 마음대로 되지 않는지 저렇게 다녀와서는 밤새도록 잠을 못 이루고 한숨만 푸-푸- 뿜어낸다. 아무리 뜻 있는 이들이 모여 진정을 하고 항의를 하여도 달라지는 것이란 없다. 얼마 전에만도 미군이 저지른 굵직한 사건이 두 건이

나 일어났다.

　미군 헌병이 한국인 모녀를 불법으로 감금하고 폭행을 가하는 사건이 발생했다. 바로 이곳에서도 술집 여종업원이 말을 듣지 않는다고 흉기까지 사용해 처참하게 죽였던 것이다. 남편이 서명운동을 벌이고 범시민궐기대회를 개최하려는 것도 이 같은 사실을 더 이상 두고 볼 수 없다는 용단 때문일 것이다.

　나문희 씨는 지하실의 미스 임을 결코 내보낼 수 없을 것 같았다. 미국인과 계약결혼으로 살림을 차린 소통머리는 밉지만, 까닭 없이 미스 임이 불쌍해 보이는 것이다.

　"나 좋아 이 짓하는 거 아니어라우. 어쨌든지 입에 풀칠을 하고 살아야 하니께요. 사람들은 이년이 더러운 돈 벌어 쳐묵는다구 거덜 난 우거지 취급을 하는 모양인데요, 이년도 아직 자존심 남아있네요.

　양코배기 밑에 깔려보지 않은 년은 절대 이년 맘 모를 것이구만이우. 나도 남들처럼 있는 부모 두고 글자깨나 깨우쳤다면 덜 서럽겠어라우. 아주머닌(여자는 조각가인 그녀에게 선생님이라고 부른 적이 없다) 배우신 분이니께 이년 맘 이해 하시겠쥬. 이년은 밤만 되면 어디루 도망쳐 뻐리구 싶다니께요.

　하지만, 앞으루 삼 년은 워쩐 일이 있어두 참아낼 거유. 이년두 한번 보란 듯이 여자 행세하구 한국남자 만나 살아야겠단 꿈이 있으니께요."

　이런 여자를 어떻게 그녀가 내보낼 수가 있겠는가? 이제 얼마 후면 겨울이 닥칠 것이다. 여자의 사정을 빤히 알면서도 남편이 굳이 그런 말을 하는 것은 무슨 이유에서일까?

남편은 정말 그녀의 비밀을 알고 있는 줄도 모른다는 생각에 미치자 갑자기 가슴이 저릿해왔다. 그녀는 창문을 닫고 커튼을 다시 드리웠다. 그리고 소파로 걸어와 앉아 물끄러미 브랑쿠시의 작품을 바라보고 있었다.

초인종 소리가 들렸다. 인터폰을 집어 들고 누구냐고 물었더니 고등학교에 다니는 아들 한수였다. 제 아버지를 닮아 운동에는 눈곱만큼도 소질이 없던 아이가 어느 날 갑자기 체육관에 보내달라고 했었다.

'네가 웬일이냐' 했더니, 녀석은 묻는 말에 대답하지 않고 창문 너머 놀이터만 하염없이 바라보았다. 그때가 미군부대가 이쪽으로 자리 옮겨온 지 일 년 남짓 되었을 무렵이었다.

그 후로 녀석은 체육관을 다니기 시작했다. 한수는 하루도 거르지 않고 집에 와서조차 체력을 단련하는 일에 성의를 아끼지 않았다. 집식구들은 고개를 갸우뚱하면서도 내심 마음들이 편치 않았다.

"여보, 한수가 왜 저러는지 모르시겠어요?"

"내가 그걸 왜 모르겠소. 도대체 잠을 이룰 수가 없어서 이렇게 나와 있는 게 아니요."

"여기가 정말 우리가 사는 땅인가요?"

"아냐. 여긴 미국이야. 우린 자신들도 모르게 돌이킬 수 없는 바다를 건너버리고 만 거지."

그때 까맣게 병든 하늘을 우러르며 남편은 담배만 뻑뻑─ 빨아댔던 적이 있었다. 나문희 씨는 대문을 열어주는 짤막한 시간 동안 몇 해를 머리에 감아올리고 있었다. 대문을 넘어 현관 쪽으로 걸어 들어가는 아들을 나문희 씨는 멀뚱히 바라보았다.

한수가 미국인들한테 주눅들지 않고 저렇게 성장해준 게 더없이 고맙고 대견해 보였다. 한수의 뒷모습은 일견 건장한 어른을 연상케 하였던 것이다.

"엄마, 피자 먹고 싶은데……."

한수가 책가방을 소파에 내려놓으면서 말했다.

"안 된다. 그건 양놈들 음식이야."

나문희 씨는 아들의 말을 단칼에 잘라버렸다. 아직, 아이에게 피자를 사준 적은 한 번도 없었다.

"나는 그래도 맛있는데……."

"네가 체육관에 다니는 이유를 생각해 봐."

"그거 하고는 달라요. 미국을 무조건 배척하는 건 옳지 않아요. 우리 입에 맞으면 먹는 거죠. 미국 사람들도 우리 김치 먹는다고 하잖아요."

"아무튼 안 된다. 너는 자존심을 잃어서는 안 돼. 그리고 그런 음식을 먹으려거든 체육관도 그만둬라."

그녀의 얼굴이 불쾌하게 달아올랐다. 한수 입에서 또다시 피자 얘기가 나왔던 때문이다. 철이 없어도 그렇지. 어떻게 양놈들 음식을 사먹는단 말인가? 한수는 이따금씩 어른스럽다 가도 이렇게 철없는 행동을 보인다. 이게 요즘 신세대 아이들 사고방식인가?

"운동은 계속해야 돼요. 처음엔 코쟁이들을 혼내주려고 운동을 시작했지만 이젠 달라요. 지금은 순전히 체력을 위해서 하는 거예요. 운동을 하면서 이걸 느꼈어요. 상대를 미워하면 안 된다는 거요."

한수가 어른스런 말을 지껄였다. 그녀는 순간 녀석이 벌써 저렇게 자랐나 싶었지만, 자신도 모르게 흥분하고 말았다.

"이놈아, 그럼 당하고만 살 거야?"

"이제 예전처럼 당하진 않아요. 힘을 키웠거든요. 제들이 하는 만큼 대가는 치뤄줄 거예요. 하지만 맹목적으로 미워하는 건 안돼요. 제들에게 신사적으로 나가면 우리가 이긴 거나 다름없어요. 보이지 않는 싸움에서 이기는 게 진정한 승리라고 생각해요."

한수의 말에 그녀는 더 이상 무슨 얘기를 할 수가 없었다. '언제나 품안에 자식처럼 여겨졌는데 이제 스스로 사고하고 판단할 정도로 커버렸구나.' 그렇게 생각하니 서운함 보다는 기특한 느낌이 들었다. 한수의 얘기가 결코 그르지는 않았다. 그러나 미국인을 떠올리기만 하면 증오심이 떠올랐다. 그건 어쩔 수 없는 감정의 잔재인지도 모를 일이다.

한수는 어머니를 졸라 오늘도 피자를 먹는 일은 글렀다고 생각했던지 뽀루퉁히 부은 입술을 하고 체육복으로 갈아입고 나왔다.

"아빠는 어디 가셨어요?"

"문화원에 가셨다."

"보나마나 뻔할 텐데요, 뭐."

한수는 아버지가 문화원에 가셨다는 말만 듣고도 벌써 무슨 일 때문에 가셨는지 알아차렸다.

"어디 한두 번인가요? 얼마 전 부산 시위도 무산되어 버렸잖아요."

한수의 빗대는 듯한 말에 그녀는 묵묵히 고개를 떨구고 있었다. 스스로 낯이 뜨거워 한수를 쳐다볼 수가 없었다. 미국인에게 당한 사건이 떠올랐던 때문만은 아니었다. 이 땅의 어른으로서 너무 무력함을 느꼈던 때문이었다. 한수는 그녀가 고개를 숙이고 있는 사이 어느새 현관을 빠져나가 버리고 없었다.

그녀는 뱃속에서 허탈한 한숨을 연거푸 끌어올려 입 밖으로 '푸─푸' 뱉어냈다. 이 땅의 어른들이 자기와 같은 심경에 빠져본 적이 있을까? 그녀의 이런 허허로운 심경은 다만 상처 때문만은 아닐 것이라는 생각이 들었다. 다른 도시에 사는 사람들은 몰라도, 미국인들과 맞붙어 사는 사람들은 저도 모르게 민족의식이라는 것이 몸에 뿌리를 내리게 되는 것 같았다.

부산의 중심지에 위치한 하야리아 미군부대 부지의 반환을 요구하는 시민운동이 부산에서 대대적으로 전개되었다. 전국

5대 도시 중 주택보급률, 교통여건, 불량주택 소유율이 최하를 기록하고 있는 곳이 부산이다.

미 하야리아 부대는 부산에서도 가장 번잡한 서면 로터리에서 한 정거장 거리에 위치하고 있다. 이곳은 부산 교통망의 중심지며 상권의 중심지이기도 하다. 그런데 그 중요 지점에 십육만 오천여 평의 하야리아 부대가 터줏대감처럼 들앉아 있어 도시발전의 커다란 장애를 불러일으키고 있는 것이다.

부대 부지로 인한 도시발전의 기능상 장애는 뒤로 하고라도 부산의 가장 노른자위 땅을 그들은 사십여 년 간 한 푼의 사용료도 지불하지 않고 사용하고 있었다. 독일, 필리핀, 가까운 일본을 보더라도 이런 예가 없는 것이다. 이런 나라들은 하나같이 미군이 사용하는 토지와 시설물에 대해 사용료를 받고 있었다.

미군측은 부산 시민의 이전요구에 오백억 원의 이전비용과 철도통과 가능한 대체 부지를 요구하고 나섰다. 이것은 국제법상을 보더라도 명백한 인권침해에 다름없었다.

더욱이 하야리아 부지를 되찾아야 하는 절박한 이유가 있다. 그것은 민족자존을 떠나 실용성의 문제인 것이다. 끝이 보이지 않는 넓은 땅을 겨우 이백여 명의 미군이 차지하고 있다는 것이 이유다. 미군 55보급창은 전쟁물자 하치장으로서의 기능이 이미 다하여 지금은 유휴지로 방치되어 있다는 것이다.

전용부두의 하역능력은 이백여 만 톤인데 비해 미군 전용부

두는 십이만 톤 밖에 하역하지 않고 있다는 것이다. 미문화원은 상가요지에 위치하여 상권형성 장해요소로 결정적인 작용을 하고 있기 때문이었다. 부산시민들은 민족적 자존심을 되찾아야 한다는 기치를 내걸고 오랫동안 투쟁을 벌여왔다.

그러나 시민들의 투쟁은 아무런 진전도 보지 못했다. 부산시민들은 이번에도 시위를 벌일 작정이었으나 경찰의 원천봉쇄로 무위에 그치고 말아버렸다는 것이다.

나문희 씨는 이런저런 복잡한 생각에 갇혀 소파에 멍하니 앉아 있다가 작업실로 향했다. 작업실까지는 걸어서 정확히 십 분이 걸렸다. 십 분이라는 시간동안 미군병사 여덟 명을 보았다. 뒤이어 군속으로 보이는 두 명의 미국인 사내와 두 해쯤 뒤에 성년이 될법한 아이 하나를 보았다.

그녀가 미군병사들의 머릿수를 헤아리기는 처음이었는데 무엇 때문에 그랬는지는 모른다. 이상한 것은 오늘따라 그들의 덩치가 자꾸만 커 보인다는 것이다. 그리고 마치 그들이 이곳의 주인이고 우리는 그들의 밑에 억눌려 사는 세입자 같다는 생각이 들었다.

대문을 열고 집 안으로 들어갔다. 그윽한 나무향이 작업실 공간에서 펄럭거리고 있었다. 그녀가 지금 심혈을 쏟아 조각하고 있는 목상들이 작업실 가 쪽으로 다양한 표정을 하고 서 있는 게 보였다.

"아니, 당신 무슨 일 있었소?"

그녀의 작업실에 종종 들르던 남편이 어느 날인가 그녀에게 물어왔다. 그녀의 조각품을 감상하며 화들짝 놀란 태도였다. 남편의 물음에 그녀는 얼굴이 화끈 달아올라 등을 보이고 묵묵히 사포로 나뭇결을 문지르기 시작했다. 그가 무엇 때문에 놀라고 있는지 그녀는 알고 있었다.

나문희 씨는 브랑쿠시를 존경하며 주로 사람의 다양한 표정을 테마로 정해 놓고 작업을 하는 조각가였다. 그런데 갑자기 작품들의 성격이 판이하게 달라져 버린 것 때문이었다.

어떤 작가들은 주변 환경 또는 작가의 심경 변화에 작품성이 변화한다. 나문희 씨의 남편도 그러한 점을 알고 있을 터였으므로 그런 물음은 결코 무리가 아니었다.

"이건 벅수가 아니오?"

그녀가 묵묵히 작업에 열중하고 있자 남편은 그녀에게 바짝 다가오면서 여전히 놀람을 뒤집어쓴 말투로 물었다. 그녀는 시선을 주지 않은 자세로 사포를 더욱 열심히 문지르면서 '네, 맞아요' 하고 대답했다.

그녀가 조각하고 있는 작품은 목각 장승이었다. 장승은 예로부터 이정표의 역할을 하는 대장군으로 널리 알려져 내려왔다. 그러나 그녀가 조각하는 장승은 이정표의 목적물이 아니라 수호신 또는 축귀를 의미하였다.

그러므로 장승의 아래쪽에 천하대장군, 지하여장군 따위의 글을 새기는 대신 서방백제 축귀 대장군이라는 글귀를 새겨

넣었다. 그녀의 이런 작업은 정확히 미국인에게 짓밟힌 사건 이후에 시작된 것이었다.

그녀가 조각한 장승의 생김새에는 인면형은 없고 귀면형이 두 개, 그리고 나머지는 남근형이었다. 남근형은 남자의 성기 모양을 하고 있었는데 줄잡아 이십여 개의 장승이 벽 쪽에 줄 이어 서 있었다.

그녀의 작품이 전혀 딴판으로 변해버리자 남편은 매우 당황했다. 그러면서도 한편으로는 그녀를 매우 조신하게 대하는 것 같았다. 그는 남근형의 장승을 목도하고 한참동안 입을 벌린 채로 서 있는 것이었다. 남편 앞에서 그때처럼 계면쩍었던 적은 없었다.

"당신, 이런 작품들도 전시할 생각이오?"

"아직 결정하지 못했어요. 벅수를 조각하면서 진정한 나를 찾으려고 애썼어요. 그리고 '우리'라는 공동체에 대해 많은 생각을 했구요."

"당신은 간혹 이해하기 어려울 때가 있어요. 자, 아무튼 이 제 들어갑시다. 아니 저건 또 무슨 소리야?"

"그걸 몰라서 물어요? 미스 임이 그놈한테 당하고 있잖아요. 어떻게 살림을 내도 저런 거지같은 양코배기를 만났는지 모르겠어요. 사흘에 한번은 주먹을 휘두르나 봐요. 글—쎄."

벅수 조각을 하는 동안 남편은 그녀가 밤늦도록 작업을 할 때마다 꼭 마중 나왔다. 그런 경우는 예전에는 없는 일이었다.

이런저런 생각들로 그녀는 언제나 마음이 혼란스럽고 자책감 속에 빠져들고 있었다. 남편이 뭔가 눈치를 채 버렸던 게 아닐까? 사실대로 털어놓을까?

여러 생각들로 망설이던 그녀는 도무지 자신이 없었다. 벅수를 정성들여 조각하면서 내심으로는 남편과 가족들의 용서를 빌고 있었던 것이다.

미스 임을 내보내지 않은 까닭은 미스 임의 사정이 딱해서만은 아니었다. 미국인 사내에게 당하고서부터 이상하게 그치들이 두렵거나 하지 않았다. 작업실에서 늦도록 여자 혼자서 작업을 하는 일은 그리 쉽지 않은 일이었다. 오히려 그녀는 담대하게 작업실을 지켰다. 누군가 다시 허튼수작을 걸어오기를 내심 바라고 있었던 지도 몰랐다.

나문희 씨는 이제야말로 과감히 복수를 하고 말리라고 수도 없이 다짐을 했었다. 미스 임이 지하실에 사는 한 그녀에게 얼마든지 충분한 기회가 올 것이라고 생각하고 있었다. 벽에 걸린 도구들을 일별하고 나서 다시 사포를 집어 들었다. 엊그제 완성한 귀면형 장승에 글귀를 써넣으려는 것이었다.

그녀는 귀면형 장승을 특별히 두 개 제작한 의미를 깨닫고 있었다. 하지만 남근형의 장승은 무엇 때문에 자신이 만들어 내고 있는지 아직도 스스로도 이해하기 어려웠다. 그것을 제작함으로서 스스로 용서를 구한다는 생각은 매우 가식적인 것에 다름 아닌지도 몰랐다. 그녀는 남근형의 장승을 만들어내는 일에 매혹적으로 빨려 들었다.

하루라도 작업을 멈추면 까닭 없이 불안했다. 가슴이 욱어드는 것처럼 답답할 뿐이었다. 한동안 사포로 나뭇결을 따라 문지르고 나자 팔이 뻐근하면서 피로가 한꺼번에 덤벼들었다. 그녀는 잠시 동작을 멈췄다. 그리고 나무의 단면을 관찰하기 시작했다. 매끄러운 느낌이 들었지만 나뭇결이 완전히 제 모습을 드러낼 때까지 목질을 다듬어야 한다고 생각했다.

벽에 걸린 톱 종류(가로톱, 세로톱, 곡선 톱, 빗 톱, 둥근톱, 회전 톱 등)를 무심결에 한번 바라보고 다시 작업을 시작했다. 어느 정도 시간이 소요되면서 이제 다듬질 작업을 마쳐도 될 성싶었다. 그녀는 사포를 저쪽으로 밀어놓고 밤색 페인트에 휘발유를 섞기 시작했다.

나무의 단면에 페인트를 칠했다. 단면이 마른 뒤에 글씨를 새기고 니스를 먹이면 작업은 완성되는 것이었다. 그녀는 오늘 날밤을 세워서라도 작업을 마쳐야 하리라고 생각했다. 저녁 무렵에는 완성할 수 있을 것만 같았다. 예상대로 저녁녘에 작업을 마쳤다. 작업실 밖으로 나왔을 때에는 해가 미군부대 뒤쪽으로 사라지고 있었다.

미스 임은 계약 결혼한 미국인 남편과 토닥거리고 있었다. 미스 임은 꼬박꼬박 서툰 꼬부랑 대꾸를 하고 있었다. 미스 임도 이제 어지간히 악에 받쳐있는 것 같았다. 나문희 씨는 끓어오르는 분노를 겨우 삭이며 마당에서 한참을 서성였다. 그리고 집 밖으로 나와 걷기 시작했다.

그러나 그녀의 걸음은 집으로 향하지 않았다. 저도 모르게 석유 집을 향해 걷고 있었던 것이다. 그녀 스스로도 놀라지 않을 수 없었다.

"이제 싸늘하죠?"

키 작은 석유 집 아저씨가 인사치레로 석유 몇 말 들여가실 거냐고 물었다. 그녀는 심드렁히 고개를 저었다. 석유 집 아저씨가 정성드뭇한 수염을 습관적으로 쓰다듬으면서 빤히 고개를 쳐들었다.

"휘발유 두 통만 주세요."

"아니, 휘발유를요? 어디에 쓰시려구요?"

"페인트칠을 하려구요."

"네에, 그런데 그 많은 휘발유가 필요하신가요?"

"겨우내 써야 하니까요."

휘발유 두 통을 양손에 들고 다시 작업실로 돌아왔다. 미스 임이 마당가에서 훌쩍이고 있었다. 얼굴에는 발그레 술기운이 번져 있었다. 그녀가 들어서는 것도 아랑곳하지 않고 미스 임은 눈물만 짜내고 있었다. 나문희 씨는 차라리 잘 되었다 싶어 얼른 작업실 문을 열고 들어갔다. 휘발유를 작업실 한 쪽의 구석에 나란히 앉혀놓고 다시 작업실을 빠져나왔다.

"아주머니, 미안스럽네요."

미스 임이 물먹은 목소리로 말했다. 이런 꼴을 밥 먹듯 보여

쥐서 스스로도 몸 둘 바를 모르고 있는 모양이었다. 미스 임에게 이런 소리를 들을 때면 외려 분(憤)에 겨운 사람은 나문희씨였다. 이제껏 품어온 분의 찌꺼기들이 한꺼번에 감각기를 잠식해 들어오는 것 같았다.

그녀는 미스 임의 기분을 충분히 이해하고 있었다. 미국인 밑에 깔려보지 않은 여자는 이해하지 못할 거라는 미스 임의 말이 그녀에게 얼마나 충격을 안겨주었는지 모른다.

그녀는 미스 임이 자신과 동병상련하고 있다는 생각을 할 때마다 가슴이 저려왔다. 싫은 소리를 하려고 마음먹었다가도 몇 번이나 그냥 지나치고는 했던 것이다.

"미스 임, 참아내야 돼. 여기서 흐트러지면 이제껏 견뎌온 세월이 아무런 의미 없이 사라져버리는 거야. 이제 곧 저들로부터 자유로워질 때가 올 거야. 꼭. 그러니까 조금만 기다리면 돼."

그녀는 미스 임의 어깨를 다독거리면서 자신도 모르게 이런 말을 지껄이고 있었다. 미스 임은 그녀의 말뜻을 알고나 하는 것처럼 건성으로 연거푸 고개를 주억거리고 있었다.

남편이 이리로 올는지 모른다는 생각을 하지 않았던 건 아닌데, 그녀는 곧장 작업실 집 대문을 열고 집을 향해 걷기 시작했다. 눈에 띄는 미국인과 마주치지 않으려고 애쓰면서 걸었다. 이곳은 저녁이 되면 더욱 많은 미국인들로 거리가 들끓었다.

흔들리는 불빛들, 그 사이를 출렁이며 키 큰 미국인들이 거니는 것이 보였다. 아무려면 이곳 한국의 도회에 미국인이 많을 건가? 그런데도 이상한 일이다. 여기는 결코 한국이 아닌 것 같은 느낌이다. 멀리서 저만치 붉은 네온 아래로 플라밍고를 추며 멀어지는 키 큰 사내들이 보이고 있었다.

창문 너머로 놀이터를 바라보고 있었다. 놀이터는 어둠의 너울에 출렁거리고 있는 듯이 보였다. 놀이터 저쪽 뒤로 미군부대에서 쏘아내는 불빛의 자취가 드리워져 있었다. 그녀가 창문 너머로 저런 불빛을 이토록 그윽이 바라보았던 적이 언제였을까?

지난 악몽에 시달리지 않으려고 애써 시선을 주지 않았었다. 그녀는 모든 것들이 생각이 났다. 그런데 언제 적부터 그런 두려움이 사라져버렸던 걸까?

이제 그녀는 담대하게 그쪽에 시선을 붙박고 있었다. 그러면서 오늘밤 그녀가 이룩해야 할 일을 생각해 보았다. 이것은 어쩌면 그녀의 오랜 바람이었는지 모르겠다. 남편은 열 시가 넘은 지금에도 돌아오지 않고 있었다. 아무래도 뜻을 같이한 이들을 만나다보니 늦은 모양이었다. 그러나 남편의 귀가 여부가 그녀에게 중요치 않았다.

그녀는 얼마 전에 섭외한 조 씨에게 전화를 넣었다. 조 씨가 날품 인부 두 명과 함께 그녀를 기다리고 있을 터이었다.

"준비되었죠?"

"예, 근데 시간이 좀 이르지 않을지 모르겠습니다."

조 씨가 말했다. 전화를 기다리고 있었던 모양이었다.

"일단 작품부터 옮겨놓고 거기서 시간은 조정하는 게 나을 것 같네요."

"그러지요, 그럼. 지금 날품 둘이 이쪽으로 출발했다니까 선생님이 먼저 작업실로 가 계시면 어떨까요?"

"좋아요. 열 시 반까진 도착할 수 있겠죠?"

"염려 놔도 됩니다. 서둘러 그쪽으로 몰아나갈 겁니다."

그녀는 조 씨의 어김없이 단호한 태도에 만족하며 전화를 끊었다. 그리고 한수와 한나가 곤히 잠이 든 것을 확인하고 빠르게 밖으로 나왔다. 골목을 에돌아 작업실로 향했다. 찬 기운이 살갗에 감겨왔으나 그녀는 온몸에 뜨거운 열기를 느끼고 있었다. 사뭇 긴장이 되는 순간이었다.

열 시 반, 조 씨의 일행이 정확히 작업실 대문 앞에 도착했다. 대문을 가만히 열고 들어갔다. 미스 임의 방 쪽에서 까르륵거리며 웃는 소리가 들렸다.

어느 날 미국인 남편이 없을 때 미스 임은 클럽에서 만난 듯한 작부들을 여럿 집으로 끌어들였다. 그리고 집안에 도깨비 웃음을 피워 올렸다. 나문희 씨는 그네들이 미국인들로부터 받은 스트레스를 이런 방식으로 해소하는지도 모른다고 생각해 본 적이 있었다.

작업실 문을 열고 들어갔다. 불을 켜자 귀신 얼굴을 매달은 장승이 흉험하게 그들을 꼬나보았다. 귀면형의 장승에는 모두

서방백제 축귀 대장군, 이라는 글귀가 새겨져 있었다. 휘발유 냄새가 간헐적으로 코끝을 싸하게 만들고 있었다.

저녁녘에 완성한 장승의 페인트가 아직 설마른 때문이 아니라, 저쪽에 활활 버티고 있는 두 개의 휘발유통에서 풀풀거리는 냄새 때문이었다.

날품 둘이 귀면형의 장승을 하나씩 밖으로 내어갔다. 그리고 트럭에 실었다. 작은 트럭의 짐칸을 장승 두 개가 가득 메워버린 느낌이었다. 땅을 파고 다질 수 있는 연장이 짐칸의 한쪽에 가지런히 놓인 채 숨을 죽이고 있는 게 보였다.

트럭은 천천히 작업실을 벗어났다. 그리고 속력을 늦춰 몇 분 달려 그녀의 집에서 바라다 보이는 놀이터 앞에서 멈춰 섰다. 바람이 불고 있는지 놀이터 쪽에서 뭔가 음산하게 찌그럭거리는 소리가 들려왔다.

"작업하기 좋습니다."

날품 하나가 트럭 뒤편 땅바닥에 너부죽이 앉아 있었다. 그는 담배를 하나 피워 물면서 입에 익은 듯한 목소리로 말했다. 다른 날품도 동료 옆에 나란히 앉으면서 담배를 피워 물고 있었다.

"놀이터를 양키부대에 내줬다는데 그게 참말이랍니까?"

"그렇답니다. 썩을 놈들, 발 뻗고 누울 땅 한쪽 없는 우리 무지렁이들 생각은 털끝만큼도 안 한다 아닙니까."

날품 둘이 고뇌에 찬 목소리로 주거니 받거니 하고 있었다.

조 씨는 거푸 시간을 확인하며 주위를 살피고 있었다. 아직 작업을 시작하기에 이르다는 느낌이 들었다. 나문희 씨는 날품 둘이 주고받는 말에 까닭 없이 신경이 곤두서졌다. 이곳 놀이터를 미국인들을 위해 시당국에서 하사했다는 소문이 나돌았었다.

주민들의 항의가 빗발쳤으나 당국에서는 자성하는 아무런 기미도 보여주지 않으면서, 오히려 양국 간 우호 증진을 위해 예우를 해준 것에 불과하다는 밑도 끝도 없는 논리를 주장했었다.

"이제 시작하면 안 되겠습니까?"

날품 하나가 엉덩이를 털고 일어나면서 조 씨에게 물었다. 조 씨는 여전히 주위를 살피고 있었다. 다른 날품도 키 큰 몸을 곧추 세우며 일어나 조 씨 쪽으로 걸어가고 있었다. 나문희 씨는 시계를 보았다. 자정이 가까워오고 있었다. 이제 일을 시작해도 괜찮을 성싶었다.

"그렇게 하지요."

조 씨를 향해 그녀가 말했다. 조 씨가 알았다는 듯이 날품들을 향해 손을 쳐들면서 고개를 끄덕거렸다. 그러자 날품들이 연장을 내리기 시작했다. 어디선가 기적소리가 들려왔다. 시내를 겉돌아 나가는 늦은 교외선 화물차가 지나는 모양이었다.

"염려마시고 이제 들어가시죠."

조 씨가 그녀에게 말했다. 인부들은 서서히 놀이터 입구의 양쪽에 구덩이를 파기 시작했다.

"시간이 많이 걸릴까요?"

그녀가 물었다. 그녀의 부재에 남편이 당황할 생각을 하니 왠지 가슴이 저려왔다. 작업실에도 없고 행방의 자취를 아이들에게도 일러두지 않았으니 가뜩이나 놀랄까? 여기는 미국인들의 행패가 밥 먹듯 잦은 곳이 아닌가 말이다.

"완벽하게 하려면 두어 시간 남짓 걸릴 겁니다."

"그럼, 집에 들어갔다 시간 맞춰 다시 나올게요."

"안 나오셔도 될 겁니다. 이건 우리 같은 날품들도 주인 된 입장에서 작업하는 거 아닙니까?"

인부 하나가 곡괭이로 땅을 찍어 내리면서 말했다. 그 사내의 목소리에는 진지함이 배어 있었다. 그녀는 마음속으로 사내에게 고마움을 표하면서 희붐한 어둠속에서 이를 드러내고 웃었다. 그녀의 뜻에 이런 노동자들이 동의를 보내오는 게 새삼 마음을 뭉클하게 했던 것이다.

"고맙습니다. 그렇게 관심을 보여줘서요. 그럼, 조심해서 작업하도록 하세요. 무슨 일이 있으면 바로 저에게 연락주세요."

그녀가 조 씨에게 당부했다. 만에 하나 미국인들이 이 작업을 방해하게 되는 경우를 대비해서 하는 말이었다.

"그러겠습니다."

집으로 향하는 그녀의 등 뒤에 조 씨와 날품들이 허리를 숙여 정중히 인사하는 것이 보였다. 그녀는 긴장된 마음을 가까스로 진정시키면서 집으로 향했다. 오늘 밤에 놀이터 앞에 당당하게 버티고 설 장승을 생각하니 가슴이 벌떡거리는 것이었다.

집 앞에 도착했다. 그녀는 잠시 긴장을 풀면서 응접실을 바라보았다. 불이 켜져 있는 게 보였다. 남편이 자신을 기다리고 있는 모양이라고 그녀는 생각했다. 대문이 열려 있었다. 그녀는 대문을 가만히 닫고 안으로 들어갔다. 현관문을 열쳤다.

"엄마!"

격앙된 목소리로 부르짖으며 그녀를 맞는 사람은 남편이 아니라 아들 한수였다. 한수가 몹시 놀란 표정을 하고 있었다.

"무슨 일 있었니?"

뜻밖의 상황에 그녀도 당황하기는 마찬가지였다. 뭔가 불길한 느낌이 등골을 한번 오싹하게 후비고 지나갔던 것이다.

"아버지가 병원에 입원하셨대요."

"뭐, 뭐라고?"

"시립병원이예요. 누나가 연락받고 좀 전에 그리로 갔어요. 양키들한테 변을 당한 거래요."

"그게 저, 정말이니?"

그녀의 혀가 잘 떨어지지 않았다. 미국인들한테 당했다는 사실에 그만 입이 얼어 붙어버렸던 때문이다. 한수는 대답대신 힘없이 고개를 끄덕거렸다. 그녀는 한번쯤 이런 일을 당하리라 예상은 해왔었다.

하지만 막상 눈앞에 닥치니 의아할 뿐이었다. 미국인의 인

210

권 보호 권리를 내세우면서 시위 및 집회, 토론에 앞장서는 남편에게 이런 일이 벌어졌다는 것은 지극히 당연한 사실이었다. 오히려 의아하게 여겨지려면 여겨지는 사건이었다.

그녀는 한수에게 집을 맡기고서 시립병원으로 향했다. 병원에 들어서자 응급실 앞에 한나가 서 있었다. 다른 이들도 그곳에서 서성거리고 있는 게 보였는데 남편과 평소 친하게 지내왔던 분들의 모습도 보였다.

"어, 어떻게 된 거니?"

그녀가 허둥대는 태도로 물었다. 남편과 가까이 지내던 분이 그녀 쪽으로 걸어오고 있었다.

"의식이 아직 돌아오지 않았어요."

한나가 그녀의 가슴으로 고개를 묻어왔다. 그녀는 이럴 때일수록 침착해야 하리라 여기고서 한나의 등을 다독거려주었다. 어떻게 당했기에 남편이 이 지경에 이르렀다는 말인가?

"문화원에서 나오다가 습격을 받았습니다."

남편과 가까이 지낸 분이 그녀에게 다가와서 말했다. 그분의 얼굴에는 까닭모를 증오의 기운이 번지고 있는 것 같았다.

"어디를 다쳤나요?"

"머리를 다친 모양입니다."

"대체 누가 이런 짓을……."

말을 마치기도 전에 그녀는 입술을 파르르 떨며 흐느끼기 시작했다. 그녀가 당하던 순간의 모습이 찰나에 머릿속을 스쳐갔다.

"슬픈 일입니다. 우리 한국 사내들이었어요."

"네에? 아니, 한국 사내놈들이었다구요?'

그녀는 머리가 삑삑하게 놀라 소리쳤다. 미국인에게 당해도
억울한데 한국인에게 당했다니 뭔가 미심쩍다는 생각이 들었
다. 아니나 다를까 그분이 설명을 덧붙였다.

"미국인의 사주를 받은 겁니다. 마치 순찰을 돌던 경찰들한
테 붙들려서 곧장 불었어요."

그 사람은 안주머니에서 담배를 꺼내 허탈한 표정으로 뿍,
뿍 소리가 나게 빨아대고 있었다. 미국인에게 매수되어 같은
민족을 해치는 한국인이 존재하고 있다는 사실을 상기하니 갑
자기 얼굴이 화끈거렸다. 그녀는 아무런 말도 하지 않고 체념
의 몸짓 같은 동작으로 고개를 의미 없이 끄덕거렸다.

"돈에 매수된 겁니다, 미친놈들."

그는 구두 끝으로 시멘트 바닥을 컹컹 소리가 나게 찍었다.
그녀는 한나에게 부축되어 기다란 나무의자에 앉았다. 그리고
그녀 옆으로 걸어왔다.

"상태가 어떻답니까?'

"기다려볼 밖에요."

그녀의 물음에 부정적 여운이 깔린 목소리로 대답하고 있었다.
그녀는 깊은 숨을 들이 마시면서 한나의 손을 꼭 움켜쥐었다.
한나의 눈에서 눈물이 흘러내리고 있었다.

"잠깐 뵙고 와도 될까요?" 그녀가 물었다.

응급실 출입을 일절 금하고 있는 모양이었으나 어딘지 모르게 불길한 느낌이 들었다. 환자를 만나러 가야 할 것 같았다. 이렇게 무기력하게 앉아 기다리고만 있다는 사실이 왠지 사람을 초라하게 만들었다.

그녀는 순간 놀이터 앞에 세우고 있는 장승을 떠올렸다. 그러면서 자신도 모르게 '그 일 때문에 동티가 나 버린 거나 아닐까' 하는 의구심이 일었다. 그러나 그녀의 그런 생각은 옳지 않은 것이었다.

그녀는 정당한 일을 하고 있기 때문이었다. 우리 땅에 표시를 하고 글귀를 새겨 악귀를 쫓는 일이 결코 재앙을 가져 오지는 않을 것이었다.

"아직 안될 겁니다."

그가 일어나 응급실 출입문 쪽으로 걸어갔다. 그리고 살며시 문을 열어 보고 다시 걸어와 아직 누구의 출입도 허용하지 않고 있다고 말해주었다. 그녀는 남편의 상태가 의외로 심각한 모양이라고 생각하며 저도 모르게 고개를 가로저었다.

새벽 동이 터올 무렵까지 남편의 의식은 돌아오지 않았다. 응급실 앞에서 호전되기를 기다리고 있었던 사람들도 모두 돌아가 버리고 없었다.

한나는 의자에 비스듬히 등을 기대고 자울자울 졸면서 이따금씩 자신도 모르게 놀라 몸을 움츠리고 있었다. 악몽이라도

꾸고 있는가 보다고 그녀는 생각했다. 남편의 지인은 여기는
자기한테 맡기고 집에 돌아가서 눈 좀 붙이고 오라고 말하며
연방 담배를 빨아대고 있었다.

"엄마, 한수 학교에도 보내야 하는데 집에 가봐야죠."

한나도 문득 정신을 가다듬으면서 말했다. 대학에 다니는
한나가 지금처럼 의젓해 보인적은 아마 없었으리라. 나문희
씨는 남편이 깨어날 때까지 여기 이대로 앉아 있고 싶었지만
한수가 걱정되었다. 한나가 옆에 있어줘서 다행이라는 생각이
들었다. 그녀는 무거운 몸을 일으켜 세우며 그러마고 하였다.

"선생님도 눈 좀 붙이셔야 할 텐데요."

"아닙니다. 저는 걱정 마시고 볼일 보세요."

그녀는 한나에게 수시로 상황을 전해달라고 당부를 남겨놓
고서 집으로 돌아왔다. 동이 빤히 터 있었다. 그녀는 응접실
창문 너머로 놀이터를 바라보았다. 가슴이 뭉클했다. 그녀가
조각한 장승이 의젓한 자세로 우뚝 서 있는 게 보였던 것이다.

그녀는 작업을 무사히 마쳐준 날품들이 고마웠다. 우뚝 선
목각장승을 바라보며 그들도 이처럼 가슴이 벅찼으리라. 이제
여기가 분명히 미국이 아닌 한국이라는 생각이 들었다. 미국
인들이 날뛰며 이 도시에서 아무리 주인 행세를 한다한들 여
기는 저렇게 단호하게 장승이 버팅기고 서 있는 우리 땅인 것
이었다.

그녀는 가슴 벅찬 설렘에 한동안 놀이터의 장승을 바라보다

가 아침을 준비하기 시작했다. 한수는 어떤 단호한 표정으로 등교를 서두르고 있었다. 아버지의 소식을 전해 듣고 적잖이 화가 치오른 모양이었다. 그의 눈빛이 흡사 적을 겨냥한 병사의 눈처럼 타들고 있었다.

"학교에 다녀올게요."

"그래, 너, 무슨 일 저지르면 안 된다."

대답하는 한수의 표정이 어딘지 모르게 심상찮았다. 그녀는 당부의 말을 덧붙였지만 한수는 대답 없이 입술을 꾹 깨물면서 고개를 숙이고 나갔다.

그녀는 대문까지 한수를 따라 나서며 자중하기를 당부했다. 미국인 사내의 덩치에 밀리지 않는 체격에 체육관에서 다진 운동으로 그 누구와의 싸움에서도 한수는 당하지 않을 듯해 보였던 것이다.

그들과의 싸움에서 불리한 쪽은 언제나 우리네가 아니었던 가? 한미 행정협정을 봐도 불합리성이 드러나고 있었다. 협정 제정 이래 두 차례의 개정이 있었음에도 불구하고 여전히 불평등 요소를 지니고 있는 것이다. 일례로 형사 재판권에 있어서 미군의 관할권이 미치는 범위는 합중국 군대의 구성원, 군속 및 그들의 가족이라고 규정되어 있다.

그러나 미국 대법원은 군속과 가족을 군법회의에서 재판하는 것은 위헌이라는 판결을 내리고 있었다. 합의의사록에서 평화 시 합중국 군 당국은 군속 및 가족에 대한 형사 재판권을 갖지 아니한다고 명시하고 있기 때문에 이들에 대해 미군측은 행정적 조치만 가능한 것이다. 그러므로 이들이 범행을 할 경우 재판권이 없으므로 본국으로 이송해야만 한다.

그러므로 주한미군 당국이 전속적 관할권이 있는 경우 우리로선 전혀 처벌할 수 없는 것이다. 이들이 일으키고 있는 범죄에 대해 전혀 손을 쓸 수가 없는 것이다. 이 같은 형사 관할 범위의 인적대상 문제 외에도 다른 문제점들이 있었다.

구금형의 집행, 시설과 미군부대 안에서 압수, 수색, 검증의 불가, 범죄 미군의 구속수사 불가, 형사재판권 자동포기 문제, 공무의 개념, 적대행위발생 및 계엄령 선포로 인한 재판권 정지 등에 있어서도 많은 불합리한 점이 드러나고 있었다.

한수가 골목 저쪽으로 자취를 감춘 이후 그녀는 소파로 돌아와 많은 생각에 잠겨 있었다. 그리고 문득 저도 모르게 몸을 파르르 떨었다. 까닭모를 불길한 징후가 그녀에게 닥쳐오는 느낌을 받았던 때문이다.

그녀는 자신이 조각한 장승의 기세당당함에 마음의 위로를 삼으면서 대문을 나섰다. 놀이터로 향했다. 놀이터 앞에서 가슴을 누르면서 장승을 빤히 올려다보았다.

귀신의 얼굴 모습으로 미군부대를 굽어보고 있는 장승이 순간 장엄하게 빛났다. 간간이 놀이터 곁을 지나는 미국인들이 우뚝 선 장승을 바라보며 고개를 갸우뚱거리며 멍한 모습을 하고 있는 게 보였다. 여기가 이제 분명히 한국 땅이라는 생각이 들었다.

이제야 겨우 우리 땅을 되찾은 느낌이었다. 그것은 자신이 미국인에게 당한 수치스러움만이 아니었다. 그리고 한사람의 의식 있는 조각가로서 이런 일을 할 수 밖에 없었다고 생각하며 놀이터를 빠져나왔다. 그리고 곧장 시립병원으로 향했다.

병원에 도착해 응급실 쪽으로 향하던 그녀는 문득 놀라지 않을 수 없었다. 어깨에 카메라를 두르거나 손에 수첩을 든 사내들이 전경들과 몸싸움을 벌이고 있는 게 보였던 것이다. 전경들은 줄잡아 사오십여 명은 되었다. 그녀는 그쪽으로 걸어나갔다.

어떤 사건을 취재하기 위해 이들은 여기에 왔을까를 생각하며 응급실 출입구에서 멈춰 섰다. 전경들이 왕래를 통제하고 있었는데 일일이 신분을 확인하고 있었다. 그녀의 신분을 확인하고서야 전경들은 그녀를 안으로 들여보내 주었다.

"오셨군요."

남편과 가까운 그분이 그녀를 맞았다. 그의 표정으로 봐서 남편의 상태가 조금 호전된 모양이라고 생각했다. 그분의 입술 끝 가벼운 미소 때문이었다.

"어떻게 되었나요?"

"한 시간 반 전에 의식이 돌아왔습니다."

"오, 하느님. 감사합니다."

그녀는 난데없는 하느님까지 찾아가며 자신도 모르게 탄성

섞인 소리로 말하고 있었다.

"정말 다행입니다."

그분이 그녀의 어깨를 태연히 눌러 짚으면서 말했다. 그분
의 얼굴에 피로가 몰려 있는 것이 보였지만, 그분은 전혀 피곤
한 내색을 하지 않고 있었다.

"이제 들어가 쉬세요."

"아닙니다. 제 염려는 마십시오. 지금 따님이 간호하고 있
습니다. 오늘 오후쯤 일반병실로 옮긴다고 합니다."

"네. 그런데 저 사람들은 무엇 때문에 몸싸움들을 벌이고
있답니까? 경찰이 병원에 투입된 처사는 또 뭐죠?"

"박 선생 사건이 기자들 측에 알려지게 된 겁니다."

그분이 씁쓸한 표정을 보이며 말했다. 저쪽에서는 여전히
전경과 기자들 사이에 아우성치는 소리가 들렸다.

"그럼, 취재를 차단하는 거로군요?"

"그렇습니다. 이게 한국과 미국의 관계에 치명적인 영향을
미치게 될 수도 있다는 판단을 내린 것 같습니다."

"대체 경찰은 어느 편이죠?"

칼칼한 목소리로 그녀가 물었으나 그분은 끝내 대답을 하지
못하고 얼굴을 붉히며 저쪽으로 걸어갔다.

그녀는 응급실 안으로 들어가 먼저 남편의 손을 잡았다. 한
나가 열심히 그의 얼굴을 닦아주고 있었는데 한나의 얼굴이
푸석해 보였다. 손길의 감촉을 느꼈는지 남편이 눈을 떴다. 그

녀와 눈이 마주치는 순간 파리하게 웃어 보이고 있었다.

"여보, 좀 어떠세요?"

"괜찮아요. 나 때문에 모두가 고생이구만."

남편이 붙잡은 그녀의 손에 힘을 주었다. 그녀는 남편의 손을 두 손으로 감싸 쥐며 얼굴을 맞부볐다. 지금까지의 일들이 좀체 믿어지지 않았다. 남편이 이만하기 다행이라고 생각했다.

일반병실로 옮길 때까지도 경찰과 기자들은 실랑이를 벌이고 있었다. 남편의 건강에 대해 크게 염려하지 않아도 된다고 말하면서 담당의사는 원한다면 내일쯤 퇴원해도 좋다고 덧붙였다. 그녀는 한나와 교대로 남편을 간호했다. 한나는 마침 오늘 강의가 없는 날이었다. 한수는 오후 늦게까지 병원에 들르지 않고 있었다.

그녀는 남편이 거의 정상을 회복했음을 확인하고 병실을 빠져나왔다. 끝내 기자들은 전경들로부터 완전히 축출되어 버리고 없었다. 그러나 전경들은 여전히 병원 출입문을 통제하고 있었다. 그녀는 전경들이 마치 낯선 외국 병사들 같다고 생각하며 병원을 빠져나왔다.

그녀는 놀이터로 향했다. 당당히 곧게 서 있을 장승을 떠올리자 마냥 가슴이 뛰었다. 그러고 보니 자신이 무엇 때문에 그쪽으로 향하고 있는지 얼른 떠오르지 않았다. 그녀는 정말 무의식의 상태에서 그리로 가고 있는 것인지도 몰랐다. 그렇다면 그녀를 끌고 있는 이 힘은 무엇이란 말인가?

그녀를 태운 택시가 놀이터 앞에 도착했다. 그녀는 차에서 내려 까닭 없이 벌렁거리는 가슴으로 장승을 세워 둔 곳을 바라보았다. 그러고 우두망찰 놀라고 말았다. 간밤에 세운 장승이 감쪽같이 사라져버린 것이었다.

아침까지도 그것은 당당한 모습으로 버티고 서 있었지 않았던가? 그녀는 놀이터 앞에 날리는 낙엽들을 바삭바삭 밟으며 장승이 박혔던 자리에 다가섰다. 누가 이 장승을 제거한 것일까?

그녀는 가슴이 허물어지는 소리를 들으며 놀이터 안쪽 벤치에 앉았다. 미국 아이들이 회전그네를 빙글빙글 돌리고 있는 게 저만치 보였다. 한국 아이들의 모습도 눈에 띄었다. 수적으로 미국 아이들보다 많은 듯 했다. 그러나 그리 특별한 일이 있는 것은 아니었다.

회전그네를 돌리고 노는 미국 아이들을 부러운 눈으로 바라보거나, 시소에 오른 미국 아이들을 도와주거나, 미끄럼틀에 매달아 놓은 밑 떼 낸 맥주 박스에 농구공을 집어 넣는 미국 아이들에게 주워다 주는 일이 고작이었다.

그녀는 벤치에 앉아 오래오래 그런 광경을 물끄러미 바라보고 있었다. 어느덧 가을이 깊었던지 낙엽이 저쪽에서 우수수 이쪽으로 날려 왔다. 무슨 생각에 잠겨 있었던 걸까?

그녀는 저쪽에서 들려오는 왠지 귀에 익은 듯한 소리에 불쑥 일어났다. 놀이터 건물 뒤편에서 들려오는 소리가 분명해 보였다. 그녀는 재게 그쪽으로 걸음을 옮겼다. 그리고 깜짝 놀라지 않을 수가 없었다.

체수 좋은 사춘기 학생들이 패싸움을 벌이고 있는 게 보였던 것이다. 그런데 거기에 한수가 끼어있는 게 아니고 뭔가? 자세히 보니 미국 학생들과 한국 학생들 사이에 벌어지고 있는 싸움이었다.

그녀는 저도 모르게 당황한 나머지 입을 벌린 채 다물지 못했다. 그들은 아무런 흉기 없이 맨손으로 정당히 싸우고 있었다. 신사적인 결투를 벌이자는 모종의 약속을 했던 것인지도 몰랐다.

그들은 서로 한 놈씩 상대하여 치고 박고 하다가 상대가 고꾸라지면 옆의 자기편을 거들었다. 한국 학생들의 체격은 미국 학생들에 비해 다소 떨어지는 느낌이었으나 싸움은 결코 밀리지 않은 것 같았다. 그녀는 한수가 위험스럽게 싸우는 것을 목격하고도 이상하게 마음이 들썽거렸다.

싸움을 말리고 싶은 생각이 전혀 일지 않았다. 한수는 그간 체육관에 나가 익힌 운동 덕택인지 상대를 완전히 제압하고 있었다.

구경꾼들이 금세 그들을 에워싸 버렸다. 그러나 아무도 그들의 싸움을 말리지 못했다. 아니, 어쩌면 말릴 생각보다 마음으로 응원을 보내고 있었는지도 모를 일이다. 그녀는 언젠가 한번 한수가 이런 일을 저지를 거라는 생각을 해오면서 은근히 기대까지 하고 있었던 것 같다. 번번이 당하기만 하였던 지난날을 생각하면 지금 얼마나 통쾌한 순간인가?

　미국 아이들이 차츰 기력이 빠지는지 헐떡거리고 있었다. 그런데 저쪽에서 호루라기 소리가 들려왔다. 경찰들이 보고를 받고 이쪽으로 출동한 모양이었다. 그녀는 한국 경찰의 출현이 조금 아쉬웠다. 이제 잠시 후면 미국 학생들이 보기 좋게 무릎을 꿇어버리는 광경을 볼 수가 있을 터이었다. 하필, 이때 경찰이 나타날 게 뭐란 말인가?

　미국 학생들이 일제히 에워싼 구경꾼들을 뚫고 달아나기 시작했다. 한국 학생들이 그들의 뒤를 쫓았다. 경찰들의 호루라기 소리가 바람에 나풀거리는 낙엽처럼 허공에 떠다녔다. 구경꾼들에 섞여 걸음을 빨리 했다. 경찰들이 분주히 싸움패의 뒤를 쫓았다.

　미국 학생들이 일제히 차도를 건너며 달아났다. 한국 학생들도 차도를 가로지르며 미국 학생들의 뒤를 쫓았다. 한국 학생들은 사력을 다해 저들과 싸움을 계속할 각오를 다진 모양이었다. 그러나 그런 각오는 곧 무용지물이 되고 말았다. 미국 학생들이 일제히 미군부대 안으로 들어가 버린 때문이었다. 이곳 시에서 미군부대는 적어도 미국인들에게는 성역이었던 것이다.

　한국학생들이 닭 쫓던 개 지붕 쳐다보듯이 멍하니 부대 안을 바라보고 있었다. 그것은 우리 경찰들도 마찬가지였다. 구경하는 사람들의 표정이 납빛처럼 굳어지는 것을 그녀는 허탈한 심정으로 바라보고 있었다. 그런데 바로 그때였다. 그녀는 구경꾼들 틈에 있다가 저도 모르게 놀라 소리 지르고 말았다.

"한수야, 안 된다! 거긴 안 된다!"

한수가 갑자기 엉덩이에 불침 맞은 소같이 이성을 잃고 부대 안으로 들어가는 것이 보였다. 그녀의 화급한 외침에도 불구하고 한수는 벌써 저만치 뛰어 들어가고 있었다. 위병을 서던 미군 병사가 호루라기를 불어대며 황급히 한수를 뒤쫓았다.

한수는 끝내 미군 병사들에게 붙잡히고 말았다. 그러나 미군병사들은 한수를 우리 측에 인도하지 않았다. 양쪽에서 한수의 팔을 붙들고 안쪽으로 모습을 감춰버리고 있었다.

한국 경찰들도 이런 저들의 태도에 아무런 항의를 하지 못했다. 이런 일은 적어도 이 도시에서 번번이 일어나고 있는 것이었다. 해질녘이 되어 그녀는 집으로 돌아왔다. 물론 그 이후 한수의 소식은 아무것도 알아내지 못한 채로였다.

그녀는 소파에 앉아 창유리를 스치며 떨어지는 낙엽을 바라보았다. 모든 게 낙엽처럼 바스락거리며 허물어지는 느낌이었다. 오늘따라 '낸시 구나르드의 초상'이 우울해 보였다.

그녀는 소파에서 일어나 다시 병원으로 향했다. 남편은 이제 완전히 회복한 모습을 하고 있었다. 한수가 어떻게 지내고 있느냐는 남편의 물음에 그녀는 어울리지 않게 쓸쓸한 미소를 지으며 '공부 잘하고 있으니 염려하지 마세요'라고 능청을 떨었다.

내일 오전 열 시 퇴원 허락을 받았다는 얘기를 전해 듣고 밖으로 나왔다. 한나에게 남편을 부탁하고 택시를 잡아탔다. 그녀는 곧장 작업실로 향했다. 뽑혀나간 장승을 생각하면 가슴이 저려왔다.

어떻게 조각했던 작품이었던가? 그녀는 이제 그간 꿈꿔왔던 계획을 실현할 때에 이르렀다고 생각했다. 한수란 녀석은 지금 저기 미군부대에서 어떤 수모를 당하고 있을까를 생각하니 피가 거꾸로 치솟아 오르는 것 같았다.

작업실은 조용했다. 지하실의 미스 임은 보이지 않았다. 나문희 씨는 긴장된 자세로 작업실에 앉았다. 휘발유 냄새가 작업실에 자욱했다. 그녀는 순간 야릇한 충동을 느꼈다. 아니, 충동이 결코 아닐 것이다.

이건 그녀가 언제 적부터 마음속에 계획하고 있었던 일이 아닌가? 미국인에게 그녀가 당한 만큼의 앙갚음을 하는 일, 미국인은 어떤 사내라도 소용없다고 그녀는 생각했다.

그녀는 철물점에서 자물쇠를 하나 사가지고 왔다. 그리고 작업실 의자에 앉아 일종의 뽀얀 환각 상태에서 장승을 바라보고 있었다. 그녀는 벌렁거리는 가슴을 진정시키려고 애쓰면서 미스 임이 돌아오기만을 기린처럼 목을 빼내어 기다리고 있었다.

미스 임은 자정에 이르러서야 돌아왔다. 고약한 미국인 남편과 나란히 돌아왔던 것이다. 일례 행사처럼 그들은 돌아오자마자 소리를 지르며 싸워대기 시작했다. 미국인 중에서도 저놈은 악질분자라는 생각이 들었다.

그녀는 자꾸만 콩닥거리는 가슴을 진정시켰다. 커피를 끓여 마시거나 잔잔한 클래식 음악까지 들으면서 미스 임과 미국인 남편이 잠들기를 기다렸다.

한창 무르익은 싸움이 눅어들더니 다시 하느작이는 신음 소리가 들려왔다. 가만 보면, 저놈은 변태성욕자 같다는 생각도 들었다. 방망이 빨래 두들기듯 두들겨 패다가도 언제 그랬냐는 듯 덜퍽진 방사를 치르고는 했던 것이다.

이제 미스 임의 신음 소리도 멈췄다. 흉포한 남편은 언제나 미스 임보다 일찍 곯아떨어지는 것 같았다. 그녀는 밖으로 나와 한번 주위를 살폈다. 집밖은 고즈넉했다. 멀리 화물차 지나는 소리가 바람소리에 묻어왔다.

그녀는 깊은 숨을 여러 번 쉬고 나서 안으로 들어왔다. 그리고 저쪽 구석에 준비해 둔 석유통을 집어 들고 밖으로 나왔다. 그녀는 조심스레 자물쇠를 꺼내 미스 임의 방으로 통하는 출입문을 잠가버렸다.

지하실로 드나들기 위해서는 반드시 이 문을 거쳐야만 하는 것이었다. 이제 미스 임과 미국인은 꼼짝없이 안에 갇힌 신세가 되어버린 것이었다. 그녀는 석유통의 뚜껑을 열었다. 냄새가 야릇하게 코끝을 자극해 왔다. 뽀얀 환각 상태는 바로 이런 냄새에서 비롯된 것인지도 모를 것이다. 그녀는 연방 숨을 내쉬면서 휘발유를 지하실의 주위에 쏟아 붓기 시작했다.

한통을 적당히 쏟아 붓고 다른 한 통의 석유통에 들어있는 휘발유를 작업실 공간에 골고루 뿌렸다. 불을 붙이지 않아도 야울거리며 타오를 듯한 냄새가 작업실을 온통 삼켜버리고 있었다.

그녀는 천천히 작업실에서 걸어 나왔다. 이제 잠시 후면 엄청난 일이 벌어질 것이지만 그녀는 의외로 담담한 느낌이었다. 마땅히 하여야 할 일을 하고 있다는 생각마저 들었던 것이다.

그녀는 아이들, 이웃들에게 죄스러운 생각이 들기도 하였으나 그것보다는 이상하게 모든 짐을 훌훌 벗어버린 듯한 초연함 속에서 자유로워지는 느낌이 강하게 일어나고 있는 것 같았다. 그녀는 품속에서 천천히 준비한 성냥을 꺼냈다. 그리고 탁 소리가 나게 성냥을 그어댔다. 어둠속에서 바람에 펄럭거리며 성냥불이 타올랐다.

그녀는 주저치 않고 성냥불을 휘발유 뿌린 지하실 주위에 던졌다. 순간적으로 주위가 타오르기 시작했다. 그녀는 조금 당황도 하였으나 침착하려 애쓰면서 작업실로 들어왔다. 그리고 다시 성냥에 불을 붙여 그 끝에 만들어진 불꽃을 작업실 한쪽 구석에 휘-익 던졌다.

주위가 마치 도깨비 화산이라도 만들려는 듯 야울거리며 타오르기 시작했다. 그녀가 작업실을 빠져나왔을 때에는 온통 집 전체가 불의 제전을 벌이고 있는 듯 활활 치솟아 오르기 시작하고 있었다.

그녀는 천천히 대문을 빠져나왔다. 주위에서 잠옷 바람의 사람들이 몰려들기 시작했다. 지하실 쪽에서 야수의 그것 같은 아우성 소리가 들려왔다. 그녀는 문득 온몸에 억눌려 있던 찌꺼기들이 하나도 남김없이 허공으로 빠져나가는 자유로움 속에 빠져들고 있었다.

멀찍이 서서 작업실 집이 불타오르는 광경을 바라보고 있었다. 어둠의 자락이 불의 기운에 몰려 저만치 물러나 있는 게 보였다. 소방차가 요란한 사이렌 소리를 빙글빙글 내뱉으며 이쪽으로 달려들기 시작했다. 그러나 그들의 출동은 이미 아무런 의미도 없을 듯이 집은 활활거리며 타오르고 있었다.

그녀는 여전히 자신의 몸에서 그간 억눌리고 압박받아왔던 좌절과 고뇌의 찌꺼기들이 빠져나가는 환상에 사로잡혀 있었다. 그녀의 몸에서 빠져나간 찌꺼기들은 마치 타오르는 불구덩이 속으로 자취도 없이 빨려 들어버린 느낌이었다.

나문희 씨는 이제 아무런 두려움 없이 불바다를 바라보고 있었다. 그리고 어느 순간 환상처럼 그녀는 자신의 조각품들이 일제히 파박! 파박! 소리를 지르며 타오르는 것을 보았다. 그리고 미스 임과 미국인이 이제 여기 이 땅에서 완전히 사라져버리고 없다는 확신을 얻었다.

그녀는 아직 불의 기운이 자신이 섰는 데까지 뻗쳐오고 있었지만, 이제 그쪽에 등을 보이고 돌아서며 걷기 시작했다. 이상하게도 시야가 확 트인 느낌이었다. 그녀는 무작정 거리를 걸었다. 등 뒤쪽에서 불자동차 소리 등 여전히 요란한 소음들이 들려오고 있었다. 마치 처음으로 완전히 자유로운 몸이 되어 걷고 있는 느낌이었다.

어두운 거리가 환하게 모습을 드러내면서 그녀를 옛 주인처럼 맞이하고 있다는 생각이 들었다. 처음 본 듯한 확 트인 도로가 저 멀리 펼쳐지는 것이 보였다. 그녀는 그 길을 향해 너벗너벗 걸어 오르기 시작했다.

프락치

프락치

　도서관에서 나오는데 학생들이 게시판 앞에 자욱이 모여 있었다. 한총련과 관련된 대자보가 막 나붙었던 것이다. 학생들은 여느 때와는 달리 대자보에 시선을 붙박고 꼼꼼히 읽어 내려가고 있었다. '한총련, 무엇이 문제인가?' 라는 제목으로 대자보는 시작되고 있었다. 영신(채영신)은 한총련 출범식에 다녀온 이후 이런 대자보가 나붙으리란 예상을 하고 있었다.

　출범식의 장려함에 자신도 모르게 감탄을 하였다. 저렇게 많은 이들이 모두 뜻을 같이한 동지들이라는 생각에 가슴 벅차기도 하였지만 무엇인가 본래의 궤도에서 빗나가고 있음을 느꼈기 때문이었다.

　영신은 학생들 틈에 끼어 있었다. 그리고 까만 활자들 사이에 빨갛게 튀어나온 어휘에 특별히 주의를 기울이며 활자를 읽어 내려갔다. 그녀가 한총련에 대해 염려스레 생각해 왔던 것과 같은 내용이었다. 과거 그녀가 소속해 있는 문학 동아리

D.H 문학회에서도 지적했던 바이지만 비민주적 조직 운영은 문제의 핵심으로 손꼽힌다. 그러나 거대한 힘을 지닌 체제에 맞서 투쟁하는 조직들은 완전히 민주주의를 바라는 것은 아니다.

그렇다면 무엇이 문제가 되는가? 바로 대중조직으로서의 과도한 정치성이 문제인 것이다. 그렇다고 한총련이 탈 정치화하는 것을 바라는 것은 아니다. 중요한 문제는 정치성의 강도가 아니라 그 내용이다. 한총련은 경이로울 정도로 어떤 주제이든 조국통일로 연결시키고 있는 것이 그 실정이었다.

영신은 대자보를 읽어 내려가다가 어느 순간엔가 거의 호흡을 멈추고 말았다. 지방 명문대인 K대학 총학생회장의 죽음에 관한 내용이었다. 하기 수련회장에서 원인모를 죽음을 당했다는 것이었다. 대자보는 그 죽음에 관해 윤곽이 뚜렷한 결론을 내리고 있지는 않지만, 한총련에 혐오를 느낀 운동권 학생이 범행했을 가능성을 배제하지 않고 있었다.

대자보를 읽어 내려가던 학생들도 총학생회장의 죽음을 접하는 순간 얼굴들이 딱딱하게 굳어지며 웅성거리기 시작했다. 영신은 잇 빛 노을이 걸린 느티나무 숲을 바라보면서 교정을 걸어 내려왔다. 그녀가 교문을 빠져나오는데 뒤에서 누군가 불렀다. 인문대학 학생회장인 박 선배로 한총련 대의원이었다.

그녀를 바라보는 그의 표정이 어딘지 모르게 우울해 보였다. 그녀는 의도적으로 박 선배로부터 시선을 비꼈다. 박 선배와 마주치고 싶은 기분이 아니었다. D.H 문학회에 이년 남짓 적(籍)을 두면서 그와는 특별한 사이로 지내오고 있었는데 이렇게 몇 개월 사이에 그에 대한 감정이 달라질 수도 있다니 스스로도 좀체 믿기지 않은 일이었다.

"영신아, 얘기 좀 하자."

박 선배가 말했다. 영신은 박 선배임을 확인하고 대꾸 없이 다시 걷기 시작했다. 그에게서 이상하게 배신당한 느낌이 들었다. 박 선배가 그녀의 뒤를 쫓으며 화난 목소리로 말했다.

"너, 왜 이러니?"

영신은 갑자기 걸음을 멈췄다. 그리고 박 선배를 노려보았다. 노을이 짓 붉어 그의 눈 속에 불을 지펴 올리는 느낌이었다. 학생들이 옆구리에 이론서를 끼고 분주히 지나갔다. 교문 저편으로 빵빵거리며 짜증을 부리는 차량들이 보였다.

"간섭하려고 들지 마."

영신은 다시 걷기 시작했다. 박 선배가 긴장된 얼굴로 그녀의 뒤를 쫓았다. 그러면서 마른 입술을 혀끝으로 축이면서 다그치듯 말했다.

"네가 변했구나. 대체 이유가 뭐니? 나를 따돌리는 이유가 대체 뭐냐구?"

그의 목소리가 컸던 탓인지 지나는 사람들이 시선을 보내왔다. 그러나 영신은 그런 시선을 전혀 의식하지 못했다.

"형이 싫어졌어."

횡단보도 앞에서 신호대기를 하며 영신이 말했다. 그녀가
박 선배를 좋아하기 시작한 것은 그의 정열 때문이었다. 그는
정의를 위해서라면 물, 불을 가리지 않고 앞장섰다. 억압받는
개인이나 집단, 그들에게 박 선배는 가장 필요한 존재였다. 그
러나 그들에게 이제 더 이상 박 선배는 필요한 존재가 아니었다.
한총련 열성분자 대의원인 그가 정열을 잃었기 때문이다.
그는 오직 한총련의 노선에만 목을 매는 것 같았다. 영신은
그가 열정을 잃어버린 것처럼 보였다. 억압받는 개인과 집단,
그들에게 당장 필요한 것은 통일이 아니라 권력에 맞선 투쟁
이었던 것이다.

"왜지?"

그녀의 말이 믿기지 않다는 투로 박 선배가 물었다. 그의 얼
굴이 예전에 비해 초췌해 보였다.

"형은 변했어."

"내가?"

신호등이 바뀌자 사람들이 빠르게 횡단보도를 건넜다. 영신
은 횡단보도를 지나 약속장소인 카페 골목으로 꺾어들었다.
해질녘이라선지 사람들이 그림자를 길게 끌면서 술집들로 찾
아드는 모습이 보였다.

"형뿐 만은 아니겠지. 모두 제 모습들이 아니니까. 이번 한
총련은 어용집단이라는 말까지 나오고 있던데……."

"그게 내가 싫어졌다는 이유니?"

박 선배가 바싹 혀가 타드는 소리로 물었다. 영신은 부여잡는 그의 손을 뿌리치며 빠르게 걸었다. 박 선배가 가방을 바꿔 들면서 그녀를 뒤쫓았다.

"그것만은 아냐. 형은 갈수록 비밀이 많은 사람 같애."

"그렇게 보였으면 미안하다. 한총련 문제는 나도 이해하기 어려운 부분이 많아. 너에게 내 입장을 얘기하고 싶었는데……."

박 선배가 변명조로 말하는 것을 영신이 잘라 말했다.

"변명은 듣고 싶지 않아. 형은 한총련 간부야. 이해하기 어렵다는 게 말이나 돼?"

"그래. 너한테 할 말이 없다. 나만이라도 항일 했어야 했는데 말이야."

"대자보는 본 거야?"

영신이 우뚝 걸음을 멈추면서 물었다. 골목 저만치 아침이슬 카페가 보였다. D.H 문학회에서 졸업한 강 선배를 초청하는 약속장소였다.

강 선배는 대학을 졸업하고도 취업을 하지 못한 상태였다. 억압받는 민중을 위해 그만큼 투혼을 불살랐던 사람은 없었을 것이다. 그러나 세상은 그를 외면했다. 그가 두 번씩이나 면접에서 탈락된 것은 무엇을 의미하는 것일까?

이번에 강 선배를 초청한 까닭은 그를 위로하는 차원을 넘어선 것이었다. 억압받는 민중을 위한 투혼의 정신을 되새기려는 의도가 배어 있는 것이었다.

"그래. 나도 대자보 보았어. 어떻게 그런 일이 일어날 수가 있지? 학문을 탐구하는 학생들 사이에 말이야."

박 선배는 K대학 총학생회장의 죽음이 믿기지 않는다는 태도였다. 그것은 누구나 당연한 감정일 것이다. 그러나 영신은 그게 결코 터무니없는 결과라고 생각지는 않는다. 한총련과 관련해 볼 때 그런 사건은 충분히 일어날 가능성이 있었다.

"죽음은 유감이지만, 나는 반드시 그만한 원인이 있었을 거라고 생각해. 그건 한총련 간부 측에서 더욱 잘 알고 있을 텐데 뭘."

그렇게 말하고서 영신은 아침이슬을 향해 다시 걸었다. 화사하게 차려입은 여학생들이 저쪽에서 히죽거리며 걸어오고 있었다. 저 여학생들에 비해 자신의 차림이 너무나 초라해 보였다.

색 바랜 청바지에 반팔 티셔츠, 그리고 고동색 운동화, 영신은 자신도 구두를 신으면 저 여학생들처럼 커 보일 거라고 생각했다. 그러나 아직 한 번도 구두를 신어보지 못한 터였다.

옷을 뽐내어 차려입은 경우는 더욱 없었다. 영신은 자신의 뒷바라지를 하느라 언제나 헐렁한 차림으로 공장과 집을 오가는 두 살 터울진 언니를 생각했다. 그리고 새벽에 나가 저녁 늦게까지 지친 몸을 가누고 돌아오시는 아버지를 생각했다. 여학생들의 사치를 부러워해서는 안 된다고 몇 번이고 속으로 되 뇌이고는 하였다.

"너를 실망시켜서 미안하다. 하지만 나는 네가 생각하고 있는 것처럼 변하지는 않았어. 이건 진심이야. 나도 한총련이 지금 뭔가 잘못되어 가고 있다는 걸 알아. 그렇지만 내 힘으로 어쩔 수가 없어. 무언지는 모르지만 어떤 커다란 힘이 우릴 걷잡을 수 없이 이끌고 가는 느낌이야."

박 선배가 뒤따라오면서 흥분된 태도로 말했다. 영신은 아침이슬 앞에서 걸음을 멈추었다. 어둠이 골목의 전신주를 타고 내리기 시작했다.

"형은 그게 뭐라고 생각해?"

"나도 그걸 모르겠어."

박 선배가 힘없이 대답했다.

"정말 뭐가 뭔지 알 수가 없네."

"영신아, 그 문젠 좀 더 시간을 두고 생각해 보자. 너희들, 여기서 강 선배 만나기로 되어 있지?"

그가 시무룩한 표정으로 물었다.

D.H 문학회에서 박 선배에게 고의적으로 이 사실을 알리지 않은 모양이었다. 동아리 회원들도 한총련의 빗나간 실상을 알아차린 이후로는 박 선배를 경원시했다. 동아리의 김 선배는 특히 그 정도가 심했다. 영신은 대답 없이 고개를 끄덕여주었다. 그러고는 아침이슬 문을 열고 들어갔다. 박 선배가 조금 머쓱한 태도로 그녀를 따랐다.

동아리 회원들이 탁자를 맞붙이고 비잉 둘러앉아 있었다. 까닭모를 초조함이 그들의 눈빛과 표정에서 드러났다. 강 선배의 모습은 아직 보이지 않았다. 그들은 뭔가 중대한 얘기를 하고 있었던 듯하다. 영신이 문을 열고 들어서자 '늦었구나' 하고 말하면서 김 선배가 박 선배를 흘겼다.

영신은 안쪽으로 자리를 잡고 앉았다. 박 선배가 여전히 머쓱한 태도로 그녀 곁에 앉으며 담배를 피워 물었다. 강 선배는 사정이 생겨 나오지 못하게 되었다고 했다.

철거지역 주민들을 선동하여 데모를 하였다는 사실은 알고 있었는데, 그 일로 경찰의 추적을 받고 있다는 사실은 너무도 뜻밖이었다. 강 선배가 교정을 떠나서도 결코 민중을 버리지 않았다는 생각에 그녀는 순간 눈언저리가 시큰거릴 정도였다.

그들은 대자보에 관한 얘기를 나누었다. 그리고 한총련과는 독립된 상태에서 그들만의 투쟁을 하기로 결의했다. 박 선배는 시종 회원들의 눈총을 받으면서 고개를 떨구고 있었다.

"박은수 형제, 여기 있지만 할 얘긴 하겠습니다. 더 이상 한총련이 우리의 입장을 들어주지 않는다는 결론을 내렸습니다. 우리가 생각하는 민중은 한총련에겐 쌀 톨 하나분의 의미도 없는 것 같습니다. 시종일관 통일에만 얽매이는 단체가 민중에게 무슨 의미를 갖겠습니까?

통일이라는 명분을 내세워 그들은 본연의 의무를 회피하고 있는 것입니다. 생존권을 위한 노동자와 철거민들은 조국통일과 세계화라는 논리 앞에 우리 한총련에게 조차 외면을 당하고 있는 것입니다. 이런 의미에서 한총련은 문민정부에 놀아난 어용단체 임이 분명합니다."

김 선배의 말에 아무도 이의를 표하지 않았다. 박 선배도 묵묵한 표정으로 술잔만 거듭 비워내고 있었다. 영신은 김 선배의 말이 하나도 그르지 않다고 생각했다. 지금도 우리 주변에는 권력으로부터 억압받는 수많은 민중들이 있다.

수 천 명의 해고 노동자, 철거주민들과 노점상, 물가고통과 세금 포탈, 더욱이 환경오염에 시달리며 기약 없는 미래를 살고 있는 도시민들, 정부는 이들을 위하여 과연 어떠한 고민을 하고 있는가? 저들이 추구하는 세계화의 논리 속에 민중들의 미래는 존재하지 않는 것이다.

지자체 선거 때에 저들은 어떠했는가? 오직 자신들의 지분을 확보하기 위해 치졸한 이전투구를 벌였던 업적(?)뿐이다. 이것이 저들이 말하는 세계화이다. 한총련 제3기 대의원대회에 제출된 중앙상임위원회 총 노선 안에서 WTO체제의 출범 이후 자본주의 질서재편을 민족과 반민족으로 규정했다.

이것은 이들이 정부의 어용단체라는 사실을 간접적으로 시사해주고 있는 것이다. 이런 점에 비춰볼 때 한총련이 학생들로부터 빈축을 사며 외면을 당하는 것은 당연한 결과라 하겠다.

"우리는 고통받는 민중을 보고만 있을 수 없습니다. 이제 우리는 거리로 나가야 합니다. 우리 동아리만이라도 그들의 대열에 함께 참여해야 합니다. 이건 결코 남의 일이 아닙니다. 바로 우리 이웃들의 일이 아닙니까?"

선배 하나가 열변을 토하듯이 말했다. 모두 앉은 채로 탄성을 지르며 박수를 보냈다. 영신도 선배의 열변에 감동하며 갈채를 아끼지 않았다.

아침이슬이라는 작은 공간에서 어쩌면 학생운동의 변혁이 일어날지도 모른다는 당찬 생각이 들었다. 분위기가 그만큼 뜨겁게 달아올라 있었던 것이다. 박 선배는 담배를 피우며 술잔을 기울이고 있었다. 영신은 곁눈질로 박 선배의 표정을 읽어 내리고 있었다. 그는 여전히 묵묵한 표정을 하고 있었다. 회원들이 연신 박 선배에게 따가운 눈총들을 보냈다. 영신은 그가 뭔가 변명이라도 한마디 하여주기를 바랐지만 그는 고집스레 침묵을 지키고 있을 따름이었다.

그들은 구체적인 행동계획을 세웠다. 먼저 동아리를 두 패로 나눴다. 그리고 현재 철거주민들이 투쟁하고 있는 B동 3구역과 S동 7구역을 일차 투쟁 장소로 선정했다. 그런 다음 상황을 봐서 민주노조의 원년을 이루어야 한다고 너나없이 입들을 모았다. 일차 투쟁의 시기와 방법 등을 의논한 다음 칵테일 하나씩을 비우는 걸로 철저한 비밀유지를 약속했다.

그런데 침묵으로 일관하고 있던 박 선배가 불쑥 자리에서 일어섰다. 모두의 시선이 그에게로 모아졌다. 영신은 마시던 술잔을 거의 떨리는 손으로 탁자 위에 내려놓고 그를 응시했다. 그의 입에서 어떤 얘기가 터져 나올지 궁금하기 그지없었다.

솔직히 영신은 그들의 비밀스런 계획을 박 선배에게 노출시켰다는 점이 자못 마음에 걸렸다. 그가 어용 단체의 간부라는 사실은 다른 회원들에게도 같은 불안감을 갖게 했을 것이었다.

"여러분의 의견에 동의합니다. 그리고 이 자리서 분명히 약속하겠습니다. 저는 한총련 대의원직을 버리겠습니다. 내일 당장 인문대 학생회 측에 사표를 제출하겠습니다. 그동안 한총련 간부로서 매우 고민해왔습니다. 여러분도 아시는 바와 마찬가지로 뭔가 잘못 가고 있다는 것을 감지했던 때문이죠. 제가 하루라도 빨리 대의원직을 버리지 못했던 게 후회스럽습니다. 여러분, 이건 진심입니다. 저도 여러분 못잖게 민중들을 사랑하는 열정이 식지 않았습니다. 이제 여러분과 함께 거리로 나서겠습니다."

박 선배의 진심어린 토로에 동아리 회원들은 그다지 감동하지 않다가 영신이 탄성을 지르며 환호하였다. 여기저기 웅성거림과 함께 박수가 쏟아져 나왔다. 영신은 박 선배의 이런 결단이 마음에 들었다. 어쩌면 진작부터 그가 이런 식으로 나와주기를 바랐던 지도 모른다. 그가 이런 결단을 보여주지 않으면 정말 그와의 관계를 정리할 생각도 있었다.

그러나 박 선배를 험구하기 좋아하는 김 선배의 표정은 다른 회원들의 그것과 달랐다. 김 선배의 눈빛은 분노와 증오를

듬뿍 담은 눈빛이었다. 박 선배의 진실을 믿을 수 없다는 눈빛이 아니었다. 그것은 순간 박 선배가 자기 개인에게 해로운 존재라고 여기는 눈빛이었던 것이다. 영신은 그 까닭을 어렵지 않게 알 수 있을 것 같았다.

영신이 처음 동아리에 발을 들여놓았을 때부터 두 사람은 보이지 않는 싸움을 하기 시작했다. 영신에게 환심을 사기 위해서였다. 그러나 박 선배가 결국 영신을 사로잡았다. 김 선배는 어딘지 모르게 음흉한 느낌을 풍겼던 것이다.

그녀가 박 선배에게 빠져든 데는 무엇보다 그가 농촌 출신으로 자취를 하고 있기 때문이었다. 그의 생활이 어렵다는 사실은 영신에게 까닭모를 동지애를 느끼게 했던 것이다.

반면에 김 선배는 은근히 영신에게 집안을 과시했다. 그것이 영신을 사로잡을 수 있다고 김 선배는 생각했는지 모른다. 김 선배의 민중에 대한 강한 열정에도 불구하고 영신은 박 선배에게 자연스레 빠져들게 되었다. 그러나 영신이 박 선배의 사소한 가정 내력까지는 알지 못했다.

그도 그런 부분에 대해 말하기를 꺼려했다. 농촌 출신이며 생활이 어려워 자취를 한다는 얘기를 그로부터 들었을 뿐이었다. 그리고 딱 한번 금호동 그의 자취방에 갔던 적이 있었다.

투쟁 장소와 날짜를 다시 한 번 확인하고 모두 아침이슬에서 나왔다. 영신은 박 선배와 화해하는 의미에서 둘만의 애프터를 신청하려 하였다. 그러나 동아리에서 이탈에 실패한 후 그들과 이차, 삼차를 함께 했다.

노래방에서 깡통 맥주를 마시며 떠들어대고 나니 화끈거리는 기운이 조금 가셨다. 영신은 박 선배에게 자꾸만 눈길을 주었다. 박 선배도 그녀의 눈길을 받으며 남이 눈치 채지 못하게 웃었다.

영신은 얼마동안 박 선배를 따돌렸던 자신이 후회가 되었다. 한총련 간부직을 사퇴한다는 것은 인문대 학생회장직을 사퇴한다는 얘기였다. 그것은 결코 쉬이 결정할 성질이 아니었다. 학생회장이 되기 위해 얼마나 피나는 노력을 해야 하는가 말이다. 그럼에도 불구하고 박 선배는 단호히 자신의 결정을 밝혔던 것이다.

박 선배의 그런 행동에는 자신을 포기하지 않겠다는 의미가 깃들어 있으리라고 영신은 생각했다. 박 선배가 고마웠다. 그를 위해 무엇이든 되어야 한다는 생각이 문득 들었다.

영신은 훗훗한 느낌에 잠시 밖으로 나왔다. 호실에서 들려오는 노랫소리에 귀가 얼얼할 정도였다. 유리벽 너머로 마이크를 힘껏 부여잡고 열정적으로 노래를 하는 젊은이들의 모습이 보였다. 무엇이 저들로 하여금 이렇게 소리를 지르게 하는가? 생각하고 있는데 누군가 뒤에서 어깨를 툭 쳤다. 돌아보니 뜻밖에도 김 선배였다.

"잠깐 얘기 좀 할까?"

김 선배가 한 손에 캔 맥주를 들고서 말했다. 영신은 특별히 거절할 이유가 없어 그를 빤히 올려다보는 걸로 승낙을 대신했다. 그녀는 그를 따라 밖의 계단으로 나왔다.

"네가 알아야 될 사실이 있다."

"그게 뭐야, 형?"

"은수 문제야."

"박 선배?"

영신의 신경이 곤두섰다. 김 선배의 태도가 너무 진지했기 때문이다. 그가 마치 박 선배에 대해 엄청난 비밀을 말하려는 듯 한 태도였다.

"그래, 너는 은수가 정말 농촌 출신이라고 생각하니?"

"그게 무슨 말이야, 형?"

영신은 아직 남아 있는 술기운이 확 달아난 느낌이었다. 박 선배가 농촌 출신임을 모르는 사람은 동아리에 없을 것이다. 그런데 김 선배는 대체 무슨 말을 하고 있는 것인가?

"은수는 우리 모두를 속였어."

"서, 설마……."

영신은 김 선배의 말이 믿기지 않았다. 그가 오히려 자신을 속이고 있는지도 모른다고 생각했다. 박 선배는 엄연히 자취를 하고 있지 않은가.

"학적부에서 확인까지 했어. 주소가 방배동으로 되어 있더라."

"그게 정말이야, 형?"

"너한테 이런 얘길 해서 미안하다. 네가 알아야 한다고 생

프락치　243

각했어. 너는 은수와 보통 사이가 아니니까."

김 선배가 맥주를 완전히 비우고 우지끈 깡통을 짓눌렀다. 영신은 아무리 생각해도 박 선배가 자신을 속였다는 게 믿어지지 않았다.

농촌 출신이라고 자신을 속일 특별한 이유가 뭐가 있다는 말인가? 농촌 출신이 아니라 해서 특별히 불리한 경우가 있을까? 그러나 그것은 말도 되지 않는다. 출신 신분에 따라 동료들과 격의 없이 어울리기 어려운 점은 있겠지만 출신 지역이 문제될 리는 없는 것이었다.

"굳이 그럴 필요까지 있었을까, 형?"

"나도 모르겠어. 아무튼 비밀이 많은 애니까 조심하는 게 나을 거야. 그럼, 먼저 들어간다."

김 선배가 안으로 들어가고도 영신은 계단에 오래 앉아 있었다. 김 선배의 얘기가 거짓이라는 생각은 들지 않았다. 그의 태도가 시종일관 너무 진지했기 때문이다.

그러나 무엇보다 알 수 없는 것은 박 선배였다. 그가 무엇 때문에 그런 거짓말을 하였을까? 방배동에 주소를 두고 있으면서 굳이 금호동에서 자취를 하는 이유는 뭘까? 영신은 도무지 이해가 되지 않았다.

한때의 젊은이들이 빠져나가는 것을 보고서야 영신은 안으로 들어왔다. 박 선배가 마이크를 잡고 있었다. 영신은 문득 그가 두 얼굴을 지닌 사람처럼 여겨졌다. 영신은 되도록 그와 시선을 마주치지 않으려고 애썼다. 자신뿐만 아니라 동아리 모두를 속였다는 생각을 하니 역겹다는 생각이 들었다.

김 선배가 마이크를 그녀 앞에 들이밀어서 억지로 노래 하나를 불렀다. 시간 표시판이 제로가 되었을 때는 이미 자정이 넘어 있었다. 그들은 마지막으로 앞에 놓인 캔 맥주를 비우고 밖으로 나왔다. 많은 젊은이들이 아직도 거리를 서성이고 있는 게 보였다.

영신은 박 선배로부터 무슨 말이든 듣고 싶었다. 김 선배가 정류소까지 배웅하는 바람에 집으로 돌아올 수밖에 없었다. 언덕길에서 잠시 집 쪽을 바라보았다. 그리운 가족들이 지친 몸을 눕히고 거기 있을 터이었다.

영분 언니는 아직 잠을 이루지 못하고 있는지 그녀와 같이 쓰는 작은방 창문 사이로 불빛이 새어나오고 있었다. 영신은 저기 저 작은 집에서도 오래 살지 못하리라고 생각했다. 겨울이 오기 전에 철거가 된다는 소문이 나 돈지 오래였다. 그녀는 문득 철거 주민들이 생각났다.

집을 잃은 많은 사람들은 지금 어디에서 눈을 붙이고 있을까? 그리고 노동자들 업보처럼 혹을 등에 짊어지고 새벽 어스름을 걸을 그들은 지금 편안하게 잠들어 있을까? 그렇게 생각하니 까닭모를 눈물이 흘러내렸다. 영신은 그들을 위해 무엇을 해야 할까 생각하며 언덕길을 자박자박 걸어 오르기 시작했다.

영신은 버스에서 내려 반달음질 걸음으로 B동 3구역으로 향했다. 투쟁 행동 개시 시간이 이미 지나 있었다. 철거 주민들과는 며칠 전부터 은밀히 공동투쟁방법 등을 논의했다. 3구역에서 피켓을 들고 K구청사까지 거리시위 하기로 되어 있었다. 시위의 원칙은 비폭력으로 단단히 못을 박았으나 낌새를 눈치 챘다.

전경들이 포진하여 최류탄을 쏘는 경우에는 폭력도 불사한다는 다짐을 했다. 그러나 어디까지 시민들의 눈 밖에 나면 안 되므로 과격한 시위는 삼갔다. 떡(=돌멩이)을 던져 우리들의 완강한 의지를 보여주자는 선에서 그쳤다. 그리고 피켓은 철거주민들을 대변한 내용으로 하되 공권력의 저지를 받는 경우 반파쇼 등의 정치성을 띤 구호를 외치기로 하였다.

그런데 참으로 어이없는 일이었다. 영신이 3구역에 도착했을 때에는 이미 출발점에서 한 발짝도 앞으로 전진할 수 없는 입장에 처해 있었다. 이백여 명의 철거주민들과 학생들을 전경들이 완전히 에워싸고 있었던 것이다. 짭새(=경찰)들은 정말 정보 하나는 기막히게 입수하는 모양이었다.

영신은 시위대에 합류하려 하였으나 전경들에 의해 저지당하고 말았다. 전경들은 그녀에게 매우 곱잖은 시선들을 던지면서 진압봉으로 가슴을 치듯이 밀쳐냈던 것이다.

시위대는 처음에는 '생존권을 보장하라!', '세계화를 철거하라!' 등의 구호를 외치다가 전경들이 차츰 거리를 좁혀들면서 억압해 들어오자 '반파쇼 물러가라!', '문민 정부 살인 정부!' 등의 다소 과격한 구호를 외치기 시작했다.

영신은 전경들과 어느 정도 거리를 유지하며 같이 구호를 외쳤다. 두어 시간 남짓 아무런 진전도 없는 대치 상황이 계속되었다. 더운 열기가 시위대와 진압대의 머리 위에서 끈적이며 굼실거리고 있었다.

시위대의 열기가 좀 더 격렬해지는 느낌이었다. 고함 소리가 높고 다급해졌다. 전경 하나를 꼬집어 비아냥거리는 욕설이 들려왔다. 전경들도 시위대와 더욱 거리를 좁혀들었다. 그리고 어느 순간 이제 더 이상 지켜보고만 있을 수 없다고 판단했던 모양이다. 대치된 쪽이 잠시 소란스러워졌다.

물결이 움직이는 것처럼 진압대가 움직거렸다. '꽝!' 하는 소리가 연이어 들려왔다. 그리고 영신이 있는 데까지 날아오기 시작하자 미리 준비했던 손수건으로 코와 입을 틀어막고 아래쪽으로 뛰었다. 이런 어지러운 상황에 노출되어 있으면 언제 진압대의 공격을 받게 될지 모르는 일이었다.

영신은 어느 골목 언저리에서 숨을 몰아쉬고 있었다. 위쪽에서는 여전히 최루탄 터지는 소리가 들려왔고 그녀가 있는 데로 시위대의 일부가 도망쳐 나오는 게 보였다. 거기에는 박 선배도 끼어 있었다.

"형, 괜찮아?"

영신이 박 선배에게 물었다. 박 선배의 얼굴이 벌겋게 달아

올라 있었다. 아래쪽으로 도망쳐온 철거 주민들의 얼굴도 마찬가지였다. 그들의 얼굴에는 배신과 분노의 기운마저 자오록했다.

"그래, 괜찮아. 네가 안보여서 불참한줄 알았어."

영신은 박 선배를 바라보며 이가 드러나지 않게 웃었다. 철거 주민들은 거리의 아무데나 휴지처럼 쭈그리고 앉아 눈가를 훔치고 있었다. 영신은 자신도 모르게 눈이 시큰거려 눈물이 흘러내렸다.

상황은 모두 끝이 났다. 시위대에 가담한 그들 일행은 학교로 돌아왔다. 다행히 연행된 사람은 없었다. S동 7구역의 투쟁조도 이미 학교로 돌아와 있었다. 짭새들이 눈치를 채버렸던 것이다. 영신은 교정 뒤뜰에서 박 선배를 잠깐 만났다. 그가 무엇 때문에 동아리 회원들을 속였는지 궁금했다.

"형, 농촌 출신이라고 우릴 속였지?"

박 선배가 그녀를 빤히 올려다보았다. 영신은 그의 태도로 보아 김 선배의 얘기가 사실이었구나 생각했다. 순간 배신감이 일었다.

"나까지 속여야 했던 이유가 뭐야?"

"미안하다."

박 선배가 시무룩히 말했다.

"그게 말이나 돼? 형은 정말 비밀이 많은 사람이야."

"사정이 있었어. 너한테만은 얘길 했어야 하는 건데. 하지만 별다른 의미는 없었으니까 이해하기 바란다."

"아무튼 형한테 실망했어. 형이 솔직하지 못하고 비밀이 많은 사람이었다면 형을 좋아하지 않았을 거야. 한때나마 형한테 마음을 두었던 내가 부끄러워 미치겠어. 한총련 문제에 이번엔 그런 거짓말까지, 솔직히 악몽 속에서 허우적이고 있는 느낌이라구."

"미안하다."

"농촌출신이라고 속인 이유가 대체 뭐야? 방배동이 집이라면서 자취는 왜 하고 있어?"

"너는 설명해도 이해하지 못할 거야. 나중에 알게 되겠지. 그런데 하나만 물어보자."

영신은 느티나무 둥치를 까닭 없이 운동화로 다근다근 밟으면서 그를 올려다보았다. 박 선배의 얼굴에 문득 비굴한 기운이 서려있는 것 같았다.

"너가 방배동 산다는 얘기 누구한테 들었니?"

"그걸 꼭 말해야 돼?"

"중요한 문제야."

박 선배의 표정이 진지해 보였다. 영신은 그의 태도가 이해되지 않았다. 그런 사실을 누가 말했느냐가 뭐가 중요하다는 말인가?

"김 선배한테 들었어."

"석우 이 자식. 이제야 뭔가 알 것 같군."

프락치   249

박 선배가 혼잣말처럼 중얼거렸다. 영신은 대체 박 선배가 무슨 말을 하는 건지 혼란스럽기만 하였다. 박 선배의 얼굴 근육이 팽팽히 긴장되고 있었다. 영신은 자신도 모르게 숨이 가빠졌다.

"무슨 소리야, 형?"

"너는 알 거 없어. 그리고 영신이 너, 석우 조심해."

"그건 또 무슨 소리야?"

"글쎄, 내 얘기 들어. 그럼, 나 먼저 간다. 바쁜 일이 있어. 아침이슬에 나는 참석하지 않을 거야. 김 선배가 어떤 얘길 하든 곧이들으면 안 된다."

박 선배는 말을 마치자마자 쏜살같이 달려 내려가기 시작했다. 영신은 의아한 모습으로 멀어지는 그의 뒷모습만 망연히 바라보다가 천천히 도서관 쪽으로 향했다. 김 선배를 조심하라는 말은 대체 무슨 뜻인가? 김 선배가 유난히 그녀에게 접근하고 있는 것은 사실이었다. 그의 말을 곧이들어서는 안 된다니…… 그녀는 머리가 어지러워 미칠 지경이었다.

박 선배의 태도로 보아 김 선배에게 오히려 뜻 모를 비밀이 있는 느낌이었다. 도서관은 빈자리가 없을 정도로 만원이었다. 영신은 책을 펼쳐들었으나 좀체 내용이 머리에 들어오지 않았다. 김 선배를 조심하라는 박 선배의 말이 자꾸만 귓가에 맴돌고 있을 뿐이었다.

아침이슬에는 동아리 회원들이 심각한 표정들로 앉아 있었다. 생각대로 박 선배의 모습은 보이지 않았다. 그들은 뭔가 진지한 얘기를 나누고 있었다. 주인의 양해를 구했는지 다른 손님들은 아무도 보이지 않았다. 영신은 한쪽 구석에 자리를 잡아 앉으며 김 선배를 쳐다보았다. 김 선배는 회원들을 향해 오늘 무산된 투쟁에 대해 얘기하고 있었다. 영신은 박 선배의 말을 떠올리며 김 선배의 얘기를 놓치지 않으려고 애썼다.

"여러분, 작년부터 우리의 계획은 여러 차례 실패로 돌아갔습니다. 오늘 일을 한번 생각해 보십시오. 철저하게 비밀을 유지했는데도 짭새들은 정보를 입수하고 일찍부터 투쟁 장소를 점거했습니다.

가만히 생각해 보시면 이런 일이 무엇 때문에 일어났는지 짐작이 될 것입니다. 우리 중 누군가 정보를 빼돌리는 프락치 노릇을 하고 있는 것입니다."

회원들이 웅성거렸다. 그들은 모두 '나는 아니야' 하는 표정들로 서로를 쳐다보았다. 김 선배의 입에서 프락치라는 말이 튀어 나오면서 회원들의 표정은 일순 굳어지고 있었다. 영신은 문득 박 선배를 떠올렸다. 김 선배가 그를 프락치로 여기고 있는지 모른다고 생각했다. 프락치라는 말을 떠올리니 영신의 생각이 다시 혼란스러워졌다.

박 선배의 말을 어디까지 믿어야 할지가 아득했기 때문이다. 김 선배의 말을 곧이들어서는 안 된다는 박 선배의 말을 믿어야 할지, 아니면 김 선배의 말을 믿어야 할지가 난감했던 것이다.

"대체 우리 중에 누가 프락치라는 겁니까?"

"말도 안 됩니다. 어떻게 우리 동아리에서 그런 일이 있을 수 있다는 말입니까?"

여기저기서 김 선배의 말에 부정하는 말들이 쏟아져 나왔다. 말도 안 된다는 얘기였다. 영신의 생각에도 그랬다. 프락치가 있다고 말하는 것은 섣부른 판단임에 틀림없는 일이었다. 짭새들이 번번이 정보를 입수했다는 말에 동아리 중 프락치 행세하는 자가 있다고 판단하는 것은 매우 비약적이라는 생각이 들었다. 그런데 김 선배의 주장은 매우 자신만만했다. 영신은 오히려 섣부른 결론을 사실화하는 김 선배가 수상쩍게 생각되었다.

"여러분, 적은 언제나 내부에 있다는 말을 잊었습니까?"

김 선배가 좌중을 훑어보며 말했다.

"그럼, 누가 프락치라는 말이죠, 선배님?"

"여러분께 한 가지 놀라운 사실을 말씀드리겠습니다."

김 선배의 말에 실내가 다시 냉랭해졌다. 담배를 피워 무는 회원들이 늘어나고 있었다. 영신은 김 선배가 대체 무슨 말을 할 것인지 바짝 긴장된 얼굴로 그를 올려다보았다. 그의 입에서 어딘지 모르게 박 선배에 관한 얘기가 터져 나올 것만 같았다.

"저는 박은수 형제를 오랜 동안 지켜보았습니다. 그리고 새로운 사실을 발견해냈습니다. 은수 형제는 우리 모두를 속여 왔습니다. 그는 농촌 출신이 아니었습니다."

아니나 다를까 여기저기서 웅성거리는 소리가 흘러나왔다. 박 선배를 빈틈없이 믿었던 이들은 자탄하는 소리까지 쏟아냈다. 영신은 그들의 심정을 이해할 수 있었다. 그녀도 사실을 알았을 때 그 당돌함에 아연하고 말았던 것을 떠올렸다.

"그리고 이것은 대단히 결정적인 부분입니다. 저는 은수 형제가 모 경찰서에 출입하고 있었다는 사실을 알아냈습니다."

박 선배가 경찰서에 출입했다는 말에 회원들은 믿을 수가 없다는 표정들을 하며 분개한 태도들이었다. 이제 김 선배의 의견에 조금이라도 부정을 하려 드는 이는 없었다.

영신의 생각에도 이제 더 이상 박 선배를 믿을 수가 없을 것 같았다. 그녀에게 박 선배가 미리 언질을 주었던 것은 이런 사태를 예지하고 있었던 때문인 듯 했다. 그런 사실이 박 선배를 더욱 뻔뻔스런 사람으로 여기게 만들었다. 한총련은 정말 어용단체였는지도 모른다는 생각마저 들었다. 운동권 학생이 감히 경찰서에 출입한다는 것은 상상하기 어려운 대목이었다.

영신은 아침이슬에서 나와 정처 없이 거리를 거닐었다. 동아리 회원들은 다시 술집에 찾아드는 모양이었으나 영신은 함께 어울리고픈 기분이 아니었다. 박 선배가 주는 충격 때문이었다.

이제 그를 더는 믿을 수가 없었다. 그가 프락치였다고 생각하니 자신도 모르게 부르르 떨려왔다. 김 선배가 자리를 같이 하자고 제의해 왔으나 영신은 혼자 있고 싶었다. 그간 박 선배와의 관계를 조용히 정리하고 싶은 심정뿐이었다.

솔직히 프락치였다고 고백하는 투로 나와도 이해하기 어려운 판국에 김 선배의 말을 절대 곧이들어서는 안 된다며 주의까지 주다니 정말 뻔뻔스러운 사람이었다. 그가 몇 번인가 자신의 몸을 요구했던 것을 생각하니 그의 본 모습이 어느 정도 이해가 되었다.

금호동 허술한 지역에 있는 그의 자취방에서 몸을 요구해오는 그로부터 끝내 도망쳐 나왔던 사실이 생각났다. 그때의 문제로 영신은 얼마나 괴로워하며 지내왔던가.

그가 프락치라는 김 선배의 말은 이제 한 치의 의심할 여지도 없는 것 같았다. 그러나 오늘 김 선배에게 욕 찌끼를 던지면서 화급한 동작으로 교정을 뛰어 내려갔던 태도를 곰곰이 생각해 보니 어딘지 모르게 진지함이 배어있기도 했다.

영신은 김 선배의 말을 맹목적으로 받아들여서도 안 되리란 생각이 들었다. 그리고 박 선배한테 수상쩍은 부분이 있다는 것은 사실로 받아들여졌다.

영신은 박 선배와의 사이에 쌓아왔던 정분을 이렇게 단박에 잘라버릴 수는 없다고 생각했다. 스스로 그의 뒤를 한 번 밟아 보고 난 후 그를 판단해도 늦지는 않을 것 같았다. 그리고 김 선배와도 어느 정도 격의를 두어야겠다고 마음을 다잡았다.

영신은 며칠째 박 선배를 미행하고 있었다. 그러나 프락치로 의심할 만한 뚜렷한 행동은 찾아볼 수가 없었다. 그러던 어느 날, 영신은 박 선배가 경찰서 부근의 어느 다방에 들어가는 것이 못내 가슴 아팠지만 마음을 굳게 먹고 부근에서 동태를 살폈다. 자신을 드러낼 수가 없어 후미진 데서 그가 나오는 것을 기다렸다.

도대체 그가 누구와 나올까? 아니면 안에서 접선을 마치고 혼자서 나오는 게 아닐까? 별의별 생각이 다 들었다. 영신은 건너편 으슥한 데에 몸을 숨기고 다방 입구를 넌지시 살피고 있었다. 그런데 어느 순간인가 박 선배가 낯선 오십 줄의 사내와 나란히 걸어 나오는 것이 보였다.

영신은 자신도 모르게 부르르 몸을 떨었다. 사내와 밖으로 나온 박 선배는 매우 어두운 표정을 하고 있었다. 그들은 경찰서 쪽으로 쭈욱 걸어 오르고 있었다.

영신은 두근거리는 가슴으로 그들의 뒤를 따랐다. 그들은 경찰서 앞에서 멈춰 섰다. 영신은 얼른 건물 담벼락으로 몸을 숨겼다. 그리고 그쪽을 바라보았다. 그녀는 숨을 죽였다.

오십 줄의 낯선 사내가 앞쪽 양복주머니에서 뭔가 꺼내어 박 선배에게 건네는 것이 아닌가? 영신은 순간적으로 박 선배가 받은 것이 돈이라는 생각이 들었다. 정말 프락치로구나. 영신은 혀끝으로 입술을 쓸어내렸다.

박 선배는 사내와 헤어져 택시 승강장 쪽으로 걷고 있었다.

그런데 참으로 놀랄 일은 박 선배와 헤어진 오십 줄의 사내가 경찰서 안으로 들어가고 있는 것이었다. 경찰서 정문 위병이 사내에게 경례까지 붙이고 있었다. 경찰서 관계자임에 틀림없는 것 같았다. 박 선배가 프락치 노릇을 해왔다는 게 사실로 다가오는 순간이었다.

영신은 걸음을 빨리했다. 박 선배는 곧장 택시를 잡아타고 걸었던 쪽으로 달리고 있었다. 경찰서 정문 앞에서 숨을 몰아쉬었다. 사내는 마악 뒷모습을 감추면서 건물내부의 오른쪽 복도로 꺾어들고 있었다. '저분은 누구일까?' 영신은 속으로 중얼거리면서 위병을 쳐다보았다. 그분이 누군지 위병은 알고 있을 터이었다.

"어떻게 오셨습니까?"

위병이 거수경례를 붙이면서 지나가는 말처럼 그녀에게 물었다. 위병이 옆쪽 안내실에서 '이쪽으로 오세요'라고 직업적인 목소리로 말했다. 그러나 영신은 그쪽에는 신경 쓰지 않고 부드러운 목소리로 위병을 향해 물었다.

"뭘 좀 물어도 될까요?"

"그러십시오. 다음부턴 저기 안내실을 이용하십시오."

위병이 안내실을 손으로 가리키면서 말했다. 영신은 자신이 직접 경찰서를 찾아와 이들과 말하고 있다는 사실이 믿어지지 않았다. 그녀도 한때 경찰의 추적을 받았던 적이 있었다.

"그러겠습니다. 저, 방금 전에 들어 가셨던 분이 누구시죠?"

"글쎄, 누굴 말씀 하시는지……."

위병이 눈꺼풀을 아래로 늘어뜨리면서 얼버무리고 있었다. 안으로 들어갔던 사람이 하나 둘은 아니었을 것이다.

"오십쯤 되어 보이던데요. 큰소리로 경례를 붙였잖아요?"

"아아, 저희 서장님입니다."

"네에?"

영신은 자신도 모르게 경악을 하듯 놀랐다. 그분이 설마 경찰서장이라고는 생각도 못한 일이었다.

"그런데 그걸 왜 묻습니까?"

위병이 눈꺼풀을 위로 쳐들면서 물었다. 안내실 근무자가 무료한 시선으로 위병과 그녀에게 시선을 던지고 있었다.

"아, 아닙니다. 그냥……."

영신은 말을 마치기도 전에 정문에서 빠져나왔다. 위병이 김빠지는 얼굴로 그녀를 바라보고 있었다.

영신은 얼굴이 딱딱하게 굳어가고 있는 자신을 느끼면서 박 선배가 걸어 올랐던 쪽으로 걸었다. 그가 경찰서장을 만난다니 아무리 생각해도 이해하기 어려웠다.

버스정류장 쪽으로 걸어 오르면서 '박 선배는 정말 대단한 프락치' 라고 생각했다. 다른 사람도 아니고 경찰 서장과의 접선, 만약 이런 사실을 동아리 회원들이 알게 된다면 박 선배의 신변은 결코 안전하지 못할 것이었다.

영신은 이제 박 선배에게 마지막으로 기대했던 설마, 하는

희망까지 모두 달아난 느낌이었다. 갑자기 힘이 쑤욱 빠져 나
간 듯 몸이 휘청거렸다. 버스를 올라타고 학교 근처로 왔다.
김 선배에게 전화를 걸었다. 오늘은 한잔 마시고 취하고 싶었
던 것이다. 김 선배는 곧장 나왔다.

"네가 전화를 다 하고 웬일이니?"

맥주에 오징어 안주를 시키면서 김 선배가 물었다. 김 선배
는 그녀가 전화를 넣어 만나자고 했다는 사실에 매우 흡족해
하는 모습이었다.

"이유는 묻지 말고 술이나 많이 사줘, 형."

영신이 감히 박 선배의 얘기를 꺼내지 못하고 말했다. 일 주
일에 한두 번은 정해 놓고 들르는 아침이슬을 굳이 그녀가 피
했던 이유는 박 선배와의 추억이 그곳에 가장 많이 배어 있었
기 때문이다.

"너, 이런 모습 처음 보는데…… 무슨 언짢은 일이라도 생
긴 거야?"

김 선배가 담배를 피워 물면서 물었다.

"제발 이유는 묻지 말아줘, 형. 그리고 나 말할 기분도 아냐."

"그래. 알았다. 술이나 마시자."

종업원이 내어온 맥주병을 집어 들면서 그가 말했다. 글라
스를 그녀 앞에 들이 밀었다. 영신은 묵묵한 태도로 잔을 받았다.
그리고 김 선배의 잔을 채우지도 않고 단숨에 마셔버렸다. 김
선배가 조금 당황한 모습으로 그녀를 올려다보았다. 영신이

김 선배의 잔을 채워 주고 스스로 자신의 잔에 맥주를 따랐다. 그리고 담배를 하나 청했다.

"담배는 안 피웠잖아?"

그가 글라스를 집어 들면서 의아스레 말했다.

"상관 말고 하나만 줘, 형."

"너는 이런 모습 보이면 안 돼."

"그럼, 나는 어떤 모습을 보여야 하는데?"

"넌 청순한 이미지가 언제나 좋아."

"그만둬, 형."

영신은 다시 맥주를 비워냈다. 김 선배도 잔을 비워내고 있었다. 실내는 '잘못된 만남'이라는 노래가 빠르게 흘러가고 있었다. 영신은 문득 주인 여자가 자신의 처지를 이해하고 있는 것처럼 여겨졌다. 주인여자는 그녀가 들어오고 나서 곧장 이 노래를 내보냈던 것이다.

"은수와 무슨 문제 있는 거지?"

김 선배가 자신의 잔을 스스로 채우면서 물었다. 그러나 영신은 정말 아무 말도 하고 싶지가 않았다.

"형, 오늘은 아무 얘기 말고 술이나 마시자니까."

"그러지, 그럼. 근데 이렇게 마셔도 정말 괜찮겠니?"

김 선배가 매우 조심스런 태도로 물었다. 영신은 대답대신 고개를 끄덕였다. 사실 맥주를 석 잔 이상 마셔본 적은 없었다. 그러기 때문에 정확히 자신의 주량이 어느 정도인지는 모르고 있었다. 자리를 늘상 같이 해왔던 김 선배가 염려하는 것도 무리가 아닐 것이다.

영신이 거푸 다섯 잔을 비워냈다. 술기운이 머리 쪽으로 빠르게 올라왔다. 한잔을 다시 비우고 나자 속이 메슥거리기 시작했다.

"형, 토할 것 같애."

영신은 자리에서 일어났다.

"내가 도와줄까?"

"괜찮아. 화장실에 다녀오면 돼."

영신은 허리를 반쯤 숙이고 화장실 쪽으로 걸었다. 문을 열자마자 토사물이 쏟아져 나왔다. 메슥거리는 기운이 이제 조금 가신 느낌이었다. 그녀는 세면기에 물을 받아 얼굴을 닦았다. 그리고 잠시 호흡을 고른 다음 자리로 돌아왔다.

"괜찮니?"

김 선배가 허리춤의 호출기를 확인하면서 물었다. 그녀가 화장실에 다녀온 사이에 어디서 호출이 걸려온 모양이었다.

"이제 매스껍진 않아."

"다행이다."

"이제 보니 형, 호출기가 두 개네?"

영신은 문득 김 선배의 양쪽 허리에 호출기가 꿰어 있는 것을 보고 아무런 의미 없이 지나가는 투로 물었다.

"아, 이거? 하, 하나 가지곤 부족해서 말이야."

김 선배는 순간 어딘지 모르게 당황하는 낯빛이었다. 그리고 왼쪽 허리춤에 꿰찬 호출기를 꺼내 바지 주머니에 집어 넣고 있었다.

영신은 김 선배의 그런 동작이 매우 부자연스레 보였다. 바지주머니에 넣어가지고 다니던 것을 '아차, 실수로 허리춤에 꿰차고 말았구나' 하는 느낌을 풍겼다. 그가 무엇 때문에 두 개의 호출기를 가지고 다니는지 영신은 "형, 제법 바쁜 사람인가 봐"라는 말로 궁금증을 대신했다.

김 선배가 오른쪽 눈을 위로 치뜨면서 웃으면서 일어났다.

"얼른 전화 좀 하고 올게."

"그럼, 같이 일어서. 이만 가봐야겠어."

"아냐, 잠깐이면 돼. 이렇게 싱겁게 헤어지면 섭섭하잖아?"

"괜찮아, 형. 그리고 오늘 너무 고마워."

영신이 일어서면서 심드렁히 말했다.

"짜아식, 쓸데없는 소리한다. 내가 바래다줄까?"

"됐어. 그냥 혼자 걷고 싶어."

영신의 말에 김 선배가 공중전화를 찾아가는 것을 확인하고 보도블럭을 걸어 오르기 시작했다. 그의 표정이 순간 어딘지 모르게 불안해 보이는 느낌이었다. 그런 느낌을 왜 받았을까? 그녀는 얼른 까닭이 떠오르지는 않았지만 자꾸만 호출기와 무관하지 않을 것 같은 생각이 들었다.

박 선배가 도서관으로 찾아왔다. 영신은 그가 새삼 도서관으로 찾아오리라고는 생각지 못한 일이었다. 무슨 염치로 자신을 찾아올 수가 있겠는가? 얘기를 하고 싶다는 그의 제의를 영신은 바로 거절하지 못했다. 그가 프락치라는 사실이 거의 확연히 드러난 셈이지만 그로부터 직접 고백을 듣고 싶었다.

흔히 남녀 간의 사랑은 적과 동지의 관계에서도 한 가닥 진실 같은 게 있는 게 아닌가? 영신은 그가 프락치로서 설령 민중에 대한 신념을 배반했다 하더라도 사랑의 감정까지는 배반을 당한 것이 아니라는 것을 확인하고 싶었던 것이다. 그것만이 지금 자신의 우울한 심정을 조금이나마 위로받을 수 있을 것 같았다.

"너, 날 미행했지?"

박 선배가 갑자기 물었다. 도서관 뒤쪽 느티나무 아래에 나란히 앉고 나서였다. 느티나무 위로 매미들이 날개를 치며 더운 열기를 풀풀 날려 보내고 있었다.

영신은 그의 물음에 턱을 파르르 떨며 당황했다. 그가 어떻게 자신의 행적을 알고 있을까? 전혀 눈치 채지 못했으리라 믿었던 일이었다. 과연 프락치는 다르다는 생각이 들었다.

"미, 미안해."

영신은 속살을 엿보이듯 낯이 뜨거웠다. 그가 프락치라는 의심을 받고 있다하여 남을 미행한다는 것은 정당하지 못한 일이기 때문이었다.

"아냐. 미안할 거까지는 없어."

박 선배의 눈빛이 이상한 광채를 띠고 있었다. 영신은 그의 시선이 너무 따가워서 맞받지 못하고 고개를 숙여버렸다.

"나를 프락치로 의심하고 있다는 얘기 들었다."

"형?"

박 선배의 목소리에 진지한 기운이 묻어 있었다. 그는 문득 그 진지함에 눌려 자신도 모르게 '형' 하고 소리쳤다. 그리고 고개를 들어 그를 쳐다보았다. 영신은 기분이 이상했다. 그 앞에만 있으면 그를 의심해서는 안 된다는 생각이 자꾸만 드는 것이다. 그리고 까닭 없이 그에게 죄를 짓고 있다는 느낌마저 들 때가 있었다.

"내가 그동안 진실을 밝히지 못해서 미안하다."

"형?"

"그동안 동아릴 속여 와서 미안하다. 특히 영신이 너한테 미안하고. 내가 농촌 출신이라고 속인 것은 우리 동아리 대부분이 농촌 출신이었기 때문이야. 그들과 좀 더 친숙해지고 싶었던 거지.

처음에는 별로 이상하게 생각지도 않고 저지른 일이었는데 이렇게 동아리들을 실망시키고 말았어. 석우가 얘기한 대로 나는 방배동에 살고 있어.

내가 금호동에서 자취를 하게 된 것은 아버지의 뜻도 있었지만, 뭔가 삶에 대해서 애착을 갖고 싶었던 거지. 내 스스로 밥도 지어 보고 옷도 빨고 사는 의미를 느껴보고 싶었어. 그래야만 동아리들과도 가까워지겠다는 생각도 했었고."

박 선배는 말을 멈추고 담배를 하나 피워 물었다. 머리 위에서는 매미들이 요란스레 울음을 뿌리고 있었다. 저쪽 대학원으로 오르는 언덕배기에서 너댓 학생들이 옹기종기 앉아 기타치며 노래하는 모습이 보였다. 영신은 박 선배의 말에 얼굴이 더욱 화끈거렸다.

'그는 결코 프락치가 아니었구나' 하는 생각이 들었다. 스스로의 생각이 우왕좌왕하는 느낌에 공연한 수치심까지 일었다. 그의 당당함에 한편으론 어둡게 시야를 가렸던 안개가 순식간에 빛 속으로 스며들며 맑게 걷히는 느낌이었다.

"나를 프락치로 몰았다는 얘길 들었어. 솔직히 동아리들에게 조금 실망이 되더라. 나에 대해 여태 겪어 봤으면서 그런 의심을 하다니…… 하지만 내게도 얼마간의 문제는 있었으니까. 너도 나를 그렇게 생각했니?"

박 선배의 갑작스런 물음에 영신은 얼른 대답하지 못하고 그를 빤히 올려다보았다. 그녀의 눈가에 자신도 모르게 눈물이 흘러내리고 있었다.

"형, 미안해."

"아냐. 잠시나마 너를 고통스럽게 했던 내가 오히려 미안하지. 하지만 영신아, 나는 프락치가 아니니까 괴로워하지 마. 내가 어떻게 네가 속해 있는 동아리의 정보를 빼돌릴 수가 있겠니? 네가 내게는 무엇보다 소중하다."

"형……."

영신은 고개를 떨군 채 흐느꼈다. 박 선배가 그녀의 고개를 일으켜 세우며 어깨를 다독여주었다.

"나도 우리 중에 누군가 프락치가 있으리라는 예상은 했다. 이제 그자가 누구인지 알게 되었어."

영신은 흐느낌을 멎고 박 선배를 올려다보았다. 그럼, 과연 누가 프락치라는 말인가?

"너도 이해할 거야. 우리의 계획이 얼마나 자주 수포로 돌아갔는지 말야. 수배를 받던 선배가 지난겨울에 어디서 붙잡혀 갔는지 너도 알지? 우리가 주선한 모임 장소였어.

생각해 봐. 우리 동아리가 아니면 누가 그런 정보를 빼내겠어. 그리고 이번 철거지역 투쟁 문제도 사전에 정보가 유출된 거야. 너는 누가 그런 짓을 한다고 생각하니?"

그가 갑자기 물었다. 그러나 영신은 대답하지 못했다. 얼른 떠오르는 인물도 없었다. 다만 김 선배가 유독 박 선배를 프락치로 몰아세우는 것과 호출기를 두 개씩 가지고 있었다는 것이 의심이 가는 대목이랄까.

"그래. 너같이 착한 애가 누굴 의심할 수는 없을 거다. 하지만 너도 알아야 될 사실이다."

영신은 가슴이 두근거리기 시작했다. 이제 박 선배의 입에서 정말 프락치가 누구인지 밝혀질 것이기 때문이다. 그의 입을 통해 밝혀진 사람이 정말 프락치라는 생각이 들었다.

"석우가 프락치였다."

"김 선배가?"

영신은 순간 눈앞이 아찔했다. 김 선배를 내내 마음에 두고는 있었지만 박 선배로부터 듣게 되니 그것도 믿기지가 않았던 것이다.

"이건 사실이야. 진즉 감은 잡고 있었지만 신중을 기하고 싶었던 거야. 이 사실은 동아리 몇 명만 아는 거니까, 함부로 얘기하면 안 돼."

"어떻게 그럴 수가…… 민중을 위해 김 선배만큼 열정적인 사람도 없었잖아?"

"프락치는 위장술이 완벽해야 하니까 자 이제 일어나자, 어디 함께 갈 데가 있어."

박 선배가 불쑥 자리에서 일어섰다. 영신은 김 선배가 프락치였다는 사실이 주는 충격 때문에 잠시 머리가 어지러웠으나 몸을 가누려고 애쓰면서 일어섰다. 박 선배가 그녀를 부축해 주었다. 그녀는 정말 버티고 섰을 힘이 없었다. 어떻게 이런 일이 있을 수 있다는 말인가? 영신은 박 선배에게 몸을 의지하며 학교 밖으로 나왔다. 박 선배가 택시를 잡아 세웠다.

"어딜 가려는 거야?"

"가보면 알 거야, 어서 타."

그녀를 밀어 넣으면서 박 선배가 말했다. 운전석에 앉은 기사가 어디로 가는지 표정으로 물었다. 박 선배가 '방배동' 하고 대답했다.

영신은 문득 그의 집이 생각났다. 방배동에 자신을 데리고 가는 이유가 뭘까? 차는 가로수를 밀어내며 달려 나가기 시작했다.

영신은 시트에 머리를 젖히고 눈을 감았다. 도무지 뭐가 뭔지 뒤죽박죽이 되어버린 느낌이었다. 박 선배는 무엇 때문에 경찰서장을 만났던 것일까? 그녀는 복잡한 생각들에서 한동안 헤어나지 못하다가 그만 수면에 빠져들고 말았다. 생각대로 박 선배는 그녀를 집으로 안내했다. 그녀는 우선 그 집의 우람함에 놀랐다. 이건 척 보면 부르주아 냄새가 나는 집이었다.

안내를 받으며 잘 정돈된 정원을 지나 현관으로 들어섰다. 박 선배가 이런 저택에서 살고 있다니 하늘이 개벽할 노릇이었다. '어서 와요' 하고 안에서 그녀를 맞았다. 박 선배의 어머니인 모양이었다. 그가 어머니를 닮았다는 생각이 들었다. 응접실로 안내되었다. 박 선배가 사십 후반의 여자에게 그녀를 소개했다. 추측했던 대로 그의 어머니였다.

영신은 대체 이게 무슨 일일까? 생각하며 목례를 보내고서 벙벙히 앉아 있었다. 일하는 여자인 듯한 젊어 보이는 여자가 차를 내어왔다. 이것저것 의미 없는 담소를 나누고 있는데 안에서 불쑥 오십 줄의 사내가 나왔다. 그런데 아무래도 낯이 익은 사람이었다.

박 선배가 그녀를 같은 동아리 회원이라고 소개를 하고서야 그녀는 그 사내가 경찰서에서 먼빛으로 보았던 바로 그 사내라는 사실을 깨닫게 되었다.

박 선배의 아버지가 경찰서장이라는 사실이 그녀를 다시 한 번 놀라게 만들었다. 박 선배에 대한 오해가 순간적으로 완전히 풀리는 느낌이었다. 그렇지만 그 오해의 풀림도 잠깐 다시 의아한 의문이 일기 시작했다. 경찰서장을 아버지로 둔 박 선배가 운동권에 가담하고 있다는 사실이 도무지 믿기지 않았던 것이다.

이제 오히려 그가 정말 프락치 역할을 해왔는지 모른다는 생각과 함께 그녀를 프락치로 끌어들이려는 계략을 세우고 있을 것이라는 생각마저 들었다. 영신은 순간 배신감이 가득한 눈빛으로 박 선배를 쳐다보았다. 그러나 박 선배는 의미모를 웃음만을 띠고 있었다.

"우리 은수가 학생 자랑을 어떻게나 늘어놓는지 기회 있으면 한번 데려오라고 했어요. 정말 들었던 대로 참해 보이네요."

그의 어머니가 말씀하셨다. 아주 진지하고 품격이 있는 말투였다. 영신은 조금 열없었으나 예의를 갖춰 말했다.

"선배님 가족을 이렇게 뵙게 되어 반갑습니다."

"그래요. 나도 학생을 보게 돼서 기쁩니다. 우리 은수 얘기로는 아주 민중에 대한 애착심이 강하다고 들었어요."

그의 아버지께서 말씀하셨다. 경찰 서장이라는 직책에 어울리지 않게 인자함이 배어 있는 목소리였다. 영신은 자신이 선배의 가족에게 순간적으로 가졌던 편견을 버리지 않으면 안 된다고 생각했다.

생각처럼 그렇게 고압적인 태도가 아니었던 것이다. 그러나 박 선배가 운동권에 적을 두고 있다는 사실은 아직도 의아하기만 하였다. 영신은 어른의 말씀에 예의로 고개를 숙여 보였다.

"우리 은수를 프락치로 오해했다는 얘길 들었어요. 충분히 그랬으리라고 생각해요. 학생도 우리 은수를 미행했다죠?"

그의 어머니가 얼굴에 연신 미소를 잃지 않으면서 말했다. 영신은 순간 얼굴이 붉어졌다. 박 선배가 너무 어려워 마라는 뜻으로 그녀의 어깨를 가볍게 다독여 주었다. 영신은 멋쩍어 반쯤 남은 찻잔을 집어 들고 혀를 한번 축인 다음 말했다.

"죄송합니다. 형이 프락치라는 사실이 도저히 믿어지지 않았어요."

"우리 은수도 몹시 괴로워했어요. 아버지가 경찰서장으로 계시니까 마음대로 신분을 드러낼 수도 없고…… 제 딴엔 무척 고민했던가 봐요. 학생도 얼른 이해하지 못할 거예요. 우리 은수가 운동권으로 일하고 있다는 거 말예요.

경찰 서장을 아버지로 둔 학생이 운동권에 적을 두고 있으니 프락치가 아닌가 하는 염려도 될 거예요. 하지만, 그건 편견 이예요. 이 양반은 우리 은수가 민중들 편에 서서 일하고 있다는 사실에 매우 자부심을 느끼고 있답니다. 나도 마찬가지구요."

그의 어머니 말씀은 전혀 가식이 없어 보였다. 영신은 이제 조금 이해가 되었다. 경찰 서장을 아버지로 두었다고 해서 운동권 학생이 되지 마라는 법은 없는 것이었다. 그리고 박 선배의 아버지는 비록 경찰 서장의 신분이기는 하지만 자식이 민중, 이를테면 약자를 위해 일하고 있다는 사실에 정말 만족하고 있는 듯한 느낌이었다.

"나는 우리 은수가 경찰 서장의 자식이 아닌 하나의 가장 완성된 인격체로 성장해 주길 바라는 애빕니다. 때로 나도 번번이 애를 먹이는 과격한 학생들이 성가시다고 느낄 때도 있어요. 하지만 나는 그들을 사랑합니다. 젊은이들에게 뭔가 끓어오르는 열정이 없다면 그건 죽은 거나 다름없는 것 아닙니까? 어느 철학가가 그랬던가요? 당신은 젊다는 이유 하나만으로도 사랑을 받을 자격이 있다고요."

"맞습니다. 젊은이들의 피는 언제나 끓어올라야 하는 것이죠. 그러므로 젊은이들의 집합장소인 대학 캠퍼스에는 진실과 정의를 갈구하는 소리가 끊어져서는 안 되는 것입니다.

민중을 위해 젊음의 한때를 희생할 수 있는 용기를 잃어서는 안 되는 것이죠. 나는 우리 은수가 다른 젊은이들과 똑같은 젊음을 지니길 원합니다. 다만 돌이킬 수 없는 일을 저질러 이 애비의 체면을 크게 손상시키는 물의만 빚지 않는다면 애비로서 뭔가 힘이 되어줄 자신도 있어요."

그의 아버지는 마치 연설조의 장중한 말씀을 늘어 놓으셨다. 영신은 참으로 감동적인 말씀이라고 생각했다. 문득 선배의 아버지가 존경스러운 마음이 들었다. 선배의 아버지께서는 차를 마지막으로 드시고는 안쪽으로 들어가셨다. 영신은 일어나 정중히 인사를 보냈다.

"은수가 너무 고맙다는 생각을 하곤 한답니다. 너무 곱게 자라서 저밖에 모를까 여간 염려된 게 아니었어요. 그런데 대학에 들어가고서부터 뭔가 달라지더라구요. 경찰 서장 아들이라고 손가락질 받는 게 아닌가 걱정이 태산 같았어요. 그런데 뜻밖에도 운동권에 가입을 해서 처음에는 당황도 했지만 저를 위해서 우리가 이해해야 한다고 생각했던 거죠."

그의 어머니는 매우 차분한 태도로 말씀하셨다. 영신은 그의 어머니 말씀을 모두 이해할 수 있을 것 같았다. 그의 어머니는 얼마간 박 선배의 입장을 대변하는 말씀을 하고나서 부러 둘만의 시간을 갖도록 안으로 들어가셨다. 영신은 이제 박 선배와의 사이에 있었던 모든 오해가 풀린 느낌이었다.

박 선배가 자신 있게 그녀를 집으로 데리고 왔던 것도 어느 정도 이해할 수 있을 것 같았다. 그의 부모님은 다른 어떤 부모님들 보다 훌륭한 생각을 하고 계시다는 생각이 들었다.

영신은 정원에서 한동안 박 선배와 얘기를 나누고서 밖으로 나왔다. 밖에서 불이 오른 그의 집을 올려다보니 더욱 장관이었다. 그러나 이상하게도 거부감이 들지 않았다. 그의 집도, 경찰서장인 그의 아버지도 그저 당연히 존재하는 이웃의 일부로 받아들여졌던 것이다.

"형, 이렇게 좋은 집을 두고 자취는 왜 하는 거야?"

영신이 골목을 빠져나오면서 물었다.

"얘기했잖아, 삶을 내 것으로 만들고 싶어서라고."

"오늘 보니 형은 정말 멋있어."

"괜한 소리 마. 부모님께서 이해 해주시니까 가능한 거야."

박 선배가 큰 키를 뒤로 늘이면서 말했다. 하늘에는 별들이 총총 박혀 있었다.

"그래, 맞아. 정말 훌륭한 분들이야."

영신의 말에 박 선배가 웃음을 치며 팔짱을 둘러왔다. 그들은 말없이 골목을 빠져나왔다. 영신은 박 선배가 그 어느 때보다 든든하고 의젓해 보였다. 그를 프락치로 오해했던 자신이 한없이 수치스럽게 느껴졌다. 그들은 버스 정류소에 도착했다.

"형을 믿지 못했던 거 미안해."

"별소릴 다 한다. 누구든 의심이 가면 의심을 해보는 게 당연하지."

박 선배가 팔짱을 풀면서 말했다.

"오늘 고마워, 형. 이제 정말 살 것 같은데?"

"네 맘 알아. 네가 나 때문에 얼마나 괴로워했는지……."

영신은 잠시 박 선배를 올려다보았다. 그가 이렇게 버티고 있는 세상은 결코 어둡지만은 않을 것 같았다. 오늘따라 유난히 그가 커 보였다.

"이제 괜찮아."

"그래, 네 시간을 많이 빼앗아서 미안하다. 아참, 이번 MT 참석할 거니?"

"그럼, 강화로 간다고 했지?"

박 선배가 대답 대신 고개를 끄덕였다. 그러고 나서 말했다.

"석우 얘기 아무한테도 하지마라. 알아야 할 사람들은 모두 알고 있으니까. 이번 MT에서 무슨 일이 있을 거야."

영신은 문득 MT 갔다가 죽음을 당한 K대 학생회장이 떠올랐다. 김 선배가 프락치라는 사실을 알아버린 이상 박 선배 등이 쉬이 넘어가지는 않을 것이다. 그러나 왠지 모르게 불길한 느낌이 들었다.

"설마 K대 사건은 일어나지 않겠지, 형?"

"그렇진 않을 거야. 짭새들이 MT 장소에 잠복해 있을 테니까."

박 선배는 입술을 꾸욱 깨물었다. 그녀는 짭새 라는 선배의 말에 자신도 모르게 몸을 파르르 떨었다.

"짭새라니?"

"강 선배가 오기로 되어 있거든."

영신은 묵묵히 고개를 끄덕였다. 김 선배가 프락치라면 그날 강 선배를 체포하기 위해 반드시 짭새들이 잠복하고 있을 터이었다. 김 선배를 생각하니 돌연 피가 거꾸로 치솟는 기분이었다. 영신은 얼굴이 화끈거리는 느낌에 손으로 자꾸만 얼굴을 쓸어내렸다.

"어떻게 될 줄 알면서 오겠단 얘기야?"

"프락치가 있었다는 걸 알았으니까 이제 오게 하면 안 되겠지. 하지만 그때까지 강 선배한테 연락이 닿을지 모르겠어. 지금 피신중인 동지하고 직접 그리로 찾아오겠다고 했거든?"

"정말 큰일이네."

영신의 자탄 섞인 독백에 '너무 염려하지 마라' 라는 말을 덧붙이며 박 선배가 달려오는 버스를 가리켰다.

"형, 잘 있어."

"그래, 잘 가라, 이번 토요일 잊지 마."

영신이 대답을 하기도 전에 버스는 달리기 시작했다. 그녀는 버스가 삼거리에서 꺾어 돌 때까지 뒤쪽 창문 너머를 바라보고 있었다. 박 선배가 아직도 정류소에 서 있는 모습이 아슴하게 보이기 때문이었다.

아침 아홉 시, 강화를 향해 학교 정문을 출발했다. 그들을 태운 마이크로버스는 시내를 벗어나 속력을 내어 달리기 시작했다. 모두들 그리 밝지 않은 표정을 하고 있었다. 영신은 마치 뭔가 일어날 것 같은 음산한 분위기를 느끼고 있었다.

강 선배에게 연락이 닿았다는 박 선배의 얘기에 영신은 묵은 고통이 깔끔이 씻기는 느낌이었다. 그러나 오늘 무슨 일이 일어날지도 모른다는 생각에 다시 가슴이 옥죄어 왔다.

전등사를 지나자 곧장 비포장도로가 나타났다. 마이크로버스는 덜컹거리면서도 속력을 크게 떨어뜨리지 않고 달렸다.

열한 시 쯤 목적지인 분오리에 도착했다. 산과 바다가 적당히 어우러진 곳이었다. 민박을 하는 집들이 좌우로 여러 채 늘어서 있는 게 보였다. 그들이 도착하자 기다리고 있었던 듯 깡마른 사내가 그들을 맞았다.

이곳을 미리 답사했던지 동아리 대표가 내리자마자 호실에 배정된 명단을 불렀다. 그들은 모두 다섯 개의 배정된 호실에 여장을 풀었다. 방충망이 둘러진 창문 너머로 바다낚시를 즐기는 사내들의 모습이 보였다. 문득 저들이 짭새인 줄도 모른다는 생각이 들었다. 바다 위로 짓 붉은 여름 햇살이 내려와 움직이지 않고 떠 있었다.

영신은 박 선배와 같은 3호실에 배정을 받았다. 김 선배도 거기 끼어 있었는데 영신은 되도록 그와 마주치지 않으려고 애썼다. 그와 마주치는 순간 감정의 굴곡을 다스리기 어려울 것 같았던 것이다. 그녀는 되도록 평온한 감정을 지니려고 애쓰고 있었다.

저녁노을이 해면에 내리기까지 계획된 행사를 모두 마쳤다. 대자보에 나붙기도 했던 한총련 무엇이 문제인가 라는 제목의 세미나에서 열변을 토한 사람은 아쉽게도 김 선배였다. 그는 번번이 박 선배를 비절 거리면서 민주노총 후원회 결성이라는 거국적인 문제를 제기하고 나섰다.

거의 모두 그런 그의 의견에 동의했지만, 박 선배를 비롯해서 그가 프락치 노릇을 하고 있다는 사실을 알고 있는 사람들은 그 뻔뻔함에 분노만 삭이고 있었다.

　호실의 여기저기서 술자리가 마련되었다. 사람들은 민중가요를 부르기 시작했다. 분위기가 차츰 달아올랐다. 그러나 3호실은 어딘지 모르게 음산한 분위기가 맴 돌고 있었다.

　아직 아무 일도 일어나지 않고 있었지만 뭔가 폭발할 것만 같은 화급한 기운이 떠돌고 있었다. 그들은 묵묵한 침묵을 유지하며 술잔만을 비워냈다. 영신은 박 선배와 김 선배의 얼굴을 번갈아 쳐다보았다. 두 사람 모두 굳은 표정을 하고 있었다.

　예닐곱 다른 회원들의 표정도 딱딱하기는 마찬가지였다. 그들은 뭔가 일이 벌어지기를 기대하고 있는 느낌마저 풍기고 있었다. 그런데 영신이 마악 술잔을 비우려는 찰나 회원들이 일제히 자리에서 일어서는 것이었다. 그리고 김 선배를 에워싸기 시작하는 것이었다. 김 선배는 입을 크게 벌리며 당황하고 있었다.

　다른 호실에서는 차츰 분위기가 무르익고 있었다. 그리고 민중가요는 어느새 대중가요로 바뀌어 있었다. 여자 회원들의 웃음소리가 까르륵 들려왔다. 영신은 자신도 모르게 일어나 뒤로 몇 발짝 물러났다.

　"왜들 이러니?"

　김 선배가 무리들에 에워싸인 채 떨리는 목소리로 소리쳤다. 그리고 누군가 그의 허구리를 걷어찼다. 그가 푹 고꾸라졌다. 옆방의 빠른 노랫소리가 이쪽과 전혀 무관하게 벽을 타넘었다.

"너는 우리를 배반했어."

누군가 건조한 목소리로 말했다. 그리고 회원 하나가 준비해 온 듯한 노끈을 위쪽에 밀쳐놓은 가방에서 꺼냈다.

"무…… 슨 소리 하는 거야?"

김 선배가 말했다. 그러나 매우 자신 없는 목소리였다.

'이 새끼가' 하며 선배 하나가 다시 가슴을 차버렸다. 김 선배가 우욱, 소리를 토해내며 바닥에 쓰러졌다. 박 선배가 그를 반쯤 일으켜 세웠다. 그리고 회원들을 비잉 둘러보았다. 그들 사이에 있는 뭔가 암묵적인 신호인 듯 했다.

"비열한 자식."

"너는 프락치였어."

여기저기서 욕설이 터져 나왔다. 그리고 여럿이 덤벼들어 김 선배의 손과 발을 붙들었다. 노끈을 든 회원이 그의 손과 발을 묶기 시작했다.

"나는 프락치가 아냐."

"석우, 너 정말 뻔뻔하구나."

박 선배의 말에 김 선배는 더 이상 대꾸하지 않았다. 그의 손발을 묶은 회원들이 방의 가운데에 그를 눕혀놓고 발길질을 퍼부었다. 저러다가 김 선배를 죽일 것 같은 느낌이 들었다. 그러나 어떠한 방법으로든 그는 대가를 치러야 한다고 영신은 생각했다. 김 선배는 그들 동아리뿐만 아니라, 모든 민중들을 배반한 것이기 때문이었다. 김 선배의 입에서 낮은 신음 소리가 삐져나오고 있었다.

"영신아."

박 선배가 부르는 소리를 듣고 영신은 혀가 바싹 탔다. 그리고 박 선배를 올려다보았다. 모든 이들의 눈빛이 이글거리고 있었다.

"네가 석우 몸을 수색해라."

김 선배의 몸에 프락치라는 단서가 반드시 발견될 거라는 자부심 섞인 목소리로 박 선배가 말했다. 영신은 처음 조금 당황했으나 주저치 않고 김 선배의 몸을 수색하기 시작했다. 그의 몸에서는 호출기 두 개가 나왔을 뿐 별다른 것은 없었다. 그러나 영신은 이 호출기가 간접적인 증거물이 될지도 모른다고 생각했다. 그리고 호출기 때문에 당황해하던 그의 모습이 떠올랐다.

"이것으로 충분하다. 늦어도 열 시 이전에는 이 호출기가 울릴 거야, 이것은 우리도 알고 있는 거고 바로 이 호출기다."

박 선배가 네모진 호출기 하나를 가리키며 말했다. 호출기 중의 하나는 프락치용 전용으로 사용하고 있다고 말했다.

이 호출기를 품안에 보이지 않게 찌르고 다녔던 거라고 박 선배가 말했다. 박 선배는 오늘 열 시 이전에 호출기가 울릴 거라는 말도 덧붙였다. 강 선배가 늦어도 아홉 시까지는 오게 될 거라고 김 선배가 알고 있기 때문이라고 했다.

"짭새들이 잠복해 있을 거야. 하지만 전혀 겁낼 필요 없어. 우리는 아무런 죄도 없기 때문이지. 자, 이제 우리도 한번 신나게 흔들어보자."

박 선배가 가방에서 미리 준비한 듯한 핸드폰을 꺼내며 말했다. 그가 핸드폰을 가져온 경우는 처음이었다.

영신은 박 선배가 무엇 때문에 핸드폰을 가져왔을까 생각해보았다. 그러면서 고개를 끄덕였다. 짚이는 데가 있었던 것이다. 그들은 카세트 음악에 맞춰 춤을 추기 시작했다. 김 선배는 손발을 묶인 채 방의 구석진 곳에 내동댕이쳐졌다. 그의 입에서는 아직도 낮은 신음 소리가 흘러나오고 있었다. 이런 일이 일어날 수 있다니 영신은 정말 믿기지 않았다.

얼마쯤 흔들었을까 하는 찰나 모두들 갑자기 동작을 멈췄다. 김 선배의 호출기에 정말 호출이 떨어졌던 것이다. 아직도 옆방에서는 흥건히 무르녹은 노랫소리와 웃음소리들이 쏟아져 나왔다.

"영신아, 번호를 확인해 봐."

영신은 빠르게 번호를 확인했다. 011로 시작되고 있었다. 저쪽도 핸드폰으로 연락을 취하고 있는 듯했다. 박 선배가 자신의 핸드폰을 눌렀다. 모두들 숨을 죽이기 시작했다. 옆방에서도 공교롭게 왁자한 소리가 멎고 있었다. 밖에서 어느새 빗방울 떨어지는 소리가 들렸다.

신호가 가는 소리가 들렸다. 그러나 전화는 아무도 받지 않앉다. 김 선배는 여전히 죽은 듯 고꾸라져 있었다. 십여 분 뒤에 다시 번호를 눌렀다. 이번에는 저쪽에서 전화를 받았다. 이쪽이 누군지 확인하지도 않고 굵은 사내의 황당한 목소리가 들려왔다.

"김석우, 대체 어찌된 건가? 강병식이 자식은 왜 안 보이는 거야. 아홉 시가 훨씬 지났다니까……."

영신은 어안이 벙벙했다. 짭새들이 정말 이곳에 잠복해 있다는 게 믿어지지 않았다. 강 선배를 저들은 노리고 있는 게 분명했다. 박 선배의 추측은 한 치도 빗나가지 않았다.

"모두들 들었지, 우린 이 새낄 용서할 수 없어."

박 선배가 대꾸 없이 전화를 덮어 끄며 말했다. 회원들의 표정이 더욱 굳어졌다. 그리고 다시 김 선배를 가운데로 끌어 내렸다. 그는 눈을 질끈 감은 채로 눈물을 흘리고 있었다.

"지금부터 모든 책임은 내가 진다."

박 선배가 단호히 말했다.

"민중을 배신한 자는 이미 죽은 거나 다름없어. 자, 이제부터 배반의 끝이 어떤 것인지 보여줄 때다. 다시는 세상에 이런 일이 있어서는 안 돼. 이 새낄 여기서 없애버리겠어!"

박 선배의 말이 끝나자마자 여기저기서 김 선배를 향해 발길질을 퍼붓기 시작했다. 영신은 순간 뭔가 힘껏 가슴을 차오르는 느낌에 자신도 모르게 김 선배의 머리 쪽을 걷어찼다. 옆방에선 다시 노랫소리가 흘러나오기 시작했다. 김 선배를 향한 발길질이 멈추지 않고 있었다.

그런데 바로 그때, 덜커덕 방문이 열쳐지면서 건장한 사내들이 모습을 드러냈다. 놈들은 빠르게 방 안을 살폈다. 그리고 버럭 고함을 쳤다.

"아니, 이 새끼들이."

사내들이 우적우적 걸어 들어왔다. 영신은 순간 자신도 모르게 바람벽으로 몸을 붙였다. 그러나 박 선배 등은 조금도 우쭐어 들지 않은 자세로 당당히 버팅기고 서 있었다.

사내 하나가 구둣발로 박 선배의 가슴을 걷어차면서 방 안에서는 불꽃이 튀기 시작했다. 퍽, 퍽 소리와 함께 몸을 웅크리고 신음하는 소리가 들려오기 시작했다. 영신은 재빨리 방에서 빠져나왔다. 그리고 옆방의 문을 두드려 빠르게 사실을 알렸다. 3호실로 우루루 회원들이 몰려가기 시작했다. 영신은 이래선 안 된다고 중얼거리며 난간에 서서 바다를 바라보았다.

뒤로 여전히 치고 박는 소리와 함께 신음 소리가 흘러나오고 있었다. 영신은 얼얼한 느낌에 손등으로 입술을 훔쳐냈다. 언제 다쳤는지 어느새 들큼한 피가 묻어 나왔다. 누군가 방에서 후다닥 빠져나오는 소리가 들렸다.

낯선 사내들 무리가 있었다. 그 뒤를 회원들이 쫓기 시작했다. 방 쪽에서 여전히 '욱, 욱' 하는 신음 소리가 들렸다. 멀리 어슴푸레한 바다 쪽에서는 끼루룩 끼루룩 소리가 끊이지 않고 들려오고 있었다.

빙하기

빙하기

1

군사 정권이 막을 내렸을 때 사람들은 처음 이렇게 말했다. 이제 좋은 세상이 왔어. 아암, 미치광이들이 사라졌으니까. 그리고 소리 낮춰 지나간 옛 일을 얘기하기 시작했다. 그놈들이 수많은 민중들을 죽인 거야. 이제 심판을 받게 되겠지? 일각에선 가혹한 말도 서슴지 않았다.

그놈들을 잡아다 중앙청 앞에서 모조리 화형을 시켜버려야 돼! 그러면서 반파쇼를 부르짖거나 반제투쟁을 하다 어이없게 죽어간 청년들과 자유와 민주화를 위해 싸우다 짐승처럼 끌려간 각계의 인사들을 생각했다. 인권을 위한 기본권 행사가 범죄로 둔갑해 어둠의 벼랑으로 추락된 이들…….

사람들은 군사정권을 종식시킨 새 정부가 반드시 준엄한 역사적 심판을 해주리라 믿었다. 그래서 모두들 거리로 나와 깃발을 올리며 소리 높여 자유의 노래를 불렀다. 그러나 이들의 노래는 공허한 노래에 지나지 않았다. 역사는 아직도 수난의 연속선상에 놓인 공명일 따름이었다. 지금은 이십사시, 그 사라질 줄 알았던 빙하의 역사는 다시 새로운 막을 올리고 있었다.

2

우 교수는 가까스로 의식을 회복했다. 눈을 떴지만 아무 것도 보이지 않았다. 어둠 속에 자신이 붕 떠 있는 느낌이었다. 머리가 어느 쪽을 향하고 있는지, 팔과 다리는 제대로 붙어 있는지 종잡을 수가 없었다. 그의 몸이 마치 뫼비우스의 띠처럼 꼬인 것만 같았다.

머리 위에 다리가 있는 듯도 하고, 다리 끝에 머리가 얹힌 듯도 했다. 그런데 신기하게도 아직 통증은 느껴오지 않았다. 우 교수는 과거의 한 끝을 떠올리기 위해 머리끝에 힘을 모았다. 그러나 아무런 생각이 떠오르지 않았다.

그는 덜컥 겁이 났다. 죽어서 낯선 세계에 와 있는 줄도 모른다는 망령된 생각이 들었다. 언젠가 죽음에 대해 생각했던 적이 있었다. 저쪽 세상은 이쪽과는 너무 멀어 이쪽에서 저쪽으로 가는 죽음의 의식을 치르는 동안 이쪽의 모든 기억을 잊어 먹어버릴지도 모른다는 생각을 했다.

그렇다면 지금 그가 있는 이쪽은 어디란 말인가? 그는 정말 죽어서 낯선 세계에 와 있기라도 하다는 말인가? 아아, 그러나 아니다. 여기는 분명 그에게 낯선 곳이긴 하지만, 죽어서 낯선 세계에 와 있는 것은 결코 아니다.

시간이 흐를수록 모든 감각이 깨어나고 있는 것이다. 아아, 이 퀴퀴한 냄새, 그리고 이놈의 통증은 어디서 비롯되고 있는 것인가? 무언가 그의 몸을 짓눌러 오는 답답함과 열린 살갗의 세포를 핀셋 같은 것으로 쿡쿡 찌르는 듯한 이 통증, 아아, 갑자기 머리가 지끈거리기 시작했다. 그는 문득 카프카를 떠올려 보았다.

자신이 마치 어떤 파충류로 변한 듯한 느낌, 가만 있자, 내가 지금 네 발로 엎디어 있는 건 아닐까? 그는 코를 킁킁거리며 팔다리를 움직여 보았다. 바닥의 감촉이 느껴졌다. 차가운 시멘트 바닥이 분명하다. 눅눅한 물 냄새가 코앞에서 풀풀거린다. 여기는 대체 어딜까? 아니, 저건 무슨 소리지? 그는 소리 나는 쪽으로 귓바퀴를 열고 숨을 죽였다.

"ㅇㅇㅇㅇㅇ……."

"어서, 어서, 어서!"

"ㅇㅇㅇㅇ윽."

신음 소리가 틀림없다. 끝내 고통을 참지 못해 잇새로 삐져 나온 신음 소리가 갑자기 멈췄다.

위쪽 방벽을 넘어 오는 소리 같다. 우 교수는 문득 자신도 모르게 부르르 몸을 떨었다. 신음 소리가 멎는 순간 한꺼번에 여러 가지 생각들이 스치고 갔던 것이다.

'아아, 그랬었지. 아침 여덟 시쯤 집을 나서 골목을 빠져나오는데 낯선 사내들이 다가왔다. 그리고 같이 가줘야겠다면서 다짜고짜 그를 대기해 둔 승용차에 밀어 넣었다. 누구냐고 물었으나 가보면 알 것이라 하였다. 십부제 해제 이후에도 스스로 그 것을 준수해 왔는데 승용차를 주차장에 두고 온 때문에 이런 일을 당하는 구나' 하고 생각했다.

그는 어느 골방 같은 데 처넣어졌다. 사방이 온통 노란 벽으로 둘러싸인 방이었다. 물탱크가 보이고 무슨 의자가 보였다. 그리고 보기에도 섬뜩한 낮은 철봉이 방의 가 쪽으로 휑뎅그렇게 서 있었다. 이런 분위기가 사람을 까닭 없이 주눅이 들어버리게 만들었다. 대체 무슨 일이냐고 항의하자 사내들은 아무런 대꾸도 없이 발길질을 퍼붓기 시작했다.

이런 놈은 일단 조져놔야 다루기가 수월하다는 말을 자기들끼리 지껄였었다. 그러면서 머리칼을 움켜잡고 물탱크 속에 그의 머리를 쑤욱 집어넣었다. 그리고 다시 꺼내 닥치는 대로 팔과 주먹을 휘두르기 시작했다. 그는 결국 의식을 잃어버리고 말았던 것이다.

여기는 대체 어딘가? 아아, 지금은 몇 시나 되었을까? 내가 무슨 악몽을 꾸고 있는 건 아니겠지? 그는 가까스로 손을 끌어내려 허벅지를 꼬집어보았다. 예리한 통증이 전해져왔다. '꿈은 아니군' 그는 갑자기 가족이 보고 싶어졌다.

'학교에선 집으로 몇 번씩 전화를 넣었겠지. 학생들은 오늘 강의 시간을 어떻게 보냈을까? 그러고 보니 오늘 리포트를 제출하는 날이군. 내 행방의 묘연함에 모두가 넋들을 잃고 있겠지? 그런데 나는 무슨 이유로 여기에 끌려왔던 걸까? 내가 무슨 죄라도 졌다는 말인가? 그러나 그는 도무지 알 수가 없었다. 죄라면, 이제껏 개미새끼 한 마리도 죽이지 못한 것이었다.

"으으으으......"

다시 신음 소리가 들려온다. 벽을 타고 내려오는 소리가 틀림없다. 이 방의 천정을 타고 넘은 소리다. 그렇다면 여기는 똑같은 방들이 나란히 붙어 있는지도 모르겠다.

"어서, 어서, 어서, 이 새끼 !"

"으으으으......"

날카로운 사내의 다그침 끝에 신음 소리가 자지러든다. 우 교수는 숨이 턱 끝까지 차올라 헐떡거리기 시작했다. 잦아든 신음 소리가 사람으로 하여금 저도 모르게 옥죄이게 하는 것이다. 그는 귀를 틀어막고 입술을 앙다물었다. 그렇게 한동안 있다 겨우 귀에서 손을 떼었다.

벽을 타고 넘어오던 소리는 이제 들리지 않았다. 그는 자신의 손을 머리로 가져갔다. 머리가 여전히 욱신거리고 있다. 손바닥에 차가운 물기가 느껴졌다. '그랬었지', 두 명의 사내가 그의 머리를 물탱크 속에 쑤욱 집어넣었던 생각을 하다 그는 놀라기 시작했다. 검은 발자국 소리가 들려오고 있는 것이다. 우 교수는 몸을 웅숭그린 채 숨을 죽였다. 갑자기 발자국 소리가 멈췄다. 문 따는 소리가 들리더니 누군가 문을 열고 들어왔다.

그리고 불이 켜지면서 예의 네 면이 노란 벽들이 눈에 보였다. 사내는 성큼성큼 우 교수 쪽으로 걸어왔다. 그를 납치해 왔던 사내는 아니었다. 삼십 중반 쯤 되어 보이는 사내였다. 우 교수는 마치 파충류처럼 배를 바닥에 붙이고 고개를 쳐들어 사내를 바라보고 있었다. 문득 '이놈들은 대체 누굴까? 내게서 뭘 원하는 걸까?' 그는 이런 생각을 하고 있었다.

사내는 제법 점잖은 걸음으로 걸어와 바로 앞에서 멈췄다. 그리고 그의 몸을 일으켜 세웠다. 몸을 가누기가 힘들 정도였다. 온몸이 새삼 직신거리기 시작하는 느낌이었다.

"먼저 한 가지 양해를 드리겠습니다."

사내가 의자를 끌어다 앉으며 정중한 태도로 말했다. 우 교수는 사내를 빤히 올려다보았다.

"저는 우 교수님을 존경합니다. 되도록 인간적인 입장에서 교수님과 얘기를 나누고 싶습니다. 그러나 어디까지나 그건 업무 외적인 경우입니다. 제 업무가 시작되면 일단 모든 인간적인 부분들은 무시됩니다. 설령 제가 교수님께 무리한 행동을 하더라도 이해해 주시기 바랍니다. 제가 부탁드리고 싶은 것은 묻는 말에 순순히 응답해주셨으면 하는 것뿐입니다."

사내의 목소리는 비교적 차분했다. 우 교수는 대체 이해할 수가 없었다. 사내가 대체 무얼 묻겠다는 얘긴가? 사내의 목소리가 그리 고압적이지 않아 어느 정도 안심은 되었지만 어떤 물음을 던져올 지가 의아하기 그지없었다.

"아름다운 부인을 두셨더군요" 하고 말하면서 사내는 불쑥 의자에서 일어섰다. 이제 본격적으로 업무를 시작하려는 모양이었다. 사내의 업무란 대체 뭐란 말인가? 우 교수는 사내의 말에 어안이 벙벙했다.

그의 부인을 사내가 알고 있다는 게 믿어지지 않았기 때문이다. 사내는 무료한 태도로 몇 발짝 저쪽으로 걸어나갔다. 그리고 갑자기 그를 향해 돌아섰다. 우 교수는 문득 섬뜩 놀랐다. 사내의 표정이 일순 좀 전의 그것과는 대조적으로 굳어지고 있었던 것이다. 사내는 빠르게 이쪽으로 걸어왔다. 그리고 빽 소리쳤다.

"당신, 김일성이 몇 번 만났어?"

우 교수는 사내의 말에 저도 모르게 입이 벌어졌다. 너무도 뜻밖의 말을 들었던 때문이다. 고압적인 사내의 태도에 놀란 것이 아니라, 김일성이라는 말에 놀라 입을 다물 수가 없었다. 대체 김일성을 몇 번 만났느냐고 하니 이게 무슨 해괴망측한 소린가? 그는 입이 굳어 제대로 말이 떨어지지 않았다.

"무, 무슨 소리요?"

"뭐, 무슨 소리? 내가 무슨 불란서 말이라도 지껄였나? 말귀를 못 알아듣게…… 옳지, 일본말로 지껄이면 쉽게 알아듣겠군."

사내는 조롱 섞인 소리로 말하면서 그에게 바짝 다가왔다. 그리고 뚫어지게 한번 쏘아 보았다. 우 교수는 사내의 눈총이 어찌나 매섭던지 그만 쳐다보던 시선을 바닥으로 떨구었다.

사내는 그가 알아듣지도 못하는 일본말로 뭐라고 시부렁거렸는데 직업상 무료함을 달래기 위한 듯한 장난 투의 태도였다. 그는 사내가 정부의 대변기관인 안기부의 수사요원이라는 사실을 깨달았다. 그러자 새삼 소름이 끼치는 것이었다. 안기부라면, 많은 사람들이 다쳤던 기관이 아닌가 말이다.

그가 안기부에 끌려왔다는 사실이 도무지 믿어지지 않았다. 어떻게 자신에게 이런 일이 일어난다는 말인가? 우 교수는 온몸이 부르르 떨리는 듯한 태도로 다시 사내를 올려다보았다.

"이제 알아듣겠지. 김일성이 몇 번 만났어?"

사내는 허리를 깊게 숙여 우 교수의 눈을 그윽이 들여다보았다. 사내의 눈이 순간 이글거렸다. 처음과는 너무도 다른 눈빛이었다. 수사요원은 정말 눈빛부터가 사람을 겁나게 만들어 버리는 것 같았다.

"나는 무, 무슨 얘길 하는지 대관절 모, 모르겠습니다."

우 교수가 더듬거리며 말했다.

"아직 모르시겠다? 그럼, 이 몸이 알게 해주지."

사내는 우 교수의 눈에서 시선을 거두고 허리를 일으켜 세웠다. 그런 다음 뒷짐을 끼고 몇 번 그의 주위를 맴돌았다.

우 교수는 순간 머리가 혼란스러워지기 시작했다. 이들은 무슨 구실을 잡아 이토록 엄청난 얘기를 서슴없이 뱉고 있는 것인가? 우 교수는 얼어붙은 표정으로 사내의 그림자만 쫓았다. 사내가 다시 폭력을 사용하면 그는 여기서 끝내 죽어버릴지도 모른다는 암울한 생각이 들었다. 사내의 그림자조차 두려워 질끈 눈을 감아버리고 싶었다.

그러나 눈을 감은 무의식의 상태에서 갑작스런 공격을 당한 것과 어느 정도 예상한 상태에서 공격을 당한 것은 그 충격의 정도에 있어서 차이가 있는 것이다. 까닭에 우 교수는 긴장된 태도로 사내의 그림자를 쫓고 있는 것이었다. 그림자가 그의 앞에서 우뚝 멈췄다. 사내는 바로 그의 앞에 바짝 다가와 있는 것이다.

전등이 그의 머리 곧장 위쪽에 붙어 있으므로 그의 앞에 멈춘 사내의 그림자는 마치 예닐곱 먹은 아이처럼 보였다. 그런 찰나에도 우 교수는 그게 신기하여 사내를 빤히 올려다보았다.

"으이쿠."

바로 그때 사내의 구두굽이 그의 무릎을 찍어버렸다. 그는 짤막한 신음을 토하며 그 자리에 나동그라졌다. 고통을 참느라 이를 앙다물면서도 사내의 동작이 매우 숙련되어 있다고 생각했다.

그는 사내의 고압적인 태도에 재빨리 자세를 고쳐 앉으려고 애썼다. 그러나 겨우 일으켜 세운 상체가 다시 바닥으로 픽 쓰러져버렸다. 쓰러져 누운 채 다시 호흡을 가다듬었다. 그러면서 '내가 여기에 끌려오게 될 만한 것이 무엇일까'를 생각하기 시작했다.

"히다시이찌조 다방은 알겠지?"

사내가 조소하듯 한 목소리로 말했다. 히다시이찌조 다방이라면 일본 교토에 있는 다방이 아닌가? 우 교수는 퍼뜩 정신이 들었다. 그가 일본에 가면 교토의 바로 그 다방에서 김학수 선생을 만나곤 했던 것이다.

하지만 그게 뭐가 어쨌다는 얘긴가? 우 교수는 가까스로 상체를 일으켜 세우고 다리에 힘을 주고 앉았다. 사내가 허리를 숙여 그의 눈을 예리하게 쏘아 보고 있었다.

"알고 있습니다만, 그게 무슨 문제라도 된다는 얘깁니까?"

"거기서 누굴 만났어?"

사내가 숙였던 허리를 펴면서 끝이 찢어지는 소리로 말했다. 우 교수는 아연 놀랐다. 교토에서 만난 사람이라곤 김학수 선생밖에 없었던 것이다. 김 선생을 만난 게 대체 뭐가 잘못되었다는 것인가?

"김학수 선생을 만났습니다."

"이 새끼, 그가 누군지 몰랐어?"

사내의 말이 거칠어지기 시작했다. 우 교수는 사내의 말이 대체 무슨 말인지 이해가 되지 않아 멀뚱한 눈으로 사내를 쳐다보았다. 김학수 선생은 일본에 거주하고 있는 재일사학자가 아닌가? 우 교수는 같은 사학자로서 학문 연구의 측면에서 김 선생을 만났던 것뿐이다.

"그놈은 북한에서 파견된 공작원이야."

"예에?"

우 교수는 상체를 파르르 떨며 놀랐다.

"이 새끼, 능청 떨지 마."

"나는 모르는 일이요."

"이거 맛을 더 봐야겠군."

사내가 그의 머리를 물탱크 속에 쑤욱 집어넣었다. 숨이 턱 막혔다. 우 교수는 몸을 비틀며 발버둥을 쳤다. 이대로 죽어버릴 것만 같았다. 김학수 선생이 북한 공작원이라니 가당찮은 말이었다.

김 선생과 만나서 학문적인 것 이외에는 별다른 얘기를 나누지 못했다. 그러나 지금 당장 이런저런 생각할 겨를도 없었다. 그는 오직 물탱크에서 빠져나오기 위해 안간힘을 써대야만 하였다. 코와 입으로 흠뻑 물을 뒤집어 마신 뒤에야 사내는 그의 머리를 물탱크에서 꺼내주었다.

우 교수는 한참 동안 시멘트 바닥에 엎드려 캑캑거렸다. 코가 얼얼하고 배가 더부룩한 느낌이었다. 어떤 생각도 할 수가 없었다. 망가진 몸을 추스르기 위해 애를 써야 하였다. 귀도 먹먹하고 눈알이 시큰거렸다. 밖에서 말로만 듣던 고문이 이렇게 혹독할 줄은 몰랐다. 이곳에서는 그 어떤 거짓 자백도 마음만 먹으면 받아낼 수 있을 것 같았다.

"너는 간첩이야."

"아, 아, 아닙니다."

사내의 다그침에 우 교수는 몽롱함 속에서도 가슴이 철렁 내려앉았다. 그를 간첩으로 몰아세우다니 생각만 해도 아찔했다.

"김학수를 언제부터 만나기 시작했나?"

사내가 그를 일으켜 세우며 말했다. 사내의 표정은 금세라도 그를 찍어 누를 듯이 고압적이었다. 우 교수는 잠시 호흡을 가다듬었다. 김학수 선생과는 오 년 째 교의를 나눠온 사이였다.

서울에서 개최된 한일 사학자 심포지엄에서 처음 김 선생을 만나 서로 왕래하게 되었다. 그러나 사상을 의심할만한 점을 발견해내지는 못했다. 학문적인 문제 이외에는 고작 사는 얘기며 세상 돌아가는 얘기를 나눴던 것이 전부였다.

김학수 선생이 북한에서 파견된 공작원이라는 이들의 말은 우 교수 입장에서는 참으로 허무맹랑한 얘기에 지나지 않았다.

"한일 심포지엄 이후 만났습니다."

"좋아, 그렇게 순순히 대답을 해야지. 그럼, 무슨 일로 한국과 일본을 왕래했지?"

사내는 의자에 한쪽 발을 삐딱하게 올려놓고 말했다. 의자의 저쪽 벽면에는 둥근 스위치 하나가 걸려 있었다. 사내가 의자 위에 발을 얹을 때에 마루가 울리는 소리가 들렸다. 의자가 놓인 바닥은 다른 데와는 달리 시멘트가 아니라 나무 바닥이었다. 그곳은 뭔가 조립식으로 이루어진 느낌을 자아내고 있었다.

"학문적 자료 교환 때문입니다."

"뭐야? 이 새끼가 아직도 정신을 못 차렸군."

사내는 의자를 발로 걷어찼다. 우 교수는 대체 이놈들이 무슨 대답을 원하고 있을까를 생각했다.

여기서 까딱 잘못했다간 영락없이 간첩의 누명을 뒤집어쓰리라는 생각이 들었다. 그리고 이놈들이 얼마만한 고문을 가할까, 상상해 보았다. 갑자기 소름이 끼쳤다. 그러나 죽는 한이 있더라도 거짓 자백을 해서는 안 된다고 생각했다. 그는 자신에게 느닷없이 닥친 이 상황이 좀체 믿어지지 않았지만, 아직은 잘 버티고 있다는 생각이 들었다.

"이 새끼, 무릎 꿇어!"

사내가 버럭 고함을 쳤다. 우 교수는 거의 강제적으로 무릎을 꿇어앉았다. 그에게 펼쳐지고 있는 이 같은 일이 좀체 믿기지 않았다. 사내의 표정이 포악하게 일그러졌다. 사내는 무릎을 꿇은 상태에서 다리를 곧추 펴게 하였다.

"이게 바로 쪽지 펴기라는 고문이지."

사내는 그의 펴진 다리를 무자비하게 짓밟아버렸다.

그는 순간 거의 까무러치고 말았다. 그는 자신도 모르게 잇새로 신음을 토해내고 있었다. 사내는 저만치서 그를 쏘아보며 담배를 피워 물고 있었다. 얼마쯤 지났을까, 그는 다시 사내에 의해 일으켜 세워졌다.

"교수님, 죄송합니다. 협조만 해주시면 더 이상 이런 불상

사는 없을 겁니다. 자, 한 대 피우십시오."

사내는 언제 그랬느냐는 듯 나긋한 태도로 지껄였다. 우 교수는 불이 붙은 담배를 받아 물었다. 주위가 왠지 을씨년스러울 정도로 고요했다. 옆방에서 넘어오던 소리도 들리지 않았다. 그가 사내로부터 심문을 당하는 동안 솔직히 옆방에서 어떤 일이 벌어졌는지 알아차릴 수 없었다. 그 쪽에 신경 쓸 여유가 없었던 것이다.

우 교수는 이제부터 정신을 바짝 차려야 한다고 생각했다. 이놈들은 그를 영락없이 간첩으로 만들어버릴 것만 같았다. 그는 천천히 담배를 빨아 들였다.

"자, 이제 시작 합시다."

그가 담배를 절반쯤 피웠을 때에 사내가 담배를 뺏어 바닥에 짓뭉개면서 말했다. 우 교수는 다시 긴장하기 시작했다. 그리고 정신을 바짝 차렸다. 어떤 고문에도 거짓 자백은 하지 않아야 한다고 다짐했다. 새삼 그 옛날 일본에 항거하다 비굴하지 않게 옥에서 최후를 마친 독립투사들이 존경스러운 느낌까지 들었다.

사내는 다시 심문하기 시작했다. 김학수는 북한에서 파견된 공작원이며 우 교수가 김학수를 만난 것은 김일성의 지령을 받기 위해서라고 못 박았다. 그러니까 우 교수가 국가 전복을 목적으로 간첩활동을 해왔다는 것이다. 일본과 한국에서 학문적 연구라는 구실로 만나 정보를 교환하고 입수한 주요국가

기밀을 공작원에게 알려줬다는 것이다.

우 교수는 사내의 얘기에 펄쩍 뛰었으나 사내는 마치 세뇌
교육을 시키는 것처럼 그 사실을 주입시켰다. 그러나 우 교수
는 결코 이들의 주장을 인정하지 않았다.

"좋아, 설마 이건 부인하지 않겠지?"

사내가 제법 자신 있는 태도로 음미하듯이 말했다. 우 교수
는 숙였던 고개를 쳐들어 사내를 바라보았다. 사내의 눈빛이
야수의 그것처럼 이글거리는 것 같았다. 이놈들은 대체 또 어
떤 정보를 조작해냈다는 말인가.

"당신, 양평 별장에서 학생들 만난 적 있지?"

"네에?"

우 교수는 뜻밖에 놀랐다. 이것은 결코 이놈들이 조작해 낸
것이 아니라 실제 있었던 사실이었던 것이다. 대체 이런 사소
한 일들을 어떻게 환히 알고 있는 것인가? 학교 사학과 삼 학
년생들이 친목을 도모하기 위해 양평 그의 별장으로 왔다.

강가에 위치한 그의 별장에 매주 주말이면 동료 교수들이
한 둘씩은 찾아왔다. 그는 주말이면 대개는 그 별장에 가서 밀
린 연구논문을 쓰거나 휴식을 취하곤 했는데 학생들이 찾아온
경우는 겨우 한번 밖에 없었던 것이다.

"당신은 학생들을 상대로 의식화 학습을 시켰어."

"내가 의, 의식화 학습을 시켰단 말입니까?"

말도 안 되는 소리였다. 의식화 학습이란 정부 측에서 만들

어낸 용어로 흔히 용공집단에서 사상의 경도를 목적으로 포섭 대상에 학습시키는 것을 일컫는 것이었다. 그러나 우 교수는 학생들과 당시 무슨 내용의 대화를 나눴는지조차 확실히 기억 나지 않았다.

정부의 입장에서 불경스럽게 여겨지는 말이라면 아마 비민 주적 정치현실에 대해 좌담을 나눴던 것에 불과할 것이다. 요즘 어느 좌석이나 정부의 비민주성에 말들이 많다. 지금은 문민정부가 아닌가? 그럼에도 불구하고 많은 부분에서 달라진 내용이 없는 것이다.

문민정부가 들어선 이후 국민의 기대가 너무 컸던 탓에 체감의 정도가 미약하기 때문인지도 모른다. 그러나 분명한 것은 지금도 예전과 마찬가지로 권력의 억압으로부터 벗어나지 못한 민중들이 많다는 사실이다.

그도 문민정부 시대에 여기 이렇게 붙잡혀 들어와 모진 고문을 당하고 있지 않은가? 그런 생각으로도 문민정부는 한낱 정권이 내세운 허울 좋은 슬로건에 지나지 않은 것 같았다.

"이 새끼 정말 끈질기네 아무리 부정해도 소용없어. 이쯤에서 모든 걸 털어 놔, 날갯죽지 빠져나가기 전에. 북한에 관해 찬양을 늘어놓았지?"

"제, 제발 생사람 잡지 마시오."

그의 완강한 거부에 사내는 바닥을 징이 박힌 구두 굽으로 쿡 한번 찍으면서 인상을 찌푸렸다. 우 교수는 다시 사내의 고문이 가해지리라는 느낌이 왔다. 생각만 해도 진저리가 났다. 예상대로 사내가 그쪽으로 씨억씨억 다가왔다. 그리고 예리하게 그를 노려보았다. 그도 이번에는 시선을 피하지 않고 맞받아버렸다. '어떻게 같은 인간으로서 이럴 수가 있을까?' 그는 문득 사내가 역겹다는 생각이 들었다.

"이 새끼, 감히 여기가 어디라고 꼬나보는 거야! 정말 통닭구이 맛을 봐야 정신을 차릴 모양이군."

사내의 구두코가 그의 가슴을 차고 들어왔다. 그는 참혹하게 뒤로 무너졌다. 무너져서 바둥거리고 있는 허벅지를 사내가 다시 걷어찼다. 그는 눈을 감은 채로 죽은 듯이 널브러져 있었다.

사내가 구둣발로 그의 목을 조였다. 목이 끊어질 것 같고 당장 숨이 막혔다. 소용없는 짓인 줄 알면서 벌레처럼 헤어나려고 몸을 쥐어짰다. 사내는 얼마간을 간격으로 숨통을 조였다 풀었다가 하였다. 우 교수는 거의 정신을 잃은 상태였다. 사내가 머리에 찬물을 끼얹었다. 우 교수는 가까스로 의식을 추스르며 숨을 몰아쉬었다.

"당신은 어차피 불게 되어 있어. 여기서 끝까지 버틸 생각은 마, 결국 당신만 손해니까. 자, 잠시 생각할 여유를 주지. 우리가 바라는 것은 당신이 북한 공작원 김학수를 만나 정보를 제공하고 김일성의 지령을 받았다는 사실 인정이야, 물론 북한을 찬양한 내용과 공작금을 받은 사실도 인정해야겠지.

그래야 피차 고달프지 않을 테니까, 그럼 이따 다시 만나도록 합시다. 교수님께 무례한 행동을 취한 점 용서하시기 바랍니다."

사내는 마지막으로 예의를 갖춰 말하면서 노란 방을 빠져나갔다. 밖에서 문을 잠그는 자물쇠 소리가 들렸다. 우 교수는 저놈들이 자신에게 무얼 원하고 있는지 알고 있었다. 그러나 결코 저들의 요구에 기만당할 그가 아니었다. 자신의 입으로 없는 말을 만들어 낼 수는 없는 노릇이었다.

간첩이라는 누명을 쓰게 되느니 차라리 죽음을 택하는 편이 나을 성싶었다. 대학 교수로서 양심에 반하는 것은 물론이거니와 그를 아는 모든 분들께 실망을 시켜드리고 싶지 않았기 때문이었다.

3

사내는 자물쇠를 풀고 안으로 들어갔다. 그는 하루에도 수차례 반복되는 이 같은 일이 이제 염증이 날 정도였다. 틀에 박힌 업무의 반복 때문만은 아니었다. 그런 이유라면 차라리 어느 직장인들의 입장과 크게 다르지 않았을 것이다. 아무리 반복적인 업무라도 사람에 따라서는 즐거운 마음으로 일과 접할 수 있을 것이다.

그러나 사람을 심문하는 일이란 결코 그럴 수가 없다. 이건 숫제 자신이 인간이기를 포기해야 하는 것이다. 적어도 업무에 돌입하면 말이다. 자신이 인간이기를 포기하는 일이 그리

쉽지도 않을 것이다.

하지만 어쩔 수 없는 노릇이다. 이것도 자기 개인으로 보면 살기 위한 하나의 행위에 불과하다고 생각하기 때문이다. 여기에 몸을 담아 오면서 그가 느낀 점은 그래서 삶이란 참으로 쉽지 않다는 하나의 해답을 얻은 것뿐이다.

사내는 담배를 하나 피워 물며 의자에 앉는다. 그가 사흘째 심문했던 학생은 저쪽 쇠철봉 밑에 마치 버려진 자루처럼 뒹굴고 있었다. 작은아버지뻘 되는 옆방 교수님을 심문하는 일도 쉽지 않지만 막내 동생뻘 되는 한창 나이의 학생을 심문하는 일은 더욱 못할 일이다.

뭐 이런 기분이 어제 오늘의 일만은 아니지만 오늘은 까닭 없이 서글퍼진다. 그에게도 대학에 다니는 동생이 있고 숙부가 계신다. 이제 그들을 어떻게 볼 것인가?

심문을 하면서도 문득문득 그런 생각에 잠시 넋을 빼놓을 때가 있다. 그러나 무엇보다 같은 밥상머리에 날마다 마주해야 하는 마누라 보기가 민망스럽다. 지금은 어느 정도 이골이 나기도 하였지만 처음 얼마 동안은 거의 술을 마시지 않고는 배겨나지 못했던 적도 있다.

그도 똑같은 감정을 지닌 인간이기 때문이었다. 사내는 여러 차례 수사요원이라는 직업을 버릴 생각도 하였다. 그러나 가족을 책임질 마땅한 일자리를 다시 얻는다는 보장이 없었던 것이다.

사내는 국법을 어기고 용공사범으로 여기에 붙들려서 오는
이들을 결코 경멸하지는 않는다. 간혹 까닭 없이 증오스런 존
재들도 있긴 하지만 그건 아주 드문 경우다.

  그의 판단력에 의해(판단이 정확하지는 않지만) 확실히 국가
보안법상의 간첩이나 이적단체의 죄를 범했다고 인정되는 자
가 독립투사의 흉내라도 내려는 것처럼 침묵으로 일관하거나
부인하는 경우 분노마저 치솟는다.

  그러나 대개의 경우는 혐의를 둘 수 있는 확증으로부터 매
우 모호한 경우들이 많다. 그런 경우 그들을 심문하는 일이란
가장 곤혹스러운 것이다. 사내는 그때 인간으로서 비굴함을
느끼는 것이다. 더욱이 그의 심문에 굴복하고 마는 사람들을
보면 자신의 비굴함까지 겹쳐 더욱 견디기 어려운 것이다.

  그의 판단에 의하면 지금 저쪽에 자루처럼 나뒹굴고 있는
학생이나 옆방의 교수님, 그들이 죄를 범했다는 확실한 결론
은 결코 내릴 수가 없다. 그럼에도 불구하고 그로서는 혹독한
고문을 곁들인 심문을 하지 않으면 안 되는 것이다. 그의 직업
은 어떻든지 이곳에 붙들려온 이들을 조작된 자백이라 할지라
도 받아내야하는 것이기 때문이었다.

  사내는 담배를 바닥에 비벼 끄면서 의자에서 일어선다. 그
리고 숨을 깊게 들이 마신다. 학생이 저쪽에서 꿈틀거리고 있
다. 사내는 '이치는 정말 지독한 놈이군'이라고 속으로 중얼
거린다. 그는 사흘째 혹독한 고문을 당하고도 자백을 하지 않

고 고개만 내젓고 있는 것이었다.

사내는 학생을 향해 천천히 걸어갔다. 제발 이쯤에서 진술서를 받아냈으면 싶었다. 하기야 학생이 간첩활동을 하였다는 확실한 단서는 없었다.

헝가리에서 북한 대사관 공작원을 만났다는 혐의뿐이었다. 그러나 그 행위는 사내의 판단으로도 민주주의에 대한 열정에서 철없이 비롯된 것임에 틀림없었다. 통일을 위한 진정한 민주화운동을 북한 학생들과 함께 펼쳐나가기 위한 실천적 과제에 대해 서로 진지하게 대화를 나눴다고 학생은 당당하게 말했던 것이다.

사내는 학생의 머리 위에서 걸음을 멈췄다. 가만히 구부려 앉으며 학생을 흔들어 깨우자 학생이 감고 있던 눈을 떴다. 그리고 학생의 눈 밑으로 마른 눈물 자국이 보였다.

"김승만, 일어나, 다시 시작해야지."

사내가 칼칼하게 말하면서 비스듬히 노려본다.

그는 결코 자신의 속내를 학생에게 드러내 보이지 않으리라 다시 한 번 다짐한다. 여기서는 절대 나약한 면모를 보여줘서는 안 된다. 모든 감정은 일단 이 방에 들어오면 한쪽에 얽매어 두어야 하는 것이다. 유약한 일면을 드러내버리면 심문을 받는 사람의 마음도 해이되어 무장 자백을 받아내기 어렵기 때문이었다.

학생은 다시 몸을 일으켜 세워 나사 빠진 고물 시계처럼 앞는다. 그러면서 기침을 콜록콜록 한다. 사내는 내일쯤 학생에게 감기약을 사다줘야겠다고 생각하며 버럭 고함을 쳤다.

"헝가리 부다페스트엔 왜 갔느냐 말이야?"

그러나 학생은 이제 고문에도 주눅이 들어버렸다는 표정이다. 그의 고함에도 놀라거나 당황하지 않았다. 학생은 이미 죽음을 각오하고 여기에 들어온 모양이라고 사내는 생각한다. 사흘째 혹독한 고문을 당하고도 자백할 일말의 기미도 보이지 않는 것이다. 사내는 '이러다가 여기서 쫓겨나지나 않을까' 하는 엉뚱한 생각마저 해본다.

학생이 또다시 그를 노려본다. 몸의 기운은 모조리 빠져나간 듯해 보이지만 눈빛만큼은 번득이고 있다. 사내는 학생을 심문하면서도 간혹 녀석의 시선이 어찌나 매운지 자신의 시선을 녀석으로부터 슬그머니 비껴버리는 경우도 있다.

그것은 다만 학생의 시선이 매워서만은 아닐 것이다. 어쩐지 학생에게 못할 짓만 하는 것 같고, 같은 인간으로서 느끼는 자책감 때문이기도 할 것이다.

"어서, 어서, 어서!"

사내는 다시 다그친다. 그러면서 쇠철봉을 올려다보았다. 심문하는 사람을 쇠철봉에 이삼십 분쯤 거꾸로 매달아두면 아무리 독종이라도 당장은 '모든 게 그렇습니다'라는 식으로 나오고 만다. 이름 하여 '통닭구이'라는 고문이다. 그러나 사내는 차마 학생에게 그 짓만은 할 수가 없었다.

엘리베이터식 의자에 앉혀 스위치 하나로 물탱크에 떨어뜨리는 고문은 할 수 있지만 사람을 철봉에 짐승처럼 매다는 일은 참으로 어려운 것이다. 그것은 고문당한 자를 짐승으로 취급한다는 죄책감의 차원을 넘어 스스로 사람이 아니기를 거부하는 마음이 강하게 작용하기 때문이었다.

"어서, 어서, 어서, 이 새끼!"

사내는 제풀에 격분해서 학생의 머리를 움켜쥐어 비틀어버렸다.

"으으으으으……."

학생의 입에서 가는 신음 소리가 삐져나온다. 사내는 다시 고함을 치며 다그친다. 첫날부터 셋째 날까지 달라진 것은 아무 것도 없다. 마치 녹음테이프를 재생해 내는 경우와 흡사하였다.

그의 고함과 학생의 신음 소리…… 간간이 옆방에서 들려오는 다그침과 아우성이 들렸다. 그런 와중에도 짤막짤막하게 찾아오는 정적의 순간은 마치 태고에 생명이 깨어나는 것처럼 엄숙했다. 사내는 그 엄숙함 속에서 본능적으로 초연함을 느끼곤 했다.

"넌 헝가리로 탈출을 한 거지?"

사내의 물음에 학생은 좌우로 고개를 흔든다. 이제 말할 기력도 없는 모양이었다. 사내는 학생의 말을 내심으론 믿고 있다. 미국에서 유학을 하다가 귀국길에 헝가리에 들르게 된 동기, 헝가리에서 북한 대사관 공작원들과 나눈 얘기들이었다. 그리고 한국에 입국하게 된 경위 등이 결코 간첩행위를 수행하기 위해서가 아니었다고 사내는 생각하고 있는 것이다.

'학생이 헝가리 부다페스트에 들른 것은 미국에서 알게 된 교포지 발행인 서 씨라는 사람과 우의를 다지기 위해 인사차 들렀다. 그러므로 미국에서 탈출한 것이 아니다. 그리고 공작원들과의 대화 내용도 민주화운동을 하겠다는 일반적인 것들뿐이다.

한국에 가서 우수한 학생을 육사에 진학시켜 군대에 조직을 구축하라는 지령을 받았다는 얘기는 이쪽에서 조작해낸 것이다.'

학생의 얘기에 의하면 공작원이 이런 얘기를 했다고 하였다. '고등학교 학생들 중 의식화가 되어 있는 학생이 많이 사관학교에 들어가 군부를 진보적으로 만들었으면 좋겠는데……' 그러나 이것은 공작원의 독백에 지나지 않은 것이었다.

학생이 입국한 동기도 한국에 돌아가서 적극적으로 부딪히며 민주화 운동을 하겠다는 결심에서 시작된 것이 분명한 것 같았다. 학생운동에 관심을 두었던 탓에 데모 구경을 하며 메모해둔 데모의 규모, 진행과정, 구호가 등은 결코 국가 기밀로 볼 수가 없었다.

21사단이 양구에 있다는 것을 체득한 것도 우연의 일에 지나지 않는다. 군에 입대한 친구를 면회 가서 우연찮게 알았던 사실에 불과한 것이었다. 사내의 경험으로도 이런 내용을 가지고 학생을 간첩으로 몰아세울 수는 없는 것이다.

학생이 다만 공작원으로부터 여비조로 오천 불을 받은 것은 잘못이 분명하다. 그게 어떤 결과를 가져올지 뻔히 알면서도 공작원의 돈을 받았다는 것은 상식적으로도 이해하기 어려운 대목이다. 그러나 그런 사실로 간첩이라고 몰아세우기는 어려운 것이었다.

"이 새끼, 어지간히 끈덕지군."

사내는 시멘트 바닥을 꽝 차면서 어금니를 깨어 문다.

녀석에게 원하는 답변을 받아내기란 이제 거의 불가능하다고 생각했다. 그는 하는 수 없이 내키지 않은 고문을 시작해야 한다고 마음을 다진다. 그러나 학생에게 무슨 고문을 해야 할지 얼른 떠오르지 않았다.

그는 이미 기력을 잃은 까닭에 고문조차 의미가 없을 게 뻔하다. 공연히 그 자신만 정력과 시간을 소비하게 될 줄도 모르는 것이었다. 세상에 이런 경우가 어디 한두 번인가?

"너는 아직 젊다는 것을 명심해. 네가 정말 민주주의를 위한다면 여기서 죽음을 자초한다는 것은 무모한 짓이야. 자, 이제 그만 버티고 순순히 여기에 진술서를 써 봐."

사내가 학생에게 진술서를 건넨다. 백열등 불빛이 종이 위에서 하얗게 빛났다.

그들이 학생에게 바라는 것은 다만 세 가지였다. 첫째, 미국에서 헝가리로 간 까닭은 반국가 단체가 지배하는 곳으로 지

령을 받기 위해 탈출을 한 것이다. 둘째, 대사관 공작원과의
대화는 지령을 받은 것이다. 셋째, 국내에 귀국한 것은 지령을
수행하기 위해 잠입한 것이다. 이 세 가지만 받아내면 사내는
임무를 완수한 것이다.

학생은 진술서를 멀뚱히 바라본다. 그러면서 이를 앙다물며
순간 얼굴을 구긴다. 아무래도 통닭구이 맛을 보여줘야겠다고
생각한다. 그러나 그것만은 얼른 용기가 서지 않는다. 학생이
그를 날카롭게 쏘아본다. 사내는 마치 자신이 학생에게 심문
을 당한 듯한 느낌에 시선을 비끼면서 열없게 소리친다.

"이 새끼, 너는 간첩이야. 마음만 먹으면 당장 간첩죄를 적
용할 수도 있어. 여기는 민주주의니까 너희들의 인격을 존중
해서 자백을 받아내려는 거야, 이 새끼야. 수원 부근 고속도로
에 비상 활주로가 있다는 사실을 어떻게 알고 있어? 그건 일
급 국가기밀이란 거 몰랐어?"

사내의 다그침에도 학생은 아무런 반응을 보이지 않는다.
사내는 문득 학생 앞에서 자신의 무기력을 느꼈다. 수원부근
고속도로에 비상활주로가 있다는 사실은 수사기관의 단골 메
뉴다. 그러나 그게 결코 국가기밀은 아닌 것이다.

일반인들이 알고 있는 사실에 대해 '너는 아느냐, 모르느
냐'라는 투의 유도심문을 하여 안다고 하면 그것을 하나의 꼬
투리로 다그치기 시작하는 것이다.

이제 사내도 지쳤다. 오늘은 학생과 더 이상의 진전은 없으

리라고 생각한다. 사내는 다시 담배를 쭉 빨아들인다. 그러고
서 천정에 연기를 쏘아 올린다. 노란 천정을 향해 연기가 묽게
퍼져 올라간다.

사내는 문득 생각난 듯 담배 하나를 꺼내 불을 붙여 학생의
입에 쏘옥 집어 넣어주었다. 그러나 담배는 학생의 입에서 저
만치 날아가 버린다. 사내가 물려준 담배를 더러워 못 피우겠
다는 뜻인지 학생이 훅 뱉어버렸던 것이다.

"아니, 이 새끼가!"

학생의 옆구리를 사내가 걷어찬다. 학생은 으 으 윽 신음 소
리를 토하면서 뒤로 나자빠진다. 사내는 스스로 분에 못 이겨
씩씩거리며 한참을 쏘아보다 중얼거리며 문을 열고 나가버
렸다.

"이 자식, 아무래도 안 되겠군."

4

우 교수는 옆방에서 들려오는 신음 소리를 듣고 있다. 옆방
에서 심문을 받고 있는 사람은 참으로 의지가 강한 모양이다.
사내의 다그침에도 한마디 응대를 보이지 않고 있는 것이다.
우 교수는 자신도 옆방 사람처럼 잘 참아낼 수 있을까 생각하
며 몸을 부르르 떤다. 지금까진 잘 버텨냈지만 도무지 고문을
생각하면 자신이 없었다.

옆방이 순간 정적에 빠진다. 우 교수는 그쪽으로 귓바퀴를

모았다. 의식을 잃어버린 걸까? 사내의 소리가 들리지 않는다. 우 교수는 문득 몸을 움츠렸다. 저 소리, 아 저 소리, 발자국 소리가 그의 방을 향해 들려오기 시작했다. 앞 번의 발자국 소리보다 날카롭게 그의 가슴을 찍어 누르는 소리였다. 이윽고 문이 열리고 불이 켜졌다.

우 교수는 사내를 올려다본다. 이번에는 앞 번 사내보다 우락부락하게 생겨먹었다. 앞 번의 사내는 비록 심문을 하면서도 어딘지 모르게 인간적인 부분이 언뜻언뜻 드러났다. 그러나 이 사내는 보기만 하여도 주눅이 든다. 사내에게서 인간적인 데는 결코 찾아볼 수가 없을 것 같다. 우 교수는 이번에야말로 이를 앙다물고 버텨내리라고 속다짐을 해본다.

사내가 그쪽으로 걸어온다. 어울리지 않은 웃음을 머금고 있다. 저런 웃음, 그는 처음 보는 것 같다. 이렇게 무서운 표정의 웃음을 사람이 만들어낼 수 있다는 게 신기할 정도다. 사내는 각진 턱을 한 번 쓰다듬으며 그를 바라보고 섰다. 그는 물탱크 옆에 몸을 웅크리고 앉아 있었다.

"자, 진술서를 작성해. 어떻게 써야 하는지 이미 알고 있겠지?"

사내가 그에게 진술서를 건넨다. 그는 눈을 감고 가만히 생각에 잠겨 있다. 진술서를 쓰다니, 간첩행위를 했다는 등의 말도 안 되는 진술서를 쓰다니 어림없는 일이다. 그는 사내를 향해 고개를 내저어버렸다.

사내의 발길질이 가해지기 시작했다. 그는 마침내 혼절하고 말았다. 그가 미약하게나마 의식을 회복했을 때 사내는 그를 다시 다그치기 시작했다. 정말 지독한 사내였다.

"평양에 가고 싶다는 얘기를 한 적 있지?"

사내의 말에 우 교수는 다시 놀라지 않을 수 없었다. 이놈들이 대체 그걸 어떻게 알고 있는 걸까? 그는 동료 교수들과 함께하는 좌석에서 평양에 가고 싶다는 말을 했던 적이 있었다. 진지하지 않는 지나가는 투로 그렇게 말했던 것이다. 그러나 그것은 어디까지나 학문적 접근의 필요성을 인식하며 했던 말이었다.

고려사 연구를 위해서도 반드시 필요한 부분이라고 생각했다. 현장에서 필요한 자료를 입수하는 것이 역사학에서는 매우 중요한 부분이다.

더욱이 관계 학자와의 긴밀한 교류도 필요하다. 안보 차원에서도 우리는 북한을 알아야 하는 것이었다. 그러므로 학문적인 접근은 아무리 강조해도 무리가 아닌 것이며, 학문적 연구에는 어떤 방해 요소도 있어서는 안 되는 것이었다.

"순수한 학문 연구의 차원에서 말했던 것뿐입니다."

"학문 연구? 너희 놈들은 언제나 그따위 고급 언어로 우릴 우롱하고 있어. 우리가 그렇게 어리석은 놈인 줄 아나? 네놈들 눈빛만 봐도 무슨 생각을 하고 있는지 훤히 알고 있어. 이봐, 네놈은 지금 마누라가 보고 싶겠지? 자, 그러니까 진술서를 쓰란 말이야!"

사내가 그를 노려보며 말한다. 그러나 그는 진술서를 쓸 수가 없었다. 차라리 여기서 이대로 죽어버리는 편이 낫다는 생각이 들었다. 사람은 모두 한 번 죽게 된다는 사실이 갑자기 용기를 북돋아준다. 그는 다시 받아든 진술서를 와락 구겨버린다. 사내가 어이가 없다는 듯 허리에 손을 얹고 서서 한숨을 뿜어댄다.

사내가 몸을 한번 가볍게 털어낸다. 마치 전열을 가다듬는 전사 같은 모습이다. 우 교수는 저도 모르게 몸이 찌릿하게 저려왔다. 이제 다시 고문이 시작될 것이다. 사내는 그를 의자 위에 끌어다 앉혔다. 이놈이 무슨 짓을 하려는지 그는 짐작하고 있다. 벌써 몇 차례 경험을 해보았으니까. 그는 이미 죽을 각오를 다지며 묵묵히 고개를 떨어뜨리고 앉아 있다.

사내가 벽 쪽으로 걸어간다. 그리고 노란 벽에 붙은 스위치를 찰칵 누른다. 의자가 뒤로 빠져나가고 그는 물탱크 속으로 곤두박을 친다. 그는 거의 초주검 상태에서 위로 건져 올려졌다. 시멘트 바닥에서 숨이 경각에 부친 짐승처럼 헐떡거린다. 사람에게 물속에서도 숨 쉴 수 있도록 아가미를 부여하지 않은 하나님이 문득 원망스럽다.

아아, 이렇게 숨을 쉴 수 있다는 사실 하나만으로도 그는 지금 행복함을 느낀다. '돈과 명예가 참으로 부질없구나' 행복이란 결코 돈과 명예가 아니란 걸 꿈을 깨듯 깨닫는다.

그가 조금 회복하는 기미를 보이자 사내는 다시 심문하기 시작한다. 말도 안 되는 소리로 묻는다. 그는 사내의 질문에 모두 고개를 저어버린다. 그와는 결코 관계없는 내용이기 때문이다.

"이 새끼, 정말 쓴맛을 봐야 정신을 차릴 모양이군."

사내는 저쪽에서 금은세공에게나 필요한 용접봉 같은 것을 꺼낸다. 검은 전깃줄이 두 가닥 늘어서 있다. 저건 대체 뭘까? 여기서는 처음 보는 물건이다. 뭔가 섬뜩한 느낌을 풍긴다. 사내가 이쪽으로 흉포한 표정을 띠며 걸어온다. 우 교수는 몸을 오슬오슬 떨며 숨을 몰아쉬었다. 저건 말로만 듣던 전기 고문이 분명한 것 같았다.

밖에 있을 때는 이제 전기 고문 같은 것은 이미 사라진 줄 알았었다. 아니, 전기 고문 뿐만이 아닌 모든 고문은 사라진 줄 알았었다. 그러나 우리는 얼마나 많은 진실을 모르고 있었는가? 그는 문득 밖의 철모르는 사람들이 가엾다는 생각을 한다.

"이봐, 고개 쳐들어. 이제 너는 여기서 끝장이야. 마지막으로 한 번의 기회를 주겠다."

사내의 말에 그는 숨을 몰아쉰다. 그가 정말 이런 전기 고문에도 버텨낼 수 있을지 아득하다. 그러나 이미 죽음을 각오한 몸이 아닌가? 사내는 의미모를 미소를 지으면서 그를 바라본다. 그는 시선을 다시 바닥으로 떨궈버린다.

"김일성일 만났지?"

"아, 아닙니다."

사내의 표정이 다시 일그러진다. 우 교수는 깊게 숨을 들이마신다. 그러면서 문득 이게 세상에서 마지막으로 들이 마시는 공기가 될 줄도 모르리라는 감상적인 생각을 해본다.

　"북한을 찬양했지?"

　"아, 아닙니다."

　갑자기 사내가 그의 몸에 용접봉 같은 물체를 들이댄다. 그의 몸이 순간 펄쩍 뛰었다. 아직도 그에게 이런 힘이 남아 있었던 걸까? 그의 몸이 불에 쭈그러드는 비닐처럼 뒤틀리기 시작했다. 몸속을 흐르는 피가 손끝과 머리끝으로 치솟는 느낌이었다. 사내가 그것을 몸에 들이댈 때마다 그의 몸은 용수철처럼 뛰었다. 몸속에 피가 모조리 빠져나가는 듯했다. 팔과 다리가 멋대로 꼬이기 시작했다. 이런 고통을 언제 당해 보았던가?

　"으으으으으……."

　"아아아아아……."

　이런 소리들이 저도 모르게 입속을 빠져나왔다. 이대로 죽어버릴지도 모른다는 생각이 들었다. 사내가 다시 용접봉 모양의 물체를 그의 가슴에 들이댔다.

　"으윽……."

　"김일성이 만났지?"

　"네 네 네 네."

　"북한을 찬양했지?"

　"네 네 네 네."

사내는 미소를 띠면서 고문을 멈췄다. 우 교수는 바닥에 뒹굴면서 헐떡거리고 있었다. 그는 문득 몸서리를 쳤다. 그의 입에서 방금 무슨 말이 빠져나왔는지 의아했다. 아무래도 놈들한테 항복하고 말아버린 것 같았다.

　"좋아. 이제 네놈 입으로 불었으니까 직접 진술서를 써!"

　사내가 그를 노려보았다. 사내의 얼굴은 여전히 포악했다. 그러나 우 교수는 다시 고개를 저었다. 사내의 얼굴이 더욱 일그러지기 시작했다.

　"아니, 이 새끼가!"

　"ㅇㅇㅇㅇㅇ……."

　사내의 고문이 다시 시작되었다. 우 교수는 혀를 깨물었다. 온몸이 다시 꼬이기 시작했다.

　"김일성이 만났지?"

　"네 네 네 네."

　"북한을 찬양했지?"

　"네 네 네 네."

　"의식화 학습을 시켰지?"

　"네 네 네 네."

　그의 입에서는 자동으로 '네 네 네 네' 하는 대답이 빠져나오고 있었다. 사내는 다시 고문을 멈췄다. 그리고 진술서를 들이밀었다. 우 교수는 앞이 막막했다. 이제 어떻게 해야 한다는 말인가? 인간의 인내는 정말 한계가 있는 것인가? 이런 데서 죽어나간 사람들은 대체 어떤 사람들일까?

우 교수는 끝내 자신이 진술서를 쓰게 될지도 모른다는 생각에 온몸을 부르르 떨었다. 사내도 이제 뭔가 확신이 왔다는 뜻인지 용접봉 같은 물체를 저쪽으로 치워두는 것이 보였다. 그러나 우 교수는 다시 마음을 가다듬고 있었다.

5

우리 사회는 변하고 있다. 군사 정권을 종식시키고 문민정부가 들어섰으며, 민주화와 세계화를 외치기 시작했다. 그런데 참으로 이상한 일이다. 말로는 분명히 많은 변화를 시도하고 있는데 실제로 변한 것은 없는 듯하다.

금융 실명제나 지자체의 실시는 변화의 커다란 부분일 수가 있다. 그러나 이것은 어디까지 외적인 변화에 불과하다. 진정한 변화는 외적인 것보다 내적인 것이다. 이른바, 가시적인 변화의 뒤에 결코 변하지 않는 암적 세포가 숨어 있다는 말이다.

국제 엠네스티는 우리 정부에 각종 악법을 철폐해 줄 것을 경고했다. 세계적으로 유례가 드문 악법이 아직 우리 사회에는 남아 있기 때문이다. 그러나 정부는 국제 엠네스티의 경고에도 심드렁한 태도를 보이고 있다.

말하자면 세계의 흐름을 거역한 것이다. 그렇다면 결과는 간단하다. 흐름을 거역하면 어떻게 되는 것인가? 세상에서 가장 인간적인 나라에서 무참히 인권이 짓밟히고 있다는 사실은 결코 유쾌하지 못한 일이다.

여기저기 의식 있는 사람들의 목소리가 높다. 이대로 가다가는 세계화의 길목에서 도태되고 말아버릴 것이라고 얘기들을 한다. 그러나 진정 이야기를 들어야 할 사람들은 귀를 꼭꼭 막고 있다. 정의로운 것을 얘기하는 사람들을 오히려 억압하고 구속하고 있다.

심지어 죄 없는 시민과 지식인들을 잡아다 족치는 일도 서슴지 않고 있다. 우리는 결코 예전과 달라진 게 없다. 달라진 게 있다면 허울 좋은 슬로건을 줄기차게 내던지는 것뿐이다.

벌써 동이 터온다. 이제 곧 사람들은 잠에서 깨어날 것이다. 그러나 모든 집들과 모든 사람들에게 똑같이 동이 튼 것은 아니다. 동은 텄지만, 여전히 밤인 데가 있다. 그곳은 언제나 어둠속에 갇혀 있다. 그곳에는 낮과 밤의 개념이 없다. 시간도 그곳에는 멈춰 있다.

이것이 지금 우리의 모습이다. 그곳의 어둠을 쫓는 일은 그리 쉽지는 않겠지만 우리의 묵은 의식과 제도를 변혁하는 일이다. 아아, 지금도 어둠에 눌려 일어서지 못하는 가랑거리는 신음 소리가 들린다.

그 신음 소리를 다시 잠재우는 고함 소리가 귓바퀴를 돌아 머릿속을 후비며 들어오고 있다. 이제 세상은 완전히 동이 텄지만, 어느 한 쪽 구석에서는 여전히 어둠의 역사를 답습하고 있다. 아직도 얼어붙은 마음의 동토에 빙하기는 계속되고 있다.

새터 아리랑

새터아리랑

날품들이 빠져나간 인력 사무실은 바람 빠진 타이어처럼 헐
렁했다. 벽에 납작 붙들려 있는 '2010 혁신인력서비스 대상'
액자는 지난 5월까지 3년이란 세월을 꼼짝없이 영어(囹圄)의
몸이 되었다.

액자를 밀어낼 듯이 '흡연금지구역'이라는 팻말이 눈길을
잡아끌었다. 떠돌아다니던 먼지들도 바닥에 자리를 잡고 한숨
돌리던 순간, 진한 파우더향이 피어올랐다. 사무장 박선옥의
화장은 오늘 더욱 짙었다.

마흔을 바라보는 처녀여서가 아니라 인력사무소 일감이 홀
쭉해졌기 때문이다. 몇 해 전만 하더라도, 인력서비스 대상을
받을 정도로 일감이 들어왔다. 만족할 정도는 아니라도 실망
할 정도 역시 아니었다. 그때는 날품들에게 당일 일감을 제공
하는 일만으로도 뿌듯했다.

사무장의 짙은 화장은 본능적인 것이었다. 현장에 일감 사

냥을 나갈 때면 파우더향이 사내들의 코를 자극해 쉽게 일감을 낚아왔다. 사무장 치마 끝선에 닿으려면 무릎에서 한참 절벽을 올라타야 했다.

출입문 쪽에서 왁자지껄한 소리가 들리더니 문이 열렸다. 건설인력 영업팀에 이름을 올려두고 날품을 하고 있는 날품들이었다. 탈북자 이수철과 김강철이었다.

이수철은 영업2팀 기능공으로 미장공이었고, 김강철은 영업3팀에서 철거 일을 했다. 사람들은 이들을 새터 이 씨와 새터 김 씨로 불렀다. 두 사람은 처남 매제 사이였다. 이수철의 여동생 이수옥이 김강철의 아내였던 것이다.

"사무장님, 부탁 하나 있소, 우리 그저 일반공 일을 하겠수다. 뭐 자재관리도 좋구 잡일이나 청소도 무관합네다."

이수철이 사무장의 탐스런 가슴을 슬쩍 흘깃거리며 단호하게 말했다. 이수철의 옆에 붙은 김강철의 턱 끝이 쳐들어졌다. 두 사람은 며칠 째 날품을 구하지 못했다. 그들은 사이가 좋지 않아 보여도 항상 붙어 다녔다. 남쪽에서는 서로 의지하지 않으면 살아가기 힘들다고 판단했기 때문이다.

'그렇게 해주소. 내일부터 당장이오, 이러다가 굶어죽게 생겼수다' 하고 김강철이 실팍하게 거들고 나왔다. 남쪽에 터를 잡고 살아온 지 십여 년 남짓, 이리저리 떠돌다가 그래도 기술을 배워두면 든든할 것 같아 기능공이 되었던 것이다.

기능공으로 처음에는 한 곳에 자리를 잡고 일을 했지만 그렇게 오래가지 못했다. 차츰 일감이 줄어들어 직장에서 밀리고 마침내는 인력 사무실에서 그때그때 일을 찾아야 했다.

두 사람은 말다툼을 하다가도 일을 하는 것만큼 항상 서로를 챙겼다. 사무장이 자리에서 일어나자 진한 파우더향이 두 사람의 시선을 황홀하게 잡아끌었다. 기다랗던 귀걸이 끝이 술에 취한 허수아비처럼 흔들거렸다.

"그래도 일감 없기는 마찬가집니다. 잡일이나 청소 쪽보다는 그래도 기능직이 든든할 텐데…… 새터 김 씨 하셨던 컷팅 일은 이미 달포 전부터 일이 끊겼어요. 준공 떨어진 아파트나 빌라, 원룸 서껀 가뭄에 콩이 날 정도라니까요."

사무장의 대꾸는 무정했다. 찌르고 들어갈 빈틈이 없었다. 그럴 정도로 요즘 사정이 좋지 않았던 것이다. 옹벽을 치는 일도 슬라브를 치는 일도 구경하기 힘들었다. 그런 사정을 날품들이 모를 리가 없었다. 사무장은 이들이 공연히 말품을 팔고 있는 거라고 생각했다. 이들의 사정을 들어준다 한들 어려운 상황을 헤쳐나갈 궁리로는 마뜩치 않은 것이었다.

사무장은 날품들에게 항상 미안한 마음을 지니고 있었다. 탈북자들 가운데 인력사무소에 적을 두고 날품을 팔아 생활하던 사람들이 여럿이었다.

"사무장님, 염치없지만 가불(假拂:여기서의 가불은 장차 일을 시킬 업주를 대신해서 돈을 빌려주는 의미로 사용)이나 좀 해주시기요."

이수철이 비사증이 들어 붉어진 코끝을 매정스럽게 만지작 거리면서 말했다. 차마 입술을 떼기 힘든 부탁이었다. 굶어죽을망정 빌어서는 살고 싶지 않았다. 굶주림이라면 지난 세월 탈북을 시도하면서 이골이 났던 몸, 하지만 남쪽에서도 역시 목구멍은 포도청이었다.

이수철은 홀몸인 자신은 그저 굶주리는 일도 대수롭지 않게 여겼다. 수없이 맞은 죽음의 고비, 죽는 일 정도는 두렵지 않았다. 그러나 김강철의 가족을 생각하면 가슴이 먹먹해졌다. 피를 나눈 누이동생네는 가뜩이나 중학교에 다니는 아들이 있고, 초등학교에 다니는 딸도 있었다. 누이를 서먹하게 대하는 듯한 김강철의 태도는 밉고 미워도 피를 나눈 누이를 생각하면 언제 그랬느냐는 듯이 미운 마음이 사라졌다.

하나원을 퇴소하여 자리를 잡아 생활하다 지인으로부터 사기를 당한 것이 이수철을 여적 홀몸으로 있도록 만들었다. 자본주의 사회라는 것은 밥도 사랑도 공부도 돈이 있어야 가능했다. 하루 땀 흘려 일을 하고 받은 임금으로 어디든지 가서 먹을 양식을 바꿀 수 있다는 것은 요술램프처럼 보였다.

요술램프의 불은 처음에는 쉽게 꺼져들지 않고 앞길을 훤히 밝히는 듯했다. 그러다가 모를 일이 갑자기 시야에서 없어진 신기루의 흔적들이었다. 그리고 흘리는 땀의 가치를 알고 음미하며 그 땀을 흘리는 일이 자신의 마음대로 되는 것이 아니라는 것도 깨달았다. 땀을 흘리는 만큼 잘살 수 있다면 민주주의라는 것은 정말 요술램프보다 값나가는 것이었다.

사선을 넘으면서 가시에 옷깃이 찢어지고 살점이 떨어져 나가는 일보다 사라진 신기루의 허탈함에 때로 진저리가 났다. 숨통을 조여들며 오랜 세월 저당 잡힌 자유를 되찾았던 영혼이기에 견딜 수가 있었다. 그래도 막상 생활고에 휘둘리고 보니 그 팍팍한 현실을 차마 외면하기 어려웠다.

"가불해 드릴 수 없어 죄송합니다. 형편이 딱한 사정은 알지만 사무실 형편도 어렵기는 매한가지예요. 그러니 돌아들 가십시오."

"사무장님, 홀아비 사정은 과부가 안다 안합니까. 같은 처지에 너무 서운합니다. 밥줏꺼래기(=남은 밥) 좀만 적선하시면 안됩네까?"

'새터 이 씨, 함부로 말하지 마세요. 어째서 그쪽하고 내가 같은 사정입니까? 그쪽이 홀아비인 것은 모르겠지만 내가 과부는 아닙니다' 하고 사무장이 비아냥거렸다.

사무장은 이수철이 자신을 여자로 보고 있는 것이 불쾌했다. 결혼 못한 노처녀를 과부 대하듯 하는 태도가 마음에 거슬렸다. 탈북자들의 눈에 자신이 헐렁하게 비친다는 것이 사무장은 무엇보다 싫었던 것이다.

사무장은 마음속으로 흐흠, 아무려면 당신 같은 탈북자가 나를' 하듯 입을 샐쭉거렸다. '맞수다. 처남 말이 버덜어져서(=빗나가다) 그러니 이해하시오. 두 사람이 홀몸인 것은 맞잖소?

그러니 사이좋게 지내시게요. 처남, 그만 나갑시다. 핏대 세워 봤자 우리네만 싱거운 사람이야……."

김강철이 그래도 처남이라고 이수철을 거들고 나섰다. 새터 김 씨의 말에 이수철은 더는 말대꾸를 하지 않았다. 가불은 사실 기대하지 않았다. 일을 저축해 놓은 것도 아니며, 밀린 임금을 맡겨놓은 것도 아니었다. 미장공 일이나 철거 일이나 표시 나게 줄어든 탓에 잡일이라도 해볼 요령이었다.

남새 죽을 끓여 먹어도 아직 죽을 정도는 아니다. 북쪽에서 강냉이 죽을 끓여 배불리만 먹어도 행복하던 시절이 있었다. 강냉이 죽도 없어 뱃가죽을 건사하지 못할 때가 어디 한두 번이었던가? 이수철은 북쪽에서의 생활을 떠올리기조차 싫었다.

새터 김 씨의 속내 역시 같았다. 탈출을 하다 붙들려 북송되던 길에 굶었던 고통과 받은 형벌, 차라리 짐승이길 원했던 갖은 고문을 피를 토하며 견뎌냈다. 남쪽 사람들은 어떻게 그들이 죽음의 고비를 수도 없이 넘기면서 살아남을 수 있었는지 모를 것이다.

이수철은 새터 김 씨의 만류에 더는 입을 열지 않았다. 탈북자란 사실이 남쪽 사람들한테 당당히 걸어갈 수 없는 멍에처럼 여겨졌다. 차꼬를 찬 채 쭈그리고 있는 옛날의 죄인처럼 고개를 떳떳이 들고 다니지를 못했다. 배운 것도 없고 가진 것도 없고, 남쪽에서도 역시 북쪽에서처럼 출신성분이 삶의 행로를 좌우했다.

북쪽 사람들이 더는 남쪽으로 넘어오지 말아야 한다고 생각했다. 남쪽에서 터를 잡고 살아가는 탈북자들의 수가 많을수록 살아가는 일이 팍팍해질 것이라고 그들은 생각했다. 통일이라는 말은 그저 꿈속에서나 불러봄직한 말이었다. 이런 생활은 끊임없이 불속에 뛰어드는 불나방처럼 어리석은 짓일지도 모른다. 전철을 더듬는 순간의 유희와 몸짓일 뿐이다.

북쪽과 남쪽 사람들은 비록 핏줄은 하나일지라도 이미 오랜 세월 격리된 세월 속에 살았다. 이는 피를 마치 원심분리기로 분리하여 오랜 세월 완전하지 못한 반쪽으로 살아온 삶과 다르지 않았다.

격리된 지난 60년을 훌쩍 뛰어넘은 세월의 깊이가 너무나도 컸다. 그래도 하나가 되는 일을 포기할 수 없는 것이 이치이기에 몸부림을 치고 있는 것인가? 허망한 세월이 아니기를 모두는 바라고 있을 것이었다.

이수철 등은 담배를 하나 피워 물면서 제품에 안절부절못하고 벽과 벽 사이를 반복해서 걸어 다녔다. 어디에도 안주할 수 없는 불안함이 이들을 엄습하고 있었다. 사무장도 이들의 이런 속내를 모르지는 않았다. 그러나 대차게 채근하지 않으면 인력 사무실은 머슴들이 이바구 틀고 시간을 축내는 사랑방이 되어버릴 것이었다.

"담배는 나가서 태우세요. 이건 숫제 사랑방이라니까. 그쪽 사람들은 예절도 몰라요? 인력사무소도 공적인 장소예요. 더

군다나 숙녀를 앞에 두고 담배질을 하다니……."

사무장의 히스테리는 이수철의 작은 키를 뛰어넘고도 남았다. 이수철 등은 사무장 박선옥의 이런 태도가 노처녀의 히스테리라고 생각했다. 이런 그녀의 태도가 새터 이 씨는 그렇게 싫지 않았다. 몇 번을 빠르게 빨고서 시멘트 바닥에 담배를 짓이겨서 껐다.

김강철의 볼 속에도 구름과자가 가득했다. 이렇게 해야 마음속에 켜켜이 쌓인 울분의 찌꺼기들이 한껏 부풀려졌다가 달아나는 듯했다.

사무장이 갑자기 품속에서 무엇인가를 꺼내더니 '호루루루' 하고 불었다. 호루라기 소리였다. 순간, 누구랄 것도 없이 그들은 몸서리를 쳤다. 호루라기 소리를 들으면 파랗게 힘줄부터 돋았다.

처음 국경을 넘기 시작할 때부터 수없이 붙들리던 순간, 항상 호루라기 소리가 있었다. 호루라기는 불길한 그림자의 징조였다. 그 소리가 귀에 닿기도 전에 까맣게 시야부터 가렸다. 항상 호루라기 소리는 시커먼 색깔로 먼저 발목을 눌러버렸다. 이수철과 김강철은 얼어붙은 얼굴로 서로를 바라보았다. 사무장의 품속에서 호루라기 소리의 씨앗이 은폐하고 있었다는 것을 처음 알았다. 이수철이 당황하면서 떨리는 목소리로 말했다.

"사무장님, 대체 이것이 무슨 경우입니까? 어찌 죄 없는 사람을 이렇게 놀래키는 겁네까? 누가 사람을 잡아 묵습니까?"

"거 탈북자라고 괄시하지 말라요. 우리도 엄연히 한국 사람입니다. 핏발 튀어나오도록 일도 했습니다. 티 나지 않게 살아보자고 허리 한번 제대로 펴지 못했단 말입니다. 땅강아지처럼 땅만 바라보며 살았습니다. 어찌 호루라기를 부십네까?"

"흡연금지는 규칙입니다. 두 사람이 지금 규칙을 어겼다는 말씀예요. 분명히 담배는 나가서 태우시라 했잖습니까? 어째서 규칙을 어기는가 말입니다!"

새터 김 씨의 말을 두부로 간단히 자르듯이 사무장의 말은 단칼이었다. 그녀의 갑작스런 태도에 이수철 등은 등골이 서늘해졌다. 대낮 백주에 규칙을 어기는 치한이 되어버렸기 때문이다.

북쪽에서 겪었던 일이 새삼 떠오를까 두려워 그들은 몸을 부르르 떨었다. 자칫 여기에서도 경찰에 붙들려 취조를 당할 수도 있겠다는 생각이 들었다. 사무장의 호루라기는 북쪽의 안전요원이나 보위부원의 완장과 하나도 다르지 않았다. 잔뜩 겁을 먹은 탓에 이수철 등은 서둘러 인력 사무실을 빠져나왔다. 공연히 불길한 마음이 들었다.

새터 이 씨는 사무장 박선옥의 히스테리에 주눅이 들어버리는 듯했다. 운명적인 존재, 또는 신분적, 태생적으로도 멀리에 있는 존재 때문인 듯 했다. 그녀의 호루라기 때문에 더욱 그렇게 여겨지는 것이었다. 사무장의 품속에 호루라기 소리가 은

폐하고 있는 한 그러할 것이었다.

새터 이 씨는 그녀 곁을 떠나 인력 사무실을 등질 수밖에 없을 것이다. 지난날의 기억이 스트레스가 되어 핏줄이 터지고 심장이 터져버릴지도 모르기 때문이었다.

하루 종일 일감을 찾아 돌아다녔다. 인력 사무실에서 일감을 찾느니 직접 공사판을 돌아다니는 것이 나을 듯했다. 한창 빌라며 원룸 붐이 일어날 때는 발품 팔아 조금 다니다 보면 현장을 찾을 수가 있었다. 하지만 해종일 돌아다녔음에도 눈에 띄는 공사판은 몇 군데밖에 없었다.

건설 경기는 이미 바닥을 달리고 있었다. 어쩌다 현장을 찾기는 했어도 현장 책임자는 고개를 저었다. 일자리를 만나는 일은 정말 쉽지 않았다.

해질녘이 되어서야 어느 현장에서 막걸리 한 사발을 얻어 마실 수가 있었다. 마치 예전에 인력 사무실에서 눈인사 정도 하던 사람을 만날 수가 있었기 때문이었다. 그 사람과 술잔을 기울이면서 이수철 등은 놀라운 사실을 알게 되었다.

"새터 이 씨, 들어봤습니까?"

"뭘 말입네까?"

얘기를 나누다가 이렇게 놀랐던 적이 있었나? 할 정도로 김강철 역시 입이 쩍 벌어졌다.

"인력 사무실 박 사무장말입니다. 사무장 아버지가 북쪽이 고향이라던데……."

그 사내의 말은 믿기지 않았다. 아버지의 고향이 북쪽이라면? 이수철 등은 동시에 고개를 저어버렸다. 아무리 생각해도 틀린 말 같았다.

초록은 동색이라는 말이 무색할 일이다. 어찌 같은 처지의 사람이 그렇게 냉정할 수가 있는가? 사무장이 싹싹하게 대했던 기억이 그들은 떠오르지 않았다. 그런데도 이수철 씨는 문득 입이 벌어졌다. 노처녀 히스테리가 심한 사무장을 생각하니 공연히 웃음이 나왔다.

어둑한 골목을 이수철 등은 빠르게 걸어 올랐다. 어두운 골목에 들어서면 그래도 마음이 편안해진다. 밝지 않은 데 익숙해진 탓이다. 눈에 띄지 않아야 살 수 있다. 탈북을 시도하는 과정에서 수없이 되 뇌이던 말이었다.

그들의 걸음은 본능적으로 빨랐다. 남쪽에서도 북쪽에서도 빠르지 않으면 살아남을 수가 없다고 생각했다. 더욱이 오랜 세월 쫓기는 생활 속에서 빨라진 것은 걸음뿐이었다.

인력 사무실 근처의 술집에 들르지 않을 수 없었다. 그날은 아무리 지닌 것이 없어도 이수철 등은 한잔 마시고 싶었다. 사무장에 대해 동료에게 들었던 놀라운 사실은 술잔을 끌어들이게 했다. 그러나 이수철은 그 보다 더 급한 일이 있었다. 김강철 씨의 변절한 마음을 채근하는 일이었다. 탈북을 하는 과정에서 새터 김 씨는 이수철의 여동생 이수옥과 부부가 되었다.

지난 1995년부터 북한에는 배급이 끊어졌다. 청년근위대에 나가 군대생활이나 다름없는 생활을 하던 수옥은 도둑질을 해야 했다. 목표달성 벽돌 채우기, 모래 채우기 등을 하면서 어쩔 수 없이 남의 물건에 손을 대야 했다. 결국 그런 생활을 참지 못하고 수옥은 집으로 돌아와 버렸다. 그날 밤에 한 개 분대가 수옥을 잡으러 들이닥쳤다. 새벽녘에 다시 끌려들어갔다.

벌칙으로 24시간 보초를 세웠는데 수옥은 죽을 힘 다해 틈을 타서 다시 도망쳐 나왔다. 이제 잡히면 죽은 목숨이다. 수옥의 부모는 죽음을 무릅쓰고 자식을 위해 주재원을 매수해 통행증을 받았던 것이다. 그리고 북쪽에서 낙인찍힌 신분으로 살기 어렵다고 판단하여 수철 씨까지 탈출시키는데 성공했다.

수옥은 부모님의 희생으로 우여곡절 끝에 국경을 넘어 중국으로 들어갔다가 인신매매범을 만나 여러 차례 노리개처럼 중국 남자들한테 팔려 다녔다. 그들은 재미삼아 얼마간 데리고 살다가 다른 남자한테 돈을 받고 팔아넘겼다. 공안원에 신고한다는 그 한 마디가 무서워 어떤 상황에서도 거절하지 못했다.

인간지옥이었다. 그러다가 중국 공안에 붙들려서 다시 북송되었다. 뱃속에 자란 누구의 씨인 줄도 모른 아이는 북쪽에서 강제로 낙태를 시켰다. 집결소에서는 강제로 낙태하는 일은 물론 영아를 살해하는 일도 거침없이 자행되었다. 변방의 구류소와 노동단련대의 참혹한 채찍과 폭행은 차라리 죽음이 낫다는 생각이 들었다.

보위부에서는 갓난아기가 태어나면 한족의 씨라면서 아기

의 머리통을 채찍으로 때렸다. 강제로 아기를 유산하고 보위부에서 단련대까지 그 먼 거리를 뛰어가도록 했다. 돈을 숨기고 있는지 여성의 생리대 갈피까지 조사했다.

계호원의 허락이 없으면 화장실에 갈 수도 없었다. 수옥은 보위부에서 사회 안전부로 이송되던 중에 오빠 수철 씨와 아는 분을 만난 덕에 재탈출을 하게 되었다. 그런 과정에서 지금의 남편 김강철 씨를 만나게 되었던 것이다.

새터 김 씨는 북쪽에서 인민군으로 복무한 뒤에 군단 외화벌이 사업소에서 일했다. 북쪽에서는 누구나 선망하던 자리였다. 하지만 북한에 엄청난 기근이 몰아닥치면서 굶어죽는 사람들이 수없이 늘어났다.

김강철은 고난의 행군 시절에도 의협심이 매우 강했던 사람이었다. 굶어 죽어나가는 사람들이 늘어나자 세상이 살기 힘들어졌다는 하소연을 김강철 씨가 늘어놓았다.

동료 중 하나가 그의 불만을 안전보위부에 고발했고, 그는 도망자 신세가 되지 않을 수가 없었다. 탈북을 하고 다시 붙들려 북송을 당하고 재탈북을 시도하면서 죽을 고비를 수없이 넘겼다. 그러다가 이수철 씨와 수옥을 만나게 되었던 것이다.

김강철과 수옥은 재탈북의 과정에서 사랑하는 사이가 되었다. 탈북녀의 삶이 어떤 삶이라는 것을 알면서도 김강철은 수옥을 받아들였다. 지난 과거의 기억들을 지우고 함께 위로하며 살자고 했다. 중국에서 4년 넘게 도피생활을 하면서 그들 사이에 아들도 태어났다.

지금 중학교에 다니는 김태산이란 아이였다. 하지만 남쪽에 들어와 자리를 잡고 살면서 새터 김 씨는 변하는 듯했다. 태산이가 자신의 아이가 아니라며 주먹질을 했던 적도 있다. 태산의 여동생이 남한에서 태어났음에도 불구하고 술을 마시면 객기를 부렸다.

"처남, 태산이 그놈아 혈액형이 도대체 어디서 나왔다 여기십네까? 태산이 저도 엄마 아빠한테 나올 수 없는 혈액형이라 아주 대놓고 그러두만요."

"매제, 제발 그 소리 집어치워…… 우리 민족의 운명이야. 수옥이를 자네 여자로 만들면서 뭐라 했어? 통일되는 날까지 아들 딸 잘 낳고 살자고 했지? 그런 사람이 어디서 씨 타령을 하누? 솔직히 매제도 처음에 우리 수옥이 겁탈한 거 아이가? 내 틀린 말을 했나? 가이없게(불쌍하게) 태어난 우리들의 자식들이야. 그런 자식 끌어안을 줄도 모른 사람이 무슨 통일, 통일, 술만 마시면 통일을 아주 노래를 부르고……."

술자리는 이미 엉망이 되어버렸다. 그들은 술집에서 나와 각자 집을 향해 돌아갔다. 김강철 씨는 남쪽에서 살면서 자꾸 아내의 과거가 떠올랐다. 중국 내지를 떠돌면서 뭇 남성들의 노리개가 되었던 아내, 또한 아내와의 사이에서 태어난 아들이 십중팔구 다른 사내의 씨라는 것을 알았다.

아들이 하나도 자신을 닮지 않았다고 새터 김 씨는 생각했다. 술 냄새를 풍기며 집에 들어온 김 씨는 주방에서 딸그락거리고 있는 아내를 쳐다보는 둥 마는 둥 하고 방문을 쾅 닫고 들어가 버렸다. 이수옥의 낯빛이 흐린 날씨처럼 울가망스럽게 변했다.

"당신 그래 이혼하고 싶어? 어디 한번 이혼해 줄 테니 딴 에미나이 데려다 잘살아 보소. 다른 남자 씨를 내 쇡였다(속였다), 맞다, 쥑지 않고 살라고 내 아랫도리 쳐들어온 놈들 좨 내 서방 만들었댔다……."

이수옥이 하염없이 눈물을 흘리기 시작했다. 바로 그때, 아들 김태산이 학원 수업을 마치고 돌아왔다. 태산은 수옥에게 학교에서 가져온 과제물을 펼쳐보였다. 김강철 씨는 슬며시 방문을 열고 저쪽에서 물끄러미 태산의 모습을 바라보고 있었다. 새터 김 씨의 눈가에 까닭모를 눈물이 아까부터 맺히기 시작했다.

"엄마, 가정환경조사서를 어떻게 작성해야 합니까?"

"뭐에, 한동안 없던 가정환경조사서를 또?"

이수옥의 얼굴이 다시 어두워졌다. 수옥에게 희망이란 오직 태산이 밖에 없었다. 누구의 씨는 중요하지 않았다. 태산이가 태어나서 수옥은 질긴 목숨을 지켜왔던 것이었다.

태산이가 아니었다면 지금까지 결코 살아 있지 않았을 거라고 수옥은 생각했다. 어린 아이를 품고 죽을 고비를 넘기며 찾은 남쪽 세상이었다. 그래도 북쪽에 비하면 여긴 천국이나 다

름없었다. 수옥은 어서 빨리 통일이 된 조국을 아들에게 물려
주어야 한다고 생각했다.

"부모직업도 써야 하고 재산도 써야 하고 직장도 써야 하고
학력도 써야 하는데요. 아빠, 뭐라 써야 하나요? 아빠, 우린
한국 사람 아니에요? 내 친구가 나더러 다문화 가족이라던데
요. 난 다문화 가족 그런 거 싫습니다. 엄마 아빠가 다 한국 사
람인데 왜 내가 다문화 가족입니까? 아빠가 필리핀 사람도 아
니고 중국 사람도 아닌데……."

태산이 김강철에게 붙임성 있게 물었다. 새터 김 씨는 태산
에게 아무런 대답을 들려주지 못하고 집을 나와 버렸다. 가정
환경조사서라니 그는 입을 잘근잘근 씹었다. 언젠가 한 번 학
교에 찾아가 항의를 했던 적이 있었다.

남한 물정을 아무리 모른다 하더라도 자식의 학교문제까지
문외한은 아니었다. 가정환경조사서를 쓰는 것도 학생들 사이
에 위화감을 조성한다 하여 금지된 사항이란 것도 알고 있었다.
정부는 신상정보 수집을 법적으로 금지하고 있었던 것이다.

사실 김강철 씨는 태산이를 남의 자식이라 여기지 않았다.
혈액형에 대한 지식을 체득하고 의사의 설명을 들으면서 당황
했지만 태산이를 남의 자식이라 여기지는 않았다. 이수옥과의
이혼 얘기를 꺼낸 것도 정말 싫어서가 아니었다. 세상 살아가
는 일이 너무 힘들어서 부리는 투정 같은 것이었다.

남한에서 새터민으로 살아가면서 좀체 그들 속에서 동화되

지 못하고 겉도는 상황이 역겨웠을 뿐이다. 가뜩이나 최근에 닥친 경제상황은 날마다 막다른 골목으로 그를 밀어 넣었다.

김강철 씨는 최근 티격태격 벌어진 이수철 씨와의 관계를 생각하면 가슴이 찢어졌다. 그래도 마음이 답답할 때에 찾아가는 발길은 바로 처남 이수철 씨였던 것이었다. 새터 이 씨의 집에 들렀을 때 이수철은 아직 들어오지 않은 상태였다.

밤 아홉 시가 지났는데도 인력사무소의 불은 꺼지지 않고 있었다. 경영난에 몰리면서 사무장 박선옥의 걱정은 태산이었다. 일감이 줄자 일감을 찾아오는 날품들까지 줄어들었다. 사무장이 인력사무소에 근무한 이래 최대의 위기에 몰리고 있었다. 그래서 하루 종일 예전의 거래처에 전화를 돌렸다.

귀가 따갑고 목구멍이 아팠다. 새터 이 씨와 김 씨에게 가불을 해주지 못한 것이 못내 마음에 걸렸다. 하지만 이제 통장의 잔고도 달랑달랑했다. 속내를 보여주면서 마음을 퍼주는 일은 그저 상상일 뿐이다.

사무장이 그들을 매몰차게 내치는 것은 혹여 약해질까 두려워서이다. 함흥에서 전쟁 통에 월남한 아버지의 유언은 반드시 아버지의 원래 성씨를 찾아 사용하라는 것이었다.

사무장의 아버지 김명선은 월남하여 자신의 성을 바꾸지 않으면 안 되었다. 그래서 살아남기 위한 선택으로 김 씨에서 박씨가 되었던 것이었다. 통일이 되면 반드시 아버지의 고향을 찾아 가족들을 만나야 한다며 다짐했다.

고향의 가족들을 일일이 기록하고 고향의 집과 농토 등도 일일이 기록에 남겨두었다. 무엇보다 탈북자들을 내 가족처럼 잘 받아들여야 한다고 당부했다. 그런 태도라야 통일을 이룩하는 길이 앞당겨진다는 것이었다. 사무장은 탈북자들에 대한 작은 배려가 통일을 앞당기는 길이라고 생각했다.

새터민들을 결코 멀리하지 않고 항상 가까이에 두었다. 인력사무소에서 만난 여러 탈북자들을 보면서 그 일이 천직이라 여겼다. 이수철 씨를 살갑잖게 대한 것은 정말 자신의 본심이 아니라고 생각했다. 사무장은 새터 이 씨를 결코 남처럼 여기지 않았다. 그를 보면 아버지 생각이 났다.

아마 북쪽에 자식을 남겼다면 저런 모습을 하고 있지 않을까? 이런 상상을 했던 적도 있었다. 사무장은 피곤한 몸을 털어내면서 인력 사무실을 빠져나왔다. 허허로운 바람이 귓불을 스치고 지나간다. 그녀는 낮에 당돌하게 불었던 호루라기를 목에 걸었다.

사무실에서 멀지 않은 동네에 집이 있다. 어둑한 골목들을 끼고 돌아야 집에 도착한다. 그래서 며칠 전에 호신용으로 호루라기를 구입했던 것이다. 성폭력범들이 활개를 치는 어둑한 골목에서 호루라기는 그녀에게 수호신과도 같았다. 그런데 이 무슨 불길한 일이란 말인가?

호루라기를 구입하여 며칠도 되지 않는데…… 골목을 꺾어 돌자 어두운 골목이 다시 나타났다. 사무장은 공연히 오싹

한 기분이 들어 걸음을 빨리해서 걸었다. 그런데 어디선가 갑자기 사내 하나가 튀어나오더니 그녀의 엉덩이를 움켜잡는 것이었다. 사무장 박선옥은 당황한 중에도 목에 건 호루라기를 세차게 불었다.

엉덩이를 만지면서 가슴께를 더듬으려던 성추행범이 쏜살같이 앞쪽 골목으로 뛰어나갔다. 그 사내의 뒤를 쫓아 키가 작은 듯한 다른 사내 하나가 아주 날렵한 동작으로 성추행범을 쫓았다. 사무장은 누군가 자신의 뒤를 미행한 남자가 또 있었다는 것을 깨달았다. 사무장은 가까스로 진정을 하고 있었다.

한참 뒤에 저쪽 어둑한 골목에서 키 작은 사내 하나가 숨을 헐떡거리며 사무장 쪽으로 걸어왔다. 바로 이수철 씨였던 것이다. 사무장은 새터 이 씨의 모습에 깜짝 놀랐다.

"아니, 새터 이 씨가……"

"사무장님, 저는 범인이 아닙네다. 우연히 사무장님 뒤를 걷다가 성추행범을 보고 때려 잡을라 달려든 거입네다."

"지금 저더러 새터 이 씨 말을 믿으란 말입니까? 허튼 소리 마세요. 그쪽이 내 엉덩이 만지지 않았습니까?"

사무장의 말은 새터 이 씨를 성추행범으로 모는 듯했지만 그녀의 말투에는 장난기가 숨어 있었다. 사무장은 이수철 씨가 자신의 뒤를 따르면서 우연히 성추행범을 목격하고 그를 뒤쫓은 사실을 알고 있었다.

"우닥질하지(우기지) 마시라요. 하하하…… 이제 보니 이 골목길 불알(백열등)이 왜 이렇게 어둡습니까? 때불알(샹들리에)을 달아야 하지 않겠습네까?"

이수철 씨의 입에서도 웃음기가 삐져나왔다. 사무장의 아버지가 북한에서 월남했다는 사실 하나가 이렇게 거리감을 좁혀주었다. 새터 이 씨의 장난기 섞인 말에 사무장이 덩달아 받았다.

"새터 이 씨, 날총각(건달)은 아니지요? 날래 가라앉힘약(진정제)이나 사다주시라요."

이수철 씨는 사무장의 말투에서 이제 동료 의식을 느끼고 있었다. 월남한 부모를 두었다는 소문이 빗나가지 않았다. 새터 이 씨는 공연히 가슴이 설레었다. 통일이 되어 마음이 통한 여자를 만난 듯한 느낌이었다.

"걱정 마시라요. 날래 약국에 다녀오겠수다."

"어머머, 저를 여기 골목에 두고 혼자 가신다는 거예요? 이 까짓 약 필요 없습니다."

사무장이 투정을 부리는 말투로 살갑게 말했다. 어둠 속에서 새터 이 씨의 입이 벙글어졌다.

사무장과 이 씨는 누가 먼저 약속한 것도 아닌데 손을 맞잡고 있었다. 골목을 내려오던 길에 김강철 씨를 만나게 되었다. 새터 김 씨는 상황 파악을 하지 못한 터라 입이 쩍 벌어졌다.

"가시자요. 우리 수옥이 보러 갑시다. 수옥이도 보고 우리 조카 태산이도 보러 가십시다래. 이제 됐시다. 이래 마음들이 맞으니 통일도 멀지 않았시다래……."

이수철 씨의 말은 당당했지만 물기를 머금고 있었다. 북쪽에 계실 부모님의 모습이 어룽거렸다. 김강철의 손이 이수철의 손을 덥석 잡았다. 새터 이 씨는 새터 김 씨의 깊은 마음을 그의 손길에서 느낄 수가 있었다. 수옥의 문제나 태산의 문제는 그저 곪은 종기에 지나지 않는다. 곪은 종기는 치유하여 사라지면 그뿐 뿌리까지 침투하지는 못한다.

새터 김 씨의 집을 향해 걸어가며 그들은 어둠 속에서 누가 먼저랄 것도 없이 아리랑을 불렀다. 어두운 골목길의 아리랑은 결코 구슬프지 않았다. 희망찬 아리랑은 마음을 하나로 소통하는 통일의 지름길이었다.

물고기가 물을 떠나서 살 수가 없듯 그들이 열심히 헤엄을 치면서 인간답게 살아가야 하는 데가 한국이었다. 물고기의 생존에 산소가 필요하듯 사람의 생존에도 산소가 필요하다. 우리가 사는 세상에서의 산소는 통일을 위한 사회적 환경을 가꾸어 나가기 위한 밑바탕일 것이다.

정체성, 그리고 이방인의 여행

-천성래 소설집 『고양이와 소녀』

정체성, 그리고 이방인의 여행

−천성래 소설집 『고양이와 소녀』

주이강(문학평론가·한양대 강의교수·문학박사)

천성래의 단편은 1990년대 초까지 이어졌던 이념 간 갈등의 문제를 갈등의 주동자가 아닌 동시대를 살았던 소시민들의 입장에서 그들의 갈등과 피폐, 욕망과 좌절을 보여주고 있다. 이는 작가 천성래의 역사 비판 의식과 역사 소명 의식이 작품으로 표출된 작가주의 관점에서 비롯되었다고 볼 수 있다.

천성래는 25여 년간 소설가로 활동하고 있으며, 작품의 완성도를 위해 삼국시대부터 근대에 이르기까지 철저히 우리 역사를 고증하였고, 그것을 대중과 끊임없이 조율하면서 특히 역사 소설의 일가를 이루어가고 있다.

천성래의 작가 의식은 곧 굴곡진 역사 속에서 감내해야 하는 역사적 소명 의식과 그것을 감내해 내는 소시민의 삶에 집중되어 있다. 지금 출간하게 되는 작가의 소설집 『고양이와 소녀』는 단편 「뿍갱이」, 「거룩한 선택」, 「고양이와 소녀」, 「5월은 살아 있다」,「장승」,「프락치」,「빙하기」,「새터 아리랑」으로 구성되어 있다.

이 작품들 역시 그의 사회비판적 관점에서 소시민의 일상을 조이는 폐부를 적나라하게 그려내고 있다. 작가는 현시대의 우울과 오류가 단지 정체된 삶이 아니라 끊임없이 요동치는 역사의 소용돌이 속에 있음을 인식하고 보이지 않는 힘에 의해서 진격의 발걸음을 내딛고 있음을 확신시킨다.

작품은 사상적, 역사적, 현실적 비판 의식을 고스란히 드러내고 있으며, 작가의 시선은 소시민의 분열된 삶을 조율하는 과정과 함께 있다.『고양이와 소녀』는 단편을 묶은 소설집으로 형식면에서는 각각의 짧은 에피소드를 취하고 있지만 바탕에는 당대의 현실과 사상이 내밀하게 내재되어 있다.

작가는 고차원적인 이념과 복잡한 사회적 구조 속에서 소시민 간에 겪어야만 하는 갈등을 과장하지도 오독하지도 않는다. 제대로 정립되지 못한 이데올로기의 폐해를 감각적으로 수용해야 하는 소시민의 진실을 진정성 있게 표출하는데 집중하고 있다.

「뿍갱이」는 어른을 위한 동화라 할 만큼 성장통이 있는 작품이다. 형의 사회 운동 혹은 민주화 운동에 의해 빨갱이로 몰린 초등학생 주인공과 그를 둘러싼 인물들 간의 갈등이 형의 처지에 따라 변화되는 상황을 통해 따뜻한 시선으로 그려나가고 있다.

특히 주인공과 반동인물의 상황에 따라 거수기를 하는 아동들의 모습은 우리 사회의 은밀한 이중적 모습이라 할 수 있다. 정의나 진실이라는 것은 결국 은폐될 수 없음을 깨닫게 해주는 것이다.

「거룩한 선택」은 대한민국 근대사의 가장 핵심이 되는 사건이라고 단언할 수 있는 5·18 광주민주화 운동을 배경으로 삼고 있다. 국가적으로는 가장 기념비적인 사건임에도 불구하고 작품에서는 5·18 광주민주화운동으로 무너져 버린 두 인물의 시선이 해체해 가는 과정을 그리고 있다.

투쟁하는 자와 진압하는 자라는 상황이었지만 그것은 그들 스스로 자발적으로 선택한 현실이 아니었다는 것을 인식하지 못하고 있는 것이다.

투쟁하는 자는 진압하는 자의 갈등을 이해하려 하지 않았고, 진압하는 자는 투쟁하는 자의 정당성을 알려고 하지 않았다. 그러나 작가의 이러한 설정과는 다르게 작품에서 그들의 사건은 다르게 흘러가고 있다. 실제 그들의 모습을 반추해보면 그들에게 투쟁도 진압도 더 이상 의미가 없다는 것을 알 수 있다.

진압군이었던 우 병장에게 사람을 죽였던 경험이 있지 않느냐고 비웃는 나에게 '너, 내가 진압군으로 광주에 내려갔다가 사골 당했다는 소문 듣고 그러는 모양인데, 나도 피해자야. 나도 내 전우들을 거기서 잃었어. 바로 너 같은 불순분자들한테 말이다' 라고 말하는 우 병장의 대답이 그것을 입증하고 있다.

이는 실제 사건의 현장에 있었던 인물들에게는 5·18 광주민주화운동이 좌우이분법으로 분리되지 않는다는 것을 의미한다. 작가는 광주민주화운동이 직접 체험자인 인물들에 의해 판단, 결정되는 것이 아니라 제삼자에 의해 결정됨을 신랄하게 비판하고 있다.

단편 「고양이와 소녀」에서는 주류사회에서 소외된 나와 밤마다 먹이를 찾아드는 고양이와 다리에 장애를 가진 이웃집 소녀와의 이야기를 통해 현실에서 소외되어 정착지를 잃어버린 소시민의 일상을 폭넓게 포착하고 있다.

나는 고양이를 만날 때마다 늘 주인이 되어 변두리 도회지의 도둑고양이를 손님으로 격상시켜 표현하고 있다. 이는 '나' 라는 주체가 갖는 지나친 겸양에서 비롯된 것이다. 그런데 이 겸양은 인격체이기에 가능한 것이며, 자칫 시각에 따라서는 지나친 우월주의를 표방하고 있는 것으로 내비칠 수도 있다. 내가 고양이를 손님으로 격상시키는 것과 나를 소녀가 만났을 때의 인상을 표현한 상황이 일치함을 알 수 있다.

소녀는 나에 대해 '어떤 손님이 나를 찾아왔다. 망원경을 목에 맨 아저씨였다' 라고 수줍게 말하였지만, 이는 내가 그간 대접해 주었던 고양이의 모습과 별반 다르지 않다.

이는 무엇을 의미하는가? 작품 속에서 나의 처지가 그 만큼 절박하다는 것을 의미하고 있다.

밤마다 먹이를 찾아 헤매는 고양이와 도망자 신세로 아내가 통장을 털어 지원해 주는 돈으로 연명하는 나는 주인에게서 혹은 생활터전에서 버려진 대우받지 못한 처지가 같은 손님인 것이다.

이러한 사실은 형사계에 나를 인계해 주는 사내가 '이 새끼들아, 손님 받아!' 라고 외치는 부분을 통해서도 확연히 드러난다.

사내가 나를 손님이라고 한 것은 삶의 주체가 아닌 객체로 본 것이다. 주동적 삶을 사는 사람들에게 조롱거리의 표상이 되는 것이다. 심지어 나를 찾아주었던 무료함을 덜게 해 준 조금은 반가웠던 손님─내게 한 끼의 식사를 대접받던 도둑고양이보다 못한 존재로 내동댕이쳐진 달갑지 않은 추방자로 낙인된 것이다.

작가의식은 「5월은 살아 있다」에서 더 여실히 드러난다. 대한민국에서 21세기를 살아가는 우리에게 5월은 더 이상 보통명사가 아니다. 5월은 광주를 품고 있으며 민주화를 상징하는 특별한 의미를 담고 있다. 「5월은 살아 있다」에서 작가는 5·18 광주항쟁을 바라보는 시선을 긍정적인 관점에만 머물게 하지 않았다.

호남 사람에게 광주는 원죄 의식을 느껴야 할 만큼 성역화되는 곳이지만 경상도 사람에게 광주는 '이상하게 이물스럽다는 느낌'이 드는 곳이다.

작가는 작품을 통해 광주항쟁이라는 역사적 사건을 두고 두 지역에서 느끼는 감정은 감정 뿐 아니라 지역 간 생활양식, 심지어 학생들의 행동 양상에까지 영향을 주고 있음을 보여주고 있다. 광주항쟁의 진정한 의미를 찾아가는 과정에서 작가는 지역할거주의에 비판의 칼날을 들이대고 있는 것이다.

「장승」에서 주인공 나문희는 뜻밖에도 매우 극단적인 방법으로 걸림돌이 되는 삶의 장애를 제거하게 된다. 그녀는 실제 자신에게 직접적인 피해를 준 미군이 아닌 미스 임과 그녀의 또다른 미군 동거남을 제거함으로써 억눌리고 압박받아 왔던 좌절과 고뇌의 찌꺼기들이 빠져나가는 환상에 사로잡히는 것을 느낀다.

복수의 대상을 자신을 강간한 미군이 아닌 그와 별반 다르지 않다고 판단되는 또다른 미군에게 복수를 강제한 것은 억압된 사회에서 발버둥 쳐도 자유로울 수 없는 소시민으로서 할 수 있는 가장 최선의 좌절의 표현일 것이다.

「프락치」는 1990년대 배경으로 한국대학생총연합에 적을 두고 있는 대학생들의 갈등과 성장을 다루고 있다. 1993년 한총련의 출범 이후 개인과 경찰 혹은 정부와의 투쟁에서 거대단체와 정부의 갈등이 구조적으로 이루어졌고 사회적 거대 담론이 생성되었다.

작가는 작품에서 하나의 집단을 지배하는 이데올로기를 수용하는 과정에서 충돌과 갈등이 있지만 어느 쪽에서는 일정 부분 수용되고 성장하는 축이 있음을 보여주고자 하였다.

작품에서 보여주는 인물 간의 갈등은 해소보다는 극단적인 정체로 치닫고 있어 작가의 숨겨진 이중적 의도를 파악할 필요가 있다. 이중성은 현대사회에서 여전히 풀리지 않는, 아니면 누군가에 의해, 또는 또다른 세력에 의해 강제 봉인된 문제일 수 있음을 자각한 작가가 무의식을 가장한 은밀한 표현의 수단으로 삼고 있을 수도 있다.

이 시기 형성된 담론은 21세기 현재 여전히 구조적으로 합일점을 찾지 못한 상태에서 한총련의 공식적인 입장이 지지를 받지 못하고 폐기되고 있다. 작가는 그것이 우리 사회의 일그러진 단면임을 충분히 인식하고 있으나 작품을 통해서 갈등의 해소나 사상의 합일을 찾으려는 노력을 하지 않는다. 단지 인물 간의 갈등에 대해 방관자의 모습을 취하며 극적 갈등의 시점에 급속도로 하강하며 열린 결말로 인물 간의 갈등을 독자에게 안겨 주는 것으로 작가의 소임을 다하고 있다.

「빙하기」에서 우리는 매우 당혹스런 상황과 부딪히게 된다. 단편에서 작가는 왜곡된 이념에 대한 집착이 변화하는 시대에 부응하지 못하는 국가의 횡포를 꼬집고 있다. 문민정부라는 시기와 고문과 심문에 염증을 내는 수사요원이라는 사내는 어떤 기교를 부려 합일하려고 해도 합일이 되지 않는 부조화의 산물이다.

작가는 특히 이 작품에서 전지적 작가 시점을 드러내며 고문을 받는 우 교수와 학생, 고문 수사 요원의 관점을 오가면서 서술하고 있다. 이는 인물 간의 대화와 행동에 이미 이념도 사상도 제거되어 있음을 보여주기 위해서이다.

격렬한 시위가 동반되었던 민주화 투쟁의 종지부를 찍었던 시기의 문민정부에서 여전히 이전의 수사 행태를 꼬집는 것으로써 작가는 사건을 직접 진두지휘하겠다는 의지를 드러낸 것이다. 소설의 완성도를 떨어뜨리는 오류를 범할 수 있음에도 불구하고 작가가 구체적으로 사건을 정리하고 개입한 것은 여전히 풀리지 않는 과제를 안고 사는 이 시기가 '빙하기' 임을 드러낸 것이다.

「새터 아리랑」은 21세기를 살아가는 우리가 우리의 정체성을 찾아가는 과정을 엿보게 한다. 우리나라의 헌법 제3조는 '대한민국의 영토는 한반도와 그 부속도서로 한다' 는 규정이 있어 북한 지역의 주민을 대한민국의 국민으로 해석할 수 있는 근거를 두고 있다. 이 조항은 북한을 한국의 부속도서를 불법점유한 반체제 집단으로 해석할 수 있다.

주민은 북한에 있든 그곳을 벗어났든지 간에 한국의 국민이라고 말할 수 있다. 특히 그들이 북한 지역을 벗어났을 때 그들을 적극 보호해야 하는 것은 자국민을 보호해야 할 책임이 있는 국가의 당연한 의무이다.

법제상의 문제가 아니더라도 우리는 탈북한 북한 주민에 대해 인도주의적 차원에서 방관할 수는 없다. 그러나 이러한 사회적 정치적 기반을 기저로 한다고 해도 실제 탈북자와 남한의 원주민과의 소소한 마찰을 구체적으로 해결할 방안은 아직 없다. 「새터 아리랑」에서 작가는 대한민국에서 사회적 약자이며 소수자로 살아남아야 하는 디아스포라의 일면을 포착하고 있다. 새터민과 직업소개소 사무장으로 등장하는 인물간의 갈등 요소는 탈북자와 원주민이라는 선긋기에서 비롯된다.

사무장의 도도한 말짓거리와 우리도 한국인이라고 생각하는 새터민 간의 대립은 그들 스스로 벗어나고자 해도 벗어날 수 없는 굴레에 있다는 한계를 지적하고 있다. 사회적으로는 법제화된 규정이 있지만 그것으로 개인 간의 갈등을 모두 해결할 수 없음을 인식한 것이다. 개인 간의 갈등 해소의 방편으로는 그들 스스로 사회적 공감대를 형성해 나갈 수밖에 없는 상황을 인식하고 갈등 해소를 위한 사회적 힘이 미미함을 인지시키고 있다.

그들은 스스로 자신의 생존을 위해 치열하게 투쟁할 수밖에 없는 상황으로 이야기를 전개하고 있다. 이야기는 작가가 의도했든 그렇지 않았든 간에 이것이야말로 이방인을 받아들이는 한국 사회의 가장 원시적이며 잔인한 방법임을 부정할 수 없게 한 장치이다. 21세기 한국 사회가 디아스포라를 받아들이는 성숙되지 못한 일면을 반추하고 있는 것이다.

작가는 문득 그들의 갈등을 해결할 실마리를 찾아 준다. 그들은 더 이상 이념도 사상도 중요치 않음을 인식한 작가는 그들의 소소한 일상에서 우습게도 갈등의 실마리를 찾아낸 것이다. 인간이 친밀해질 수 있는 가장 원초적인 방법으로 접근한 것이다.

두 인물 간의 화해의 몸짓은 항상 주눅들었던 새터민의 자존감도 분내 풍기던 직업소개소, 사무장의 이해, 지역의 초월도 이념의 상쇄도 아니었다. 그저 밤길에서 갈등의 정점에 있던 두 인물이 기지를 발휘해 성추행범을 퇴치했다는 평범한 일상의 연장이었다.

가장 현실적이면서도 원초적인 갈등의 해소 방법이라는 것을 작가는 인지한 것이다. 타자에 의해 사회에서 고립된 소수자로 살아내야 하는 절박한 현실이 그들 스스로의 생존 방식을 정하고 있다고 강변하고 있다.

천성래의 단편은 작가가 표면적으로 드러내는 의미와 내적으로 추구하는 의미가 다르게 구성되어 있다. 외적으로는 인물 간의 갈등 요인이 사회에 의해 강제되고 있어 그것을 뛰어넘지 못하는 소시민의 좌절된 삶을 표방한다. 촘촘히 짜여진 사회적 구조물로 인해 더 이상 숨 쉴 공간이 없을 것 같은 사회적 배경이 주인공의 숨통을 쥐고 있다는 좌절적 사고로 배경을 삼고 있다.

작가는 각각의 등장인물들을 통해 사회적 구조물을 제거하는 방식을 취하고 있다. 거대 괴물이 아닌 소시민이 갖는 생존

적 해결책을 통해 갈등을 해소하고자 하는 것이다. 이는 작품 속의 인물들은 아직 우리 사회가 고착화되지 않고, 유동적이며 살아 있는 사회임을 입증하려고 한 것이다.